Ein neuer Anfang

AF190647

Über den Autor

René Falk wurde 1955 geboren. Er ist ein echter Rheinländer und lebt in Troisdorf, einem Nachbarort von Köln. Schon sehr früh zeigte sich seine Neigung zum Schreiben von Kurzgeschichten, vor allem im Bereich SF und Fantasy. In späteren Jahren richtete sich sein Interesse mehr auf das Genre Krimis & Thriller und bald begann er selbst damit, Kriminalromane zu schreiben. Er legt großen Wert darauf, seine Leser zu unterhalten, und wenn ihm dies mit seinen Geschichten gelingt, hat er sein Ziel erreicht.

Ein neuer Anfang

René Falk

Bibliografische Information der Deutschen Nationalbibliothek: Die Deutsche Nationalbibliothek verzeichnet diese Publikation in der Deutschen Nationalbibliografie; detaillierte bibliografische Daten sind im Internet über http://dnb.dnb.de abrufbar.

René Falk
Ein neuer Anfang

Umschlaggestaltung: *Bryan Gehrke, Buchcovers.de*
Text und Innenillustrationen: *René Falk*

Herstellung und Verlag:
BoD – Books on Demand, Norderstedt

ISBN: 978-3-7557-8509-5

Inhaltsverzeichnis

Über dieses Buch

Tobias Heller, nach dem Weggang seiner Partnerin Denise Malowski wieder der Einzelkämpfer, der er vorher war, bekommt von seinem obersten Dienstherrn unverhofft die Leitung eines noch zu gründenden Sonderkommissariats übertragen. Er geht sofort mit Feuereifer ans Werk und stellt eine seiner Meinung nach effektive Gruppe von Ermittlern mit besonders herausragenden Fähigkeiten zusammen. Es wurde auch höchste Zeit, denn bald darauf wird die SOKO Rhein-Sieg mit zwei äußerst mysteriösen Todesfällen konfrontiert. Handelt es sich bei den Leichen in einem von innen verschlossenen Haus um das tragische Resultat eines erweiterten Suizids, oder steckt doch mehr dahinter? Tobias Heller und seine Leute ermitteln.

Prolog

Dr. Guido Brunner verstaute seine Tasche mit den Instrumenten sorgfältig in dem Dielenschrank gleich neben der Garderobe im Hausflur, bevor er sich Hut und Mantel entledigte und die klobigen Lederschuhe mit einem befreiten Aufatmen gegen die bequemen Hausschuhe tauschte. Festes Schuhwerk war in nicht wenigen Gebieten nahezu unabdingbar, vor allem bei Besuchen landwirtschaftlicher Betriebe. Für die regnerischen Tage hatte er zusätzlich immer ein Paar kniehohe Gummistiefel im Auto liegen, die er heute aber nicht gebraucht hatte.

Die Stadt Lohmar war mit ihren unzähligen Höfen und Weilern, die oftmals lediglich aus einer Handvoll Wohnhäusern oder Einzelgebäuden bestanden, eine der letzten Gemeinwesen hier im Rhein-Sieg-Kreis, wo noch der aus früheren Zeiten bekannte und im Zuge der Urbanisierung beinahe ausgestorbene Beruf des Landarztes gefragt war. Gerade die alten Leute auf dem Lande besaßen meist ohnehin gar kein Auto und/oder scheuten die umständlichen Fahrten mit öffentlichen Verkehrsmitteln in die nächste größere Ortschaft, um einen Arzt auszusuchen.

An dieser Stelle kam er dann ins Spiel. Seine Praxis für Allgemeinmedizin in Heppenberg, einem etwas größeren Nebenort, war unter der Woche täglich von Montag bis Freitag nur vormittags besetzt, an den

Nachmittagen war er unterwegs zu seinen Patienten in den Randgebieten dieses weitläufigen Gemeinwesens. An Kundschaft mangelte es ihm beileibe nicht, da er der einzige Arzt weit und breit war, der sich diese Bürde auflud und gerade bei der älteren Generation gefragt war.

Dr. Brunner nahm seinen Beruf, den er eher als Berufung sah, sehr ernst und scheute sich nicht vor den in dieser ländlichen Gegend naturgemäß langen Anfahrtswegen und Hausbesuchen am späten Abend oder sogar in der Nacht, weshalb er seinen Patienten bereitwillig die private Festnetznummer nannte. Die Mobilnummer wusste hingegen ausschließlich seine Ehefrau, sodass er unterwegs immer erreichbar war, falls während seiner ausgedehnten Abwesenheit ein Anruf hereinkam, der einen weiteren Einsatz erforderlich machte. Das war jedoch nicht die Regel, meist wollten vor allem die älteren Leute nur einen ärztlichen Rat von ihm, den er ihnen in vielen Fällen telefonisch geben konnte.

Ein Blick auf die Uhr belehrte ihn darüber, dass es auch heute wieder spät geworden war. Er hatte zwar nur wenige Hausbesuche zu absolvieren gehabt, doch ausgerechnet diese Leutchen waren sämtlich von der redseligen Art gewesen und hatten ihn lange aufgehalten. Man war halt einsam und da kam sein Besuch in jeder Hinsicht gelegen. Für die Abendnachrichten reichte die Zeit jedoch noch aus und anschließend würde er sich mit Kerstin irgendeinen Krimi im Fernsehen anschauen. Auf jeden Fall aber leichte Kost zum Abschalten. Ein Gläschen Wein dazu wäre nicht schlecht, verbot sich für ihn jedoch von selbst, wenn er später zu einem Patienten gerufen werden sollte.

Jetzt erst fiel ihm die unheimliche Stille im Haus auf und dass weder seine Frau noch Lucky, sein Irish Setter ihn vorhin an der Tür begrüßt hatten, wie das an anderen Tagen der Fall war. Dann sah er das gelbe Post-it am Telefon kleben. *Bin mit dem Hund raus, Essen ist in der Mikrowelle*, stand da in der zierlichen, akkuraten Schrift seiner Ehefrau.

Nun bemerkte er auch das Fehlen des Schlüssels für den Zweitwagen. Offenbar war Kerstin mit Lucky etwas weiter hinausgefahren, doch da er sein Fahrzeug vor der geschlossenen Garage abgestellt hatte, war ihm dies bei seiner Ankunft nicht aufgefallen. Es würde bei den beiden also ebenfalls später werden. Schulterzuckend steckte er die Notiz ein und ging ins Wohnzimmer, um schon mal den Fernseher anzuschalten. Bis zum Ende der Tagesschau würde das Abendessen, woraus immer es heute auch bestehen mochte, sicherlich aufgewärmt sein.

Er sollte es nie erfahren. Er hatte es sich gerade auf der Couch gemütlich gemacht, als das Telefon klingelte. Seufzend stand er auf und ging bedächtig die paar Schritte in den Flur, um das im Grunde erwartete Gespräch anzunehmen. Eigentlich verging kaum ein Abend, an dem es anders gewesen wäre, aber er hatte es sich so ausgesucht. Wenig später kritzelte er in seiner unleserlichen Handschrift seinerseits eine kurze Nachricht auf ein Post-it, das er ebenfalls an das Telefon heftete. Seine Frau würde das Gekrakel schon zu entziffern wissen.

Während er in seine festen Schuhe schlüpfte, kam ihm in den Sinn, dass er und Kerstin seit Jahren mehr oder weniger nur noch auf diese Weise miteinander kommunizierten. Wann hatte eigentlich das letzte richtige Gespräch zwischen ihnen stattgefunden? Mit einem Anflug von schlechtem Gewissen nahm er Hut und Mantel von der Garderobe, griff nach der Instrumententasche und verließ eilig das Haus, um eine ältere Patientin zu besuchen, die fast am Rand seines Wirkungsgebietes wohnte. Der Weg war weit und er würde wieder Stunden unterwegs sein.

Kapitel 1

Einige Wochen zuvor

Abends im »Bajazzo«

Es war ihr erster gemeinsamer Kneipenbesuch seit zwei Jahren. Einerseits aus Zeitgründen, anderseits, weil das »Bajazzo« viele Monate geschlossen gewesen war. Die Inhaber waren noch dieselben: Eine wieselflinke Frau namens Brigitte, wenn er das noch richtig im Gedächtnis hatte, und ihr eher behäbiger italienischer Lebensgefährte Giuseppe, dessen Schnurrbart in Form eines »Kaiser Wilhelm« längst ergraut war. Aus der Musikanlage wehte das übliche Gedudel in Fahrstuhllautstärke zu ihm herüber. Heller vernahm es mittlerweile nur noch mit einem halben Ohr, da die Playlist im Endlosmodus lief und die Musikstücke sich ständig wiederholten. Dieses Lied hier hörte er jetzt schon zum dritten Mal.

Ein weiteres halbes Ohr widmete er der Geräuschkulisse, die von dem knappen Dutzend Gäste verursacht wurde, die Hälfte davon war derzeit im Spiel an den beiden Dart-Automaten vertieft. Seit er hier vor ein paar Jahren von berufsmäßigen Schlägern attackiert worden war, hatte er es sich angewöhnt, mehr auf seine Umgebung zu achten. Nur Melanie hatte er es damals zu verdanken gehabt, heil aus der Sache herauszukommen. Ein Jahr später hatte er sie geheiratet. Zum zweiten Mal. Die restliche Aufmerksamkeit schenkte er daher seiner Frau, die links neben ihm einen der raren Barhocker okkupiert hatte.

»So nachdenklich heute, Tobias?«, brach Melanie sein minutenlanges Schweigen und holte ihn jäh aus seinen finsteren Gedanken, die sich vornehmlich mit der Situation auf der Dienststelle befassten. Es war jetzt Mitte August, seine langjährige Ermittlungspartnerin Denise Malowski hatte zum Monatsende das Kommissariat verlassen, um sich ab sofort ausschließlich um die Familie zu kümmern.

Wolfgang Müller hatte zeitgleich mit ihr ebenfalls den Dienst quittiert und mimte jetzt für ein Gehalt, von dem ein Kriminalbeamter nur träumen konnte, den Bodyguard eines Multimillionärs. Seine Lebenspartnerin Christina ›Chrissie‹ Ohlsen war im dritten Monat schwanger. Sie würde in spätestens vierzehn Tagen nur noch Innendienst schieben und bald ganz aufhören.

Blieben außer ihm selbst noch Horst Weiland und der Chef, um den Laden, also das Kriminalkommissariat 1 der Kripo Siegburg, zu schmeißen. Glücklicherweise war verbrechensmäßig gerade nicht so viel los. Doch vor allem vermisste er Denise, die andere Hälfte des *dynamischen Duos*, wie sie beide von den Kollegen genannt worden waren. Nach zwölf Jahren des gemeinsamen Ermittelns war ihr Schreibtisch nunmehr verwaist.

»Sie fehlt dir«, stellte Melanie Heller nüchtern fest. Sie wusste um das außergewöhnlich kameradschaftliche Verhältnis zwischen den beiden Ermittlern, was neben der ähnlichen, aber auch ergänzenden Art zu denken, das Geheimnis ihres Erfolges war. Außerdem war Denise die Besonnenere von beiden gewesen und bremste Tobias meist rechtzeitig aus, wenn wieder mal ›Bruder Leichtfuß‹ mit ihm durchgegangen war.

»Ich habe in den vergangenen Jahren wahrscheinlich mehr Zeit mit Denise verbracht, als mit dir, und ich würde selbst dich vermissen, Mel!«, versuchte er einen zugegebenermaßen lahmen Scherz, nachdem er einen großen Schluck aus seinem Glas genommen hatte. »Außerdem sind wir momentan total unterbesetzt, da Wolfgang uns nun ebenfalls verlassen hat und Chrissie nicht mehr voll einsatzfähig ist!«

»Peter sagte mir heute Mittag, es würde sehr bald Ersatz kommen«, meinte seine Frau, die Spitze bezüglich ihrer spärlichen gemeinsamen Freizeit großzügig ignorierend. Als Leiterin eines Kommissariats war sie morgens die Erste und abends die Letzte im Büro. Zusammen mit *seinen* unregelmäßigen Dienstzeiten wurde ihr Eheleben so auf ein im Grunde absolut gesundes Maß reduziert. Und während Tobias und seine Kollegen sich tagsüber aus Zeitgründen normalerweise von Fast Food ernährten, verbrachte Melanie ihre Mittagspause meist in der Kantine, wo sie in der Regel auf seinen Chef Donner traf und sich auf diese Weise immer die neuesten Informationen sicherte.

»Das Team war mehr als die Summe der Einzelpersonen«, brummte Tobias missmutig. »Wir waren alle perfekt aufeinander eingestimmt und deshalb auch so schlagkräftig. Da hat einfach alles gepasst, man hat Denise und mich nicht umsonst das *dynamische Duo* genannt, selbst wenn das etwas albern klang. Bis die neuen Kommissare einmal so weit sein werden, kann es Jahre dauern! Es ist mir absolut unverständlich, wie sie sozusagen über Nacht von einer Vollblutpolizistin zu einer Übermutter mutieren konnte!«

»Das zeigt, dass du von uns Frauen keine Ahnung hast!«, grinste sie und hob beiläufig zwei Finger, um bei der Bedienung Nachschub zu ordern. »So etwas ist ein langwieriger Prozess, der in ihrem Fall mit der Geburt der Tochter begann und mit dem kleinen Jungen, den sie jetzt adoptiert hat, seinen vorläufigen Höhepunkt erreichte. Finde dich damit ab, dass sie nicht mehr an deiner Seite ist! Außerdem bist du mit ihr und ihrem Mann gut befreundet und hast immer noch privaten Kontakt zu den beiden.«

»Hast ja recht! Aber wer weiß, ob ich überhaupt noch lange genug Polizist bin, um mich diesbezüglich umzugewöhnen«, wechselte er schnell das Thema und nahm erst einen Schluck aus seinem Kölschglas, bevor er weitersprach. »Unser oberster Dienstvorgesetzter hat mir nämlich heute durch seinen Vorzimmerdrachen ausrichten lassen, dass ich morgen früh pünktlich um 10:00 Uhr bei ihm antanzen soll!«

»Kriminaldirektor Albrecht?«, runzelte seine Frau die Stirn. »Ach, daher weht der Wind! Hast du denn was ausgefressen? Ich meine, etwas Schlimmeres als all die Sachen, die eigentlich deine Personalakte aus sämtlichen Nähten platzen lassen müssten, wenn du nicht immer so einen unverschämten Dusel hättest, letztendlich den Fall zu lösen?«

»Damit rangiere ich gleich hinter dir, mein lieber Schatz!«, grinste Tobias. Eine Kriminalbeamtin, die weniger von Konventionen hielt als Melanie, war für ihn nicht vorstellbar.

»Im Gegensatz zu dir bin ich in *meinem* Kommissariat selbst der Chef«, beschied sie ihm lachend mit erhobenem Zeigefinger. »Und zudem kann mir wohl niemand nachsagen, ich würde mich nicht an Recht und Gesetz halten. Du musst nicht alles glauben, was du so hörst ... Ah, ›*Unchain my Heart*‹«, rief sie plötzlich begeistert aus, als das nächste Musikstück aus den Lautsprechern rieselte. »Mach das etwas lauter!«, bat sie die Bedienung mit leuchtenden Augen.

»Das lief schon dreimal, Mel!«, machte Tobias sie auf den Umstand aufmerksam, dass das Repertoire zumindest heute etwas eingeschränkt war.

»Ach was, Joe Cocker kann man nicht oft genug hören, du Banause!«, widersprach Melanie ihm fröhlich und stimmte lauthals in die markante Stimme des Sängers ein. Tobias hingegen blieb erneut seinen Gedanken über eine höchst ungewisse Zukunft überlassen.

* * *

Am nächsten Morgen räumte er mit einem bedauernden Blick zu dem seit vierzehn Tagen verwaisten und blitzeblanken Arbeitsplatz der ehemaligen Partnerin sorgfältig seinen chaotischen Schreibtisch auf, bevor er sich auf den Weg zu seinem Termin machte. Denise hätte aufgrund dieser für Tobias absolut untypischen Handlung – er hatte in all den Jahren nicht ein einziges Mal aufgeräumt – bestimmt eine ihrer berüchtigten spöttischen Bemerkungen losgelassen, doch ein merkwürdiges flaues Gefühl in der Bauchgegend sagte ihm, dass bei seiner Rückkehr nichts mehr sein würde, wie es einmal war.

Das Büro des Vorgesetzten lag seinem eigenen direkt gegenüber und er steckte im Vorbeigehen den Kopf zur Tür herein. »Ich bin dann mal zu meinem Termin beim KD!«, meldete er sich vorschriftsmäßig bei Kommissariatsleiter Donner ab. »Es wird hoffentlich nicht lange dauern!«

»Ist es schon so weit? Und du weißt wirklich nicht, was Kriminaldirektor Albrecht von dir will?«, vergewisserte sich der Erste Hauptkommissar nach einem Blick zur Uhr. »Lass dich bloß nicht für irgendwelche Sonderaufgaben einspannen! Wir sind so schon total unterbesetzt, seit Malowski und Müller uns verlassen haben. Und Ohlsen ist im dritten Monat, darf also bald auch nicht mehr draußen ermitteln. Zum Glück haben wir momentan keinen Fall auf dem Tisch, aber das kann sich jederzeit ändern, wie du selbst weißt!«

»Was soll der schon großartig von mir wollen?«, winkte Heller leichthin ab, wobei er hoffte, mit seiner Einschätzung richtigzuliegen. So sehr er auch gestern Abend seinen Kopf zermartert hatte, konnte er sich an keine Verfehlung in den letzten Tagen erinnern. »Bestimmt will er uns nur wieder einen seiner besonderen ›Freunde‹ aufschwatzen, so wie damals diesen Schriftsteller, der uns als Studienobjekte für seinen neuen Kriminalroman missbrauchen wollte. Aber da hat er sich dieses Mal so was von geschnitten!«

»Für solche Kindereien fehlen uns derzeit ohnehin die Leute«, brummte Donner verstimmt. »Doch wenn er sich persönlich um Ersatz für Müller und Malowski kümmert, können wir darüber reden. Sag ihm das!«

* * *

Tobias Heller betrat mit gemischten Gefühlen das Büro. Die Vorzimmerdame, eine stets streng dreinblickende, vorzeitig ergraute Frau in den Fünfzigern, deren Namen er sich nie die Mühe gemacht hatte zu merken, winkte ihn mit einer gönnerhaften Handbewegung durch, ohne von ihrem Computerbildschirm aufzublicken. Wie in allen Chefetagen der Behörden dieser Welt nahm sich auch hier die Empfangsdame offenbar extrem wichtig. »Sie können gleich hineingehen, Herr Hauptkommissar«, spulte sie ihren Standardsatz ab. »Sie werden bereits erwartet!«

Er warf einen Blick auf seine Armbanduhr. *Warum gibt diese Person einem immer das Gefühl, man sei zu spät dran? Ich bin sogar fünf Minuten zu früh!* Mit einem letzten tiefen Atemzug betrat er das Allerheiligste des Kriminaldirektors. Hierher wurde man normalerweise nur gerufen, wenn eine Beförderung anstand oder ein Rausschmiss. *Was von beidem erwartet mich wohl da drin?*

Tobias Heller, dienstältester Ermittler im Kriminalkommissariat 1 der Kriminalpolizei Siegburg, war allgemein für eine oftmals ›lockere‹ Auslegung der Dienstvorschriften bekannt, wurde jedoch von seiner langjährigen Partnerin Denise Malowski in der Regel rechtzeitig eingebremst, bevor es richtigen Ärger gab. Bisher jedenfalls, denn das war endgültig Geschichte. Außer Denise waren aber noch zwei weitere Kollegen ausgeschieden, oder würden es zumindest bald tun. Ein einstmals ausgesprochen erfolgreiches Team war praktisch von einem Tag auf den anderen auseinandergefallen.

»Ah, Herr Heller!« Kriminaldirektor Albrecht eilte ihm mit jovial weit ausgebreiteten Armen entgegen. Ablesen konnte man aus der Geste eigentlich nichts, er würde einem mit der gleichen zur Schau gestellten Herzlichkeit ein Messer zwischen die Rippen stoßen, vermutete der Hauptkommissar, während er zu einer Sitzgruppe in der Raummitte geführt wurde. »Wie lange sind Sie jetzt bei uns, Herr Heller?«, erkundigte sich der oberste Vorgesetzte im Plauderton, nachdem sie Platz genommen hatten.

Morgen mal nicht mitgerechnet, kalauerte Tobias in Gedanken. *Also doch ein Rausschmiss?*

Eine Antwort wurde offensichtlich nicht von ihm erwartet, denn Albrecht sprach sofort weiter: »Es ist ja alles absolut im Umbruch momentan, nicht wahr? Erst Malowski, eine ausgezeichnete Ermittlerin übrigens, und jetzt Ohlsen und Müller! Aber es gibt kein Ende ohne Anfang, sage ich immer ...«

Ob dieser Kerl auch mal zum Punkt kommt? Heller unterdrückte mit Mühe ein herzhaftes Gähnen. Albrecht war im Präsidium nicht nur für seine ausschweifenden Monologe bekannt, sondern befleißigte sich zu allem Überfluss einer leiernden, monotonen Sprechweise, die einem alles an Konzentration abverlangte, in seiner Gegenwart nicht schon nach wenigen Sekunden in Tiefschlaf zu versinken. *Man sollte auf der Stelle jedem einen Orden verleihen, der dabei nicht sofort ins Koma fällt*, überlegte er und konnte gerade eben noch ein Grinsen unterdrücken.

»... Eine neue Aufgabe für Sie!«, sagte der Kriminaldirektor soeben und schaute ihn erwartungsvoll an. Heller schreckte aus seinen Gedanken und spulte blitzschnell aus seinem eidetischen Gedächtnis ab, was seine Ohren vernommen hatten, während sein Verstand auf Durchzug gestellt war. *Okay, nichts verpasst*, konstatiert er erleichtert. *Das war bisher nur Geschwafel, aber nun wird es interessant!*

»Wie soll ich das verstehen?«, reagierte er wie alle Menschen, die erst einmal Zeit schinden wollen, um ihre Gedanken zu sortieren.

Albrecht legte die Fingerspitzen affektiert zu einer Pyramide zusammen. Eine Geste, die auch Staatsanwalt Stein zu eigen war und die Heller zutiefst verabscheute. »Nun ja, unter Ihrer Mitwirkung wurden in den vergangenen Jahren überdurchschnittlich viele Fälle gelöst«, holte der Kriminaldirektor aus.

Ja, mit einem spitzenmäßigen Team an meiner Seite, fügte Heller in Gedanken wehmütig hinzu. Der Fortgang gleich drei seiner Kollegen setzt ihm schon hart zu. Vor allem fehlt ihm aber Denise.

»Ich weiß natürlich, dass dies nicht Ihr alleiniger Verdienst ist«, fuhr Albrecht in seinem Monolog fort, als hätte er es gehört. »Dennoch bin ich davon überzeugt, dass Ihre Fähigkeiten eine große Rolle dabei spielten! Ich habe aus diesem Grund beschlossen, ein dauerhaftes Sonderkommissariat einzurichten, das sich ausschließlich mit Kriminalfällen beschäftigen soll, an denen die anderen Kommissariate scheitern. Nun, ich möchte es kurz machen: Es wurde mir nahegelegt, es Ihrer alleinigen Leitung zu unterstellen!«

Jede Wette, dass da ein gewisser Multimillionär aus Lohmar seine umtriebigen Finger im Spiel hatte, schoss es Heller durch den Sinn. *Alexander von Kaltenbach versprach uns ja beim Abschied, sich auf die eine oder andere Weise für die Rettung seiner Tochter erkenntlich zu zeigen!*

»… Umgehend mit der Arbeit beginnen, geeignete Räumlichkeiten sind hier in der vierten Etage ausreichend vorhanden«, fuhr Daniel Albrecht fort und riss ihn damit erneut aus seinen Gedanken. »Mobiliar, technisches Equipment und Personal bis zu einer Stärke von maximal vier Personen, Sie selbst selbstverständlich nicht mitgerechnet, dürfen Sie nach Ihrem eigenen Ermessen den Erfordernissen entsprechend anfordern.«

»Und wo ist da der Pferdefuß?«, hörte Heller sich fast gegen seinen Willen sagen. Albrecht malte ihm die Zukunft in den rosigsten Farben, und er fühlte sich in gewisser Weise überrumpelt. Mit allem hatte er gerechnet, aber das hier übertraf seine kühnsten Fantasien. Ein eigenes Kommissariat und dazu noch eine SOKO!

»Nun ja, es gibt da tatsächlich einen Haken. Eine dienstgradmäßige Beförderung ist für Sie leider vom Budget her nicht drin, aber Sie erhalten als Kommissariatsleiter selbstverständlich eine Zulage in Höhe einer Besoldungsstufe!«

* * *

Das, was Kriminaldirektor Albrecht ihm gegenüber großzügig als ›geeignete Räumlichkeiten‹ angepriesen hatte, entpuppte sich bei näherem Hinsehen als ein *einziger*, lichtdurchfluteter, hundertzwanzig Quadratmeter großer Raum, der wohl ehemals für Tagungen und Konferenzen Verwendung gefunden haben mochte. Als Zentrale für die Art kriminalistischer Ermittlungen, wie sie dem designierten SOKO-Chef vorschwebte, war er ohne bauliche Änderungen auf gar keinen Fall zu gebrauchen.

Donner war naturgemäß alles andere als begeistert von seinen Neuigkeiten aus der Chefetage. Tobias tröstete ihn damit, dass Albrecht ihm eine zügige Abwicklung der erforderlichen personellen Aufstockung seines alten Kommissariats versprochen hatte. Zudem würde er bis zum endgültigen Startschuss für die neue SOKO ohnehin einen Arbeitsplatz benötigen und dort auch an Fällen mitarbeiten können, sofern es notwendig sein sollte.

Fünf Wochen gingen ins Land, bevor Tobias Heller sein neues Reich beziehen konnte, bis dahin versah er seinen Dienst weiterhin wie gewohnt in seinem alten Büro. Er verbrachte jede freie Minute damit, detaillierte Pläne für den inneren Aufbau seines künftigen Wirkungsbereichs zu schmieden und eine Liste von Kollegen aus anderen Kommissariaten zusammenzustellen, die er für sein Vorhaben geeignet hielt. Nach etlichen Einzelgesprächen blieben am Ende vier vielversprechende Kandidatinnen und Kandidaten mit unterschiedlichen und einander ergänzenden Fähigkeiten übrig, die mit ihm ein neues, schlagkräftiges Team bilden würden.

Da wäre an erster Stelle Martin Weber zu nennen, weil dessen ›Abwerbung‹ endlose Diskussionen mit seiner Ehefrau Melanie nach sich gezogen hatte, in deren Kommissariat er seit zwanzig Jahren seinen Dienst versehen und sich den Rang eines Hauptkommissars erarbeitet hatte. Auf ihn wollte Heller jedoch auf gar keinen Fall verzichten.

Weber war zwar für eine extrem geringe bis nicht vorhandene Technikaffinität bekannt, um es einmal vorsichtig auszudrücken, verfügte aber unbestritten über eine brillante Kombinationsgabe. Und weil er bei Zeugenvernehmungen immer ›noch eine Frage‹ hatte, bekam er von seinen Kollegen schon vor vielen Jahren den Spitznamen ›Columbo‹ verpasst. Allerdings spielte bei der Namensgebung auch seine extrem lässige Art, sich zu kleiden eine gewisse Rolle.

Sein neuer Partner in der SOKO würde Jonas Faber sein, von seinem bisherigen Chef Reiner Bachmann vom Kommissariat 3 mit verdächtig geringer Gegenwehr abgegeben. Tobias Heller wusste jedoch, dass er als schwieriger Charakter galt und bei den Kollegen nicht sonderlich beliebt gewesen war. Optisch stellte der stets modisch korrekt gekleidete Oberkommissar das krasse Gegenteil von Weber dar und war mit seinem umfangreichen Fachwissen gewissermaßen eine wandelnde Datenbank. Die beiden würden sich ganz hervorragend ergänzen, auch wenn die unterschiedliche Lebens- und Arbeitsauffassung zu Beginn sicher für Reibereien sorgen würde.

Zwei weitere Kommissarinnen, neunundzwanzig und siebenundzwanzig Jahre alt und unter Protest ihres bisherigen Vorgesetzten Thomas Kunze vom Kommissariat 4 abgeworben, vervollständigten das Patchwork-Team. Die Frauenquote war somit mehr als erfüllt. Vanessa Fuchs konnte wie keine zweite virtuos mit forensischen Analysen umgehen und jedes Handy und jeden Computer in kürzester Zeit knacken, was sicherlich des Öfteren einen Gang zur Forensik ersparen würde, und Jasmin Brandt war ebenso wie Hellers frühere Kollegin Christina Ohlsen eine wahre Meisterin der Recherche.

Unterdessen wurde eine Firma damit beauftragt, im hinteren Teil des Raumes eine Wand einzuziehen. Dieser dadurch abgetrennte Bereich sollte dem Team später als hochmoderner Besprechungsraum dienen, dessen Konzept Heller sich selbst ausgedacht hatte. Die übrige Fläche wurde durch brusthohe Stellwände in Segmente unterteilt, wo jeweils zwei der Ermittler unter sich waren und dort auch ihre Vernehmungen durchführen konnten, jedoch für die anderen stets in Rufweite blieben. Auch ein Pausenbereich wurde so geschaffen, mit Wasseranschluss, einem Tisch nebst Stühlen, Kühlschrank und Kochplatte sowie einem hochmodernen Kaffeeautomaten, bei dessen Anblick Denise wahrscheinlich in Verzückung geraten wäre. Auf einen separaten Verhörraum hatte er schon aus Platzgründen bewusst verzichtet.

Sein eigenes kleines Refugium von exakt fünfzehn Quadratmetern Grundfläche grenzte unmittelbar an den Besprechungsraum und wurde ab Hüfthöhe zum Großraumbüro hin mit einer schalldichten Glaswand versehen. Durch dieses ›Fenster‹ zu seinen Mitarbeitern war er weitestgehend ungestört, für seine Leute andererseits optisch ständig präsent und umgekehrt natürlich ebenfalls.

Und dort saß ihm nun im letzten Einstellungsgespräch, das er abschließend noch führen wollte, ein junger Mann von gerade mal einundzwanzig Jahren gegenüber. Sein Abiturzeugnis enthielt lauter Einsen, teilweise mit einem Plus dahinter, womit ihm eigentlich Tür und Tor zu jedem denkbaren Beruf mit einer sicherlich steilen Karriere offengestanden hätten. Der schlaksige Junge sah nicht älter aus als siebzehn. Das dunkelbraune, fast schwarze Haar trug er, wie es bei den jungen Leuten heutzutage offenbar üblich war, ›gekonnt‹ ungekämmt und war bei einer Körpergröße von 1,82 Meter dünn wie eine Bohnenstange. Außerdem war er Tobias beileibe kein Unbekannter.

»So, du willst also bei mir als Ermittler anfangen«, wiederholte er, löste den Blick von den Bewerbungsunterlagen und fixierte den jungen Mann kritisch mit einem zusammengekniffenen Auge. »Und was qualifiziert dich deiner Meinung nach, in einer Spezialeinheit wie dieser mitzuwirken? Abiturbestnoten sind längst nicht alles, Erik! Außerdem würdest du ganz unten auf der Karriereleiter als Kommissaranwärter anfangen. Das für den Wechsel zur Kripo notwendige Pflichtjahr im Streifendienst hast du absolviert, wie ich deinem Zeugnis entnehme.«

»Ich wollte auf jeden Fall nach dem Abi zur Kriminalpolizei«, erwiderte Erik Hagel, wobei er dem Blick Hellers mühelos standhielt. »Schon lange, bevor ich vor zwei Jahren bei Ihnen das Praktikum absolviert hatte. Und bei meinem Onkel kann ich ja leider nicht unterkommen, da wir in direkter Linie miteinander verwandt sind. Außerdem war ich von Anfang an speziell von Ihren Ermittlungsmethoden angetan!«, fügte er rasch hinzu, als er das amüsierte Lächeln auf Hellers Lippen wahrnahm.

Dieser erinnerte sich noch sehr gut an den Neffen seines damaligen Kommissariatsleiters Donner. Er war ihnen allen während des drei Monate dauernden Praktikums durch seine penetrante Besserwisserei mächtig auf den Zeiger gegangen. Doch unter dem positiven Einfluss von Chrissie Ohlsen, die von ihrem Chef dazu ›verdonnert‹ worden war, in dieser ganzen Zeit sein Kindermädchen zu spielen, hatte er sich um hundertachtzig Grad gedreht und sogar zum Schluss noch als nützlich erwiesen. Er hatte nämlich aktiv an der Aufklärung eines Mordfalles mitgewirkt, wobei seine Ideen wesentlich zur Lösung beigetragen hatten. Seine unbestritten vorhandenen Fähigkeiten, vor allem im Bereich der Spurenanalyse, könnten in seinem neuen Team durchaus von Vorteil sein. Eventuell eignete er sich als Assistent von Vanessa Fuchs.

»In Ordnung!«, nickte er nach einigen Sekunden des Nachdenkens und reichte dem neuen Kollegen die Hand. »Willkommen im Team der ›SOKO Rhein-Sieg‹! Übrigens ist es hier in meinem Kommissariat üblich, dass wir uns duzen und mit dem Vornamen anreden. Mich darfst du aber auch ›Chef‹ nennen«, grinste er. »Du kannst dich zu Martin und Jonas setzen, da steht für solche Zwecke ein unbenutzter Schreibtisch!« Den von Kriminaldirektor Albrecht im Grunde nicht genehmigten Mitarbeiter würde er ihm irgendwie erklären müssen.

Er öffnete die Tür seines Glaskastens und streckte den Kopf hinaus. »Martin!«, rief er laut in den Raum hinein, weil er keine große Lust verspürte, sein Büro zu verlassen. Er konnte deutlich vernehmen, wie der Kollege auf der Computertastatur herumhämmerte, seine Zwei-Finger-Technik war nämlich unverwechselbar. Alle zehn Sekunden ein Anschlag. »Martin?«, wiederholte er etwas lauter, weil keine erkennbare

27

Reaktion erfolgt war. »Da kommt gleich ein Neuer zu dir, zeig ihm bitte seinen Arbeitsplatz!«

»Der hat jetzt keine Zeit, Chef!«, rief Vanessa Fuchs lachend zurück. »Du weißt doch, dass der ›alte Mann‹ immer nur eine Sache gleichzeitig erledigen kann. Es kann sich also nur noch um Tage handeln!« Weber war mit dreiundvierzig Jahren ganz knapp vor Heller der älteste Mitarbeiter im Kommissariat und an der Tastatur sowieso nicht der Schnellste.

»Das habe ich gehört!«, ließ der Kollege sich jetzt hinter seiner Stellwand lautstark vernehmen. »Ich bin gleich fertig! Wenn nicht irgend so ein Irrer die Buchstaben völlig durcheinander auf der Computertastatur angeordnet hätte, ginge es sicher wesentlich schneller!«

»Hast du schon mal was vom Zehn-Finger-System gehört?«, meldete sich sein Partner zu Wort. Er saß Weber direkt gegenüber. »Ich meine ja nur ...«, hob er entschuldigend beide Arme, weil der ihn über die Lesebrille hinweg, die er weit nach vorn auf die Spitze seiner viel zu großen Nase geschoben hatte, genervt anschaute. Ein Stocken in der Schreibgeschwindigkeit war damit jedoch nicht verbunden, da der Blick weniger als zehn Sekunden gedauert hatte.

Der elf Jahre jüngere Faber war wie immer korrekt in Maßanzug, Designerhemd und Krawatte gekleidet und ordentlich frisiert, während sein neuer Partner in den üblichen ausgelatschten Turnschuhen und verwaschenen Jeans zum Dienst erschienen war und so aussah, als hätte er vergessen, sich zu kämmen. Außerdem hing ihm das Oberhemd mal wieder halb aus dem Hosenbund heraus.

Tobias Heller rollte genervt mit den Augen. Diese Bande ließ aber auch keine Gelegenheit aus, ihre Individualität unter Beweis zu stellen! Jetzt wurde ihm erst bewusst, was *sein* früherer Chef mit *ihm* durchgemacht haben musste. Fehlte nur noch ein bissiger Kommentar von Kommissarin Jasmin Brandt, doch deren Arbeitsplatz war momentan verwaist.

»Okay!«, beendete er seufzend die kleine kollegiale Kabbelei. »Ich schicke dann jetzt Erik rüber zu euch, er fängt mit sofortiger Wirkung als Kommissaranwärter bei uns an. Zeigt ihm seinen Schreibtisch und gebt ihm was zu tun!« In diesem Augenblick klingelte sein Telefon.

Kapitel 2

Der erste Fall

»Wow!« Kommissarin Christina »Chrissie« Ohlsen verfolgte mit großen Augen, wie direkt vor ihr lautlos ein rechteckiges Stück der zuvor auf den ersten Blick fugenlosen Oberfläche wie von Geisterhand langsam nach oben klappte und sich als superflacher Computerbildschirm entpuppte. Die darunter befindliche Bodenplatte hob sich gleichzeitig einige Zentimeter auf das Niveau der Tischplatte an und gab eine dazu passende Tastatur mit integriertem Trackpad frei, die man bei Bedarf zu sich heranziehen konnte.

Die SOKO war vollzählig angetreten, und an den anderen momentan besetzten Plätzen des hypermodern eingerichteten Besprechungsraumes geschah dasselbe, initiiert durch Heller, der diesen Vorgang mittels eines Schaltpultes am Kopfende des für ihn und zehn weitere Personen ausgerichteten Tisches ausgelöst hatte. »Da staunt ihr, was?«, grinste er die Kollegin und den ehemaligen Vorgesetzten beifallheischend an.

»Das ist in der Tat äußerst beeindruckend«, nickte Donner. »Was kann man denn alles damit anfangen? Oder ist das bloß wieder eine deiner Spielereien?«

»Es ist viel mehr als das, Peter!« Tobias sprach ihn das erste Mal mit dem Vornamen an, was sich merkwürdig anfühlte. Aber er war ja nicht mehr der Chef, jedenfalls nicht für ihn. »Ich kann auf Knopfdruck ein gemeinsames Bild auf sämtliche Monitore gleichzeitig geben und somit komplett auf einen Beamer mit Leinwand verzichten«, erläuterte er. »Ihr könnt das übrigens an euren Plätzen auch machen, einfach ›Command-R‹ eintippen, dann erscheint ein entsprechendes Menü. Außerdem ist jeder Bildschirm für sich ein eigenständiger Computer! Seht ihr die Slots für SD-Karten und USB-Sticks an den Tastaturen? Damit erübrigt sich bei Besprechungen ab sofort das Mitschleppen von Unterlagen. Die Informationen auf den mitgebrachten Datenträgern können selbstverständlich ebenfalls allen gleichzeitig zur Verfügung gestellt werden!«

»Das machen wir dann ein anderes Mal, für heute müssen schriftliche Unterlagen genügen«, beschloss Donner und forderte seine verbliebene Kommissarin mit einem Kopfnicken auf, mit der Erläuterung der zuvor bereits telefonisch angesprochenen Faktenlage zu beginnen. Der mittlerweile vierundfünfzigjährige Erste Kriminalhauptkommissar hatte von jeher seine Hauptaufgabe darin gesehen, das Kommissariat 1 zu leiten und die kriminalistische Arbeit seinen Leuten zu überlassen. Umso mehr traf ihn jetzt das Abwandern gleich vier seiner Mitarbeiter und Mitarbeiterinnen, denn Ohlsen würde nach der Geburt ihres Kindes erst einmal für mindestens zwei Jahre Pause machen.

»Heute Vormittag erschien eine Frau bei uns im Kommissariat, um eine Vermisstenmeldung aufzugeben«, begann Christina Ohlsen, nachdem sie dem ihr genau gegenübersitzenden Erik Hagel ein freundliches Lächeln des Wiedererkennens geschenkt hatte. Der junge Kollege hatte schon während seines Praktikums für sie geschwärmt und hing auch jetzt wie gebannt an ihren Lippen. »Ihr Ehemann, ein Arzt aus Lohmar, war am Abend zuvor noch spät zu einer Patientin gerufen worden und nicht wiedergekehrt. Sie selbst war ihren eigenen Angaben zufolge mit dem Hund unterwegs, als er das Haus verließ.«

»Es waren zu diesem Zeitpunkt noch keine achtundvierzig Stunden vergangen«, warf Vanessa Fuchs ein. Die mit einssechsundsiebzig für eine Frau recht große Kommissarin trug ihr schulterlanges, naturbraunes Haar auch heute zu einem Pferdeschwanz gebunden. Ihre Stimme klang warm und angenehm. »Vorher wird die Polizei bei Vermisstenanzeigen, die Erwachsene betreffen, nicht tätig. Und was genau haben *wir* jetzt überhaupt damit zu tun?«

»Das stimmt natürlich, und wir sind momentan ja auch nicht gerade überbesetzt«, gab Ohlsen zurück. »Doch in der Zwischenzeit ist etwas geschehen, das eine Suche ohnehin überflüssig macht. Streifenpolizisten, die sich heute Morgen bei einem abgelegenen Fachwerkhaus am Waldrand nahe eines Weilers von Lohmar umsehen wollten, fanden zwei Leichen im Wohnzimmer vor. Es handelte sich dabei um Doktor Guido Brunner, um den es hier geht, und um Marlene Beyer, die Patientin, zu der er gerufen wurde und der dieses Gebäude gehört. Beide sind sehr wahrscheinlich mit einer kleinkalibrigen Pistole getötet worden, die neben dem Mann auf dem Boden lag und an der seine Fingerabdrücke sichergestellt wurden. Und zwar *nur* seine!«

»Gab es einen Grund dafür, dass sich die Kollegen von der Streife vor Ort umgeschaut haben?«, meldete sich jetzt Hauptkommissar Martin Weber mit seiner markanten Stimme zu Wort, die an einen starken Nikotinkonsum denken ließ. Dabei hatte er in seinem bisherigen Leben nicht eine Zigarette geraucht. Auch jetzt wirkte sein zerzaustes, leicht angegrautes Haar, als sei er gerade erst aus dem Bett gestiegen. »Und was ist mit diesem Haus? Gab es Einbruchsspuren?«

»Negativ. Alle Türen und Fenster waren ordnungsgemäß von innen verriegelt, die Haustür war abgeschlossen und der Schlüssel steckte im Schloss. Einen Hintereingang oder einen Zugang durch den Keller gibt es auch nicht. Die Beamten waren einer Meldung nachgegangen, wonach sich irgendwelches Gesindel seit Tagen dort herumgetrieben haben soll. Weil die weit über achtzig Jahre alte Dame ganz allein fernab der Wohnbebauung am Waldrand wohnt, hatte eine besorgte Anwohnerin die Polizei informiert. Als auf deren Klingeln niemand öffnete, schauten sie durch ein Fenster und sahen die beiden Leichen im Wohnzimmer liegen. Sie mussten eine Scheibe einschlagen, um hineinzugelangen.«

»Das sieht mir doch sehr nach einem erweiterten Suizid aus!«, bemerkte Oberkommissar Jonas Faber. Im Gegensatz zu seinem Partner war er wie aus dem Ei gepellt und die Frisur wirkte, als läge sein letzter Friseurbesuch nicht länger als zehn Minuten zurück. »Wenn der Arzt seine Fingerabdrücke auf der Waffe hinterlassen hat, wird er auch geschossen haben.

Erst auf die Frau, dann nahm er sich selbst das Leben. Habt ihr seine Hände auf Schmauchspuren getestet?«

»Wir warten noch auf das Ergebnis aus dem Labor der Rechtsmedizin«, meldete sich Donner zu Wort. »Es stimmt natürlich, dass es verdächtig nach einem Mord mit anschließender Selbsttötung riecht. Für meine Begriffe jedoch etwas zu penetrant, irgendwas stinkt da gewaltig! Wo ist das Motiv? Außer, dass es sich um Arzt und Patientin handelte, gibt es augenscheinlich keinen Zusammenhang! Woher kam die Waffe? Auf Brunner ist sie jedenfalls nicht registriert! Nicht zuletzt ist das Auto verschwunden, mit dem er angereist sein muss, ein geländegängiger SUV. Wir haben alles abgesucht. Wo ist es abgeblieben? Er wird es ja wohl kaum vor der Tat weggefahren haben, um dann zu Fuß zurückzukehren und ein Blutbad anzurichten!«

»Wir fanden einen sogenannten Mutterschaftstest in Brunners Tasche«, berichtete Christina Ohlsen. »Das ist sozusagen das Gegenstück zu einem Vaterschaftstest und stellt einen genetischen Beweis für eine Mutter-Kind-Beziehung dar. Sowas wird oft von ängstlichen Eltern gemacht, um eine Verwechslung auf der Entbindungsstation auszuschließen. Ob er in diesem Kontext etwas zu bedeuten hat, wissen wir nicht, da der Genvergleich anonym ist. Er kann aber für alles Mögliche stehen, da Brunner Arzt war. Er könnte den Test für eine seiner Patientinnen durchführen lassen haben.«

»Was ist mit dieser Pistole?«, wollte Jasmin Brandt wissen. Sie war die zweite Kommissarin in Hellers

Truppe und die Ermittlungspartnerin von Vanessa Fuchs. Optisch stellte sie das krasse Gegenteil zu ihrer Kollegin dar: Mit 1,64 Meter war sie nur zwei Zentimeter größer als Christina Ohlsen, jedoch im Gegensatz zu dieser etwas rundlich gebaut, was ihrer Vorliebe für Schokolade geschuldet war. Das wasserstoffblonde Haar trug sie derzeit in einer Art Pagenfrisur. »Fehlen nur die beiden Patronen im Magazin?«

»Es war leer«, antwortete Christina Ohlsen. »Am Tatort fanden wir zwei Patronenhülsen Kaliber .22, die zur sichergestellten Waffe passen. Der Bericht der Forensik steht noch aus, es kann also durchaus sein, dass weitere Geschosse oder Geschosshülsen auftauchen werden. Bis dahin müssen wir davon ausgehen, dass es lediglich zwei Schüsse gab.«

Ihr Vorgesetzter räusperte sich vernehmlich und wandte sich direkt an den Leiter der SOKO: »Um den Fall abzuschließen, ist es unbedingt erforderlich, dass ein erweiterter Suizid entweder zweifelsfrei bestätigt oder aber widerlegt wird. Uns fehlen dazu derzeit die Leute! Übernehmt ihr die Ermittlungen?«

»Was mich stutzig macht, ist das fehlende Fahrzeug«, nahm Heller erstmals Stellung. »Wenn jemand sich solch eine Mühe gibt, einen erweiterten Suizid vorzutäuschen, weshalb sollte er dann so dumm sein, das Auto eines der Opfer zu stehlen? Ich stimme dir zu, dass dies verstörend ist. Allerdings spricht *gegen* die Beteiligung eines Dritten, dass das Haus beim Erscheinen der Kollegen von innen verschlossen und Türen und Fenster sämtlich intakt waren! Um es kurz zu machen: Die SOKO Rhein-Sieg stellt sich dieser Herausforderung und übernimmt den Fall!«

***

»Hier sind die bisherigen Ermittlungsergebnisse, der vorläufige Todeszeitpunkt steht auch schon drin. Sobald uns die endgültigen Berichte von Rechtsmedizin und Forensik vorliegen, erhältst du die selbstverständlich ebenfalls umgehend.« Christina Ohlsen drückte ihm den dünnen Hefter in die Hand, aus dem sie ihnen vorhin die Fakten zu dem neuen Fall vorgetragen hatte, und wandte sich zur Tür, um Donner zu folgen, der sich kurz mit seinem Neffen unterhalten und dann den Raum verlassen hatte.

»Auf ein Wort noch, Chrissie!«, hielt Tobias die ehemalige Kollegin sanft am Arm zurück. Trotzdem sie erst in der Mitte ihres vierten Schwangerschaftsmonats war, konnte er das Bäuchlein aufgrund ihrer zierlichen Statur bereits deutlich erkennen. »Du sprachst vorhin von ›wir‹, als du von der Tatortbesichtigung berichtet hast. Ich will doch sehr hoffen, dass das nur so dahergesagt war und du selbst nicht draußen gewesen bist. Denk an Denise, die damals fast ihr Baby verloren hätte, als sie sich im achten Monat unbedingt noch persönlich an einer Mörderjagd beteiligen musste. Es kann so viel passieren!«

»Du meinst die Geschichte, wo du die Geisel eines irren Mörders warst und ich dich auf deinen ausdrücklichen Wunsch ins Bein geschossen habe?«, grinste sie ihn breit an. »Denise ließ sich damals nicht davon abbringen, sich ebenfalls an der Verfolgung zu beteiligen. Allerdings hätte es auch keiner von uns ernsthaft versucht, ohne Leib und Leben zu riskieren. Du kennst sie, sie würde einen Partner niemals im Stich lassen! Aber du kannst beruhigt sein. Horst und der neue Oberkommissar, der vorige Woche gekommen ist, waren draußen, und ich hab in der Zeit brav Söckchen für den kleinen Marvin gestrickt.«

Tobias lachte unwillkürlich lauthals auf, eine strickende und häkelnde Chrissie Ohlsen vermochte er sich in seinen kühnsten Träumen nicht vorzustellen. »Demnach wisst ihr schon, dass es ein Junge wird?«, vergewisserte er sich. »Aber du hast natürlich recht, Denise war in unserer Partnerschaft immer für mich da und hätte jederzeit alles riskiert, um mir beizustehen. Und umgekehrt war das selbstverständlich auch der Fall. Wir waren ein absolut perfektes Team, deswegen vermisse ich sie ja so sehr!«

»Du bist doch mit ihr und Sven befreundet! Besuch sie bei Gelegenheit einfach mal, sie wird sich freuen! Allerdings ist es unter der Woche etwas schwierig, sie anzutreffen. Nachmittags hilft sie in der Steuerberaterpraxis ihres Mannes aus, weil dessen Gehilfin nach der Geburt ihrer Tochter nur noch halbtags arbeiten möchte, und vormittags beteiligt sie sich im Kindergarten an der Betreuung der ganz kleinen Wichte. Sie geht voll in ihrer neuen Rolle auf und scheint damit sehr glücklich zu sein.«

»Wer hätte das gedacht?«, lächelte Tobias still in sich hinein. Er konnte sich noch gut an ihren ersten gemeinsamen Fall erinnern. Damals war sie achtundzwanzig und sehr ungestüm, um es vorsichtig auszudrücken. »Ich hatte ohnehin vor, demnächst mal bei ihr und den Kindern vorbeizuschauen. Aber du weißt ja selbst, wie das in unserem Beruf ist, immer kommt irgendwas dazwischen.«

»Klar, du hast dich nicht getraut! Habe ich recht?«,
nickte Chrissie zwinkernd und stupste ihm freund-
schaftlich den Ellenbogen in die Seite.

»Grüß deinen Mann herzlich von mir«, ließ Tobias
diese durchaus zutreffende Bemerkung unkommentiert. »Jetzt muss ich aber wieder zu meinen Leuten,
es gibt eine Menge zu tun und es gilt nun vordring-
lich, die Aufgaben entsprechend ihrer Fähigkeiten zu
verteilen. Vornehmlich werden diese wohl zunächst
aus Recherchen bestehen, aber wir sehen uns auch
den Tatort heute noch persönlich an und statten der
Witwe des Arztes einen Besuch ab. Sein verschwun-
denes Fahrzeug lasse ich vorsorglich zur Fahndung
ausschreiben!«

* * *

»Ob ich mich wohl jemals an diese elende Fahrerei
gewöhnen werde?«, brummte Vanessa Fuchs ungehalten. Sie befanden sich auf der B56 in Richtung
Heide, einem der größeren Nebenorte Lohmars. Von
dort waren es noch gute zwei Kilometer bis zu ihrem
Ziel. Gemäß der Regel, dass immer der mit dem nied-
rigsten Dienstrang fährt, hatte die Kommissarin das
Steuer eingenommen, während Tobias Heller neben
ihr auf dem Beifahrersitz seinen Gedanken nachhing.
Und *einen* Vorteil musste es ja haben, der Chef zu
sein! Auf dem Rücksitz lümmelte sich Erik Hagel, den
sie mitgenommen hatten, damit er etwas lernte.

Bei Kröhlenbroich handelte es sich um einen Hof,
wovon es in dem weitläufigen Gemeinwesen neben
unzähligen Weilern insgesamt fünfundzwanzig gab,
oftmals sogar mit eigener Postleitzahl. Nicht dieser
war jedoch der Grund für die heutige Fahrt, sondern

ein kleines Fachwerkhaus, das ein gutes Stück davon entfernt in den Wald hineingebaut wurde, und etwa fünfzig bis sechzig Jahre älter sein dürfte als das Gestüt aus dem 19. Jahrhundert. Postalisch gehörten die Gebäude zum einen Kilometer nördlich gelegenen Algert, das mit etwa dreihundert Seelen, Hunde und Katzen nicht mitgerechnet, ein eher durchschnittlicher Nebenort war.

»Denise hat Jahre dafür gebraucht!«, gab Tobias zurück. »Hauptkommissarin Malowski kam ja ebenso wie du aus Köln, bevor sie in Siegburg anfing. Da sind die Wege zwar oftmals chaotisch, aber auch wesentlich kürzer! Immerhin ist der Rhein-Sieg-Kreis von der Einwohnerzahl der drittgrößte Landkreis in Deutschland. In Nordrhein-Westfalen ist er flächenmäßig sogar auf dem ersten Platz, bundesweit liegt er auf Rang acht! Lohmar ist außerdem nach Windeck und Hennef eine der weitläufigsten Städte bei gleichzeitig geringer Bevölkerungsdichte. In dieser Gegend kann man oft stundenlang unterwegs sein, da ist die Fahrzeit von zwanzig Minuten, die das Navi angegeben hat, gar nichts gegen!«

Biegen Sie nach fünfzig Metern links ab, forderte das Navigationssystem sie in diesem Augenblick auf, als habe es nur auf ein Stichwort gewartet. Die Bundesstraße hatten sie zwei Minuten zuvor verlassen, um in die Ortschaft Lohmar-Heide einzubiegen, deren Kern sie schon hinter sich hatten. Ortsdurchfahrten dauerten in dieser Gegend nie lange. Bis zu ihrem Ziel war noch ein Kilometer über asphaltierte Feldwege zu fahren.

»Soll ich zu dem Haus durchfahren, oder möchtest du dich zuerst bei dem Gestüt umhören, ob die etwas von der Tat mitbekommen haben?«, erkundigte sich die Kommissarin vorsorglich bei ihrem Vorgesetzten. Eigentlich war es gleich, denn der Weg war derselbe und sie würden an dem Hof zuerst vorbeikommen.

»›Umhören‹ ist das Stichwort, Vanessa«, antwortete Heller lächelnd, griff in eine mitgebrachte Tasche und fischte eine kleine Pistole heraus. »Ich habe mir in unserer Asservatenkammer eine baugleiche Waffe wie die vom Tatort besorgt«, erläuterte er ihr seine Absicht. »Wir machen nämlich beides: Du setzt mich und Erik beim Gestüt ab, fährst weiter zu dem Fachwerkhaus am Waldrand, und gibst mit dieser Pistole von jetzt an in genau zehn Minuten zwei Schüsse im Wohnzimmer ab. Das müsste der Tatortbeschreibung gemäß nach hinten heraus, also auf der Waldseite liegen. Achte aber darauf, dass alle Türen und Fenster geschlossen sind. Keine Sorge, sie ist selbstverständlich nur mit Platzpatronen geladen«, beruhigte er sie sofort, als er ihr unwilliges Stirnrunzeln bemerkte. »Anschließend kommst du uns dann holen. In der Zwischenzeit befragen wir die Betreiber des Gestüts.«

* * *

»Wie du mal wieder herumläufst!«, mokierte sich Jonas Faber über das verlotterte Aussehen des älteren Kollegen. Die Gegensätze konnten krasser nicht sein: Während der Oberkommissar in einen mindestens fünfhundert Euro teuren Anzug mit Seidenhemd und Krawatte gekleidet war und die dazu passenden italienischen Schuhe an den Füßen hatte, schien das

Outfit Martin Webers in seiner Gesamtheit lediglich einen winzigen Bruchteil dessen gekostet zu haben. Vor einer unbekannten, aber definitiv länger zurückliegenden Zeitspanne. Von der Frisur, sofern man so verwegen war, das graue Gestrüpp auf seinem Kopf so zu nennen, ganz zu schweigen.

»Was ist deiner Meinung nach daran auszusetzen? Wir gehen weder in die Kirche noch zu einer Beerdigung! Es ist mir sowieso völlig schleierhaft, wie du es schaffst, die sicher sündhaft teuren Klamotten nicht mit der Dienstwaffe zu versauen! Oder ölst du die etwa nicht ein?«

»Steck dir wenigstens das Hemd ordentlich in die Hose!«, schüttelte Faber zu der Schussligkeit seines Partners verständnislos den Kopf, ohne auf dessen Provokation einzugehen. War da nicht ein Senffleck vom letzten Hotdog am Kragen? »Ich wette, wenn du in diesem Aufzug unter einer Brücke hindurchgehst, werfen dir die Obdachlosen vor lauter Mitleid ohne zu zögern ihre gesamten Habseligkeiten hinterher!«

Sie waren mittlerweile an der Haustür des Bungalows der Eheleute Brunner angekommen. *Es heißt ja, Martin – oder Marty, wie man ihn auch nennt – verfüge über eine geniale Kombinationsgabe*, überlegte Faber, während er gleichzeitig die einzige Klingel betätigte. *Wir werden ja noch sehen, was an den Gerüchten dran ist, er könne eine verdächtige Person auf hundert Meter gegen den Wind wittern!*

»Was glaubst du, woher ich die Klamotten habe?«, konterte Weber schlagfertig und musste grinsen, als sein Partner ihn verblüfft ansah. »Immerhin müssen wir der Witwe die Todesnachricht nicht mehr überbringen, das haben die Kollegen von der Streife schon erledigt«, wurde er sofort wieder ernst. Dieser Teil ihrer Arbeit war für polizeiliche Ermittler unbestritten der unangenehmste.

Er verstummte abrupt und setzte das für solche Zwecke einstudierte Pokerface auf, denn in diesem Moment wurde die Tür geöffnet und eine attraktive Frau in ihren Fünfzigern taxierte die Besucher mit unbewegter Miene, wobei ihr Blick mit deutlichem Missfallen einige Sekunden länger als nötig auf Weber haften blieb, beziehungsweise auf dessen Kleidung.

»Ja, bitte?«, stieß sie unfreundlich, beinahe schon aggressiv hervor, nachdem ihre Musterung beendet war. Die Kommissare hielten stumm die gezückten Dienstausweise vor ihr Gesicht. »Polizei?«, wölbte sie verwundert die Brauen, bevor einer von ihnen etwas sagen konnte, und machte Anstalten, ihnen die Tür vor der Nase zu schließen. »Ich habe Ihren Kollegen bereits alles mitgeteilt, was ich weiß!«

»Es haben sich noch einige Fragen ergeben«, ließ Weber hastig seinen Standardspruch los und setzte gleichzeitig beherzt seinen rechten Schuh in den Türspalt, was man aufgrund seiner ausgelatschten Treter in Verbindung mit der massiven Eichentür durchaus als extrem mutig bezeichnen konnte. Und natürlich als aufdringlich und vorschriftswidrig. »Es wäre jedoch besser, wenn wir das drinnen besprechen würden!«

»Ich habe erst vor wenigen Stunden erfahren, dass mein Mann sich das Leben genommen hat. Können Sie mir nicht wenigstens einen Tag Zeit lassen, diesen tragischen Verlust zu verarbeiten?«, nörgelte die Frau mit einem Blick auf den ausgefransten Turnschuh in ihrer Tür, und es war ihr anzusehen, dass sie ernsthaft darüber nachdachte, ob sie einen zerquetschten Polizistenfuß riskieren sollte. Schließlich siegte die Vernunft und sie trat widerstrebend einen Schritt zur Seite: »Aber bitte, wenn es denn sein muss, kommen Sie in Gottes Namen herein!«

* * *

Tobias hatte auf Anhieb Glück. Die Straße verlief in der Nähe eines eingezäunten Areals von der Größe eines halben Fußballfeldes, wo eine kräftig gebaute, sonnengebräunte Frau in den Vierzigern einem Mann aufmerksam dabei zusah, wie er in dieser Koppel ein Pferd an einer mindestens zehn Meter langen Longe herumführte. Da er hier ohnehin aussteigen wollte, ließ er Vanessa am Wegesrand anhalten und näherte sich mit Erik behutsam, um das Tier nicht zu erschrecken, der idyllisch anmutenden Szene.

Die Frau entpuppte sich als Gabriele Kehlenbach, die den Pferdehof seit vielen Jahren gemeinsam mit ihrem Mann bewirtschaftete. Wie sich herausstellte, war sie es auch gewesen, die bei der Polizei angerufen hatte, weil ihr verdächtige Aktionen an dem Haus am Waldrand aufgefallen waren, wie sie es den Ermittlern gegenüber umständlich ausdrückte.

»Und dass dort etwas nicht mit rechten Dingen zuging, haben Sie von hier aus erkennen können?«, wunderte sich Heller, während er die Entfernung zu schätzen versuchte. »Das sind doch locker vierhundert Meter!«

»Es sind sogar vierhundertzwanzig«, lächelte Frau Kehlenbach. »Das weiß ich deswegen so genau, weil dort die Grenze unseres Grundstücks verläuft, dessen Größe mir schon wegen der Grundsteuer bekannt ist. Aber nein, ich war gestern Abend mit einem meiner Pferde unterwegs, als mir ein Kerl auffiel, der um das Haus herumschlich. Da war ich keine fünfzig Meter entfernt. Und weil ich sowas schon öfter beobachtet hatte, bat ich die Polizei, bei der alten Dame einmal nach dem rechten zu sehen. Immerhin ist sie bereits weit über achtzig und wohnt ganz allein in dieser Abgeschiedenheit. Ist denn etwas passiert? Das war ja ein reichlich großes Aufgebot heute Morgen!«

»Ich muss Ihnen leider mitteilen, dass Frau Beyer einem Verbrechen zum Opfer fiel«, informierte Heller sie. »Laut Rechtsmedizin war das sehr wahrscheinlich gestern Abend zwischen 20:00 und 22:00 Uhr. Ich muss Sie daher fragen, ob Ihnen sonst noch etwas Ungewöhnliches aufgefallen ist. Und können Sie uns den Mann beschreiben, der dort herumschlich? Wie spät war es da, wissen Sie das?«

»Das sind aber viele Fragen auf einmal! Fangen wir einfach mal hinten an: Den Mann habe ich kurz vor acht gesehen. Um diese Zeit geht die Sonne unter und man hätte ihn zwischen den Bäumen später sicher nicht mehr erkannt. Außerdem war ich bereits auf dem Rückweg und wollte noch die Abendnachrichten sehen. Er war mittelgroß, hatte eine kräftige Statur und dunkle Haare. Sie waren etwas länger als üblich und lockig. Glaube ich wenigstens. Das ist auch schon alles, was mir aufgefallen ist. Ach ja ... Später fuhr dieser Landarzt die Straße entlang, das war so eine halbe bis Dreiviertelstunde danach. Den Wagen kennen wir sehr gut, Frau Beyer ruft den Doktor ja seit Jahren wegen jedem Wehwehchen an und er kommt daher oft hier vorbei. Es muss dieses Mal aber wohl etwas Ernstes gewesen sein, denn als ich eine Stunde später aus dem Fenster blickte, fuhr er gerade erst zurück.«

»Sie haben den Wagen also definitiv zurückfahren sehen?«, vergewisserte sich Heller noch einmal stirnrunzelnd. *Diese* Aussage passte irgendwie nicht zum angenommenen Tathergang! Es sei denn … »Haben Sie Doktor Brunner eindeutig am Steuer erkannt?«, erkundigte er sich daher bei ihr. Insgesamt machte die Zeugin auf ihn einen glaubwürdigen Eindruck.

»Natürlich nicht, Herr Kommissar. Es war ja um diese Zeit bereits dunkel, wie Sie sich sicher denken können und Straßenlaternen gibt es hier nicht! Aber wer sollte es sonst gewesen sein? Hierher verirrt sich nur selten jemand, der nicht zu uns will. Außer dem Arzt selbstverständlich.«

Das ist die Eine-Million-Euro-Frage, dachte Heller. »Schüsse haben Sie nicht zwischen den beiden Sichtungen des Autos gehört?«, ließ er die ohnehin eher rhetorisch gemeinte Bemerkung der Zeugin unkommentiert. Kommissaranwärter Erik Hagel schrieb in einer bewundernswerten Geschwindigkeit alles mit, wie er aus dem Augenwinkel bemerkte. Aber eigentlich war das unüberhörbar, denn der junge Mann benutzte einen unglaublich spitzen Bleistift, dessen kratzendes Geräusch Heller schon bei seinem Praktikum auf den Zeiger gegangen war.

»Schüsse?«, wiederholte Gabriele Kehlenbach und schaute fragend von ihm zu Erik und wieder zurück. Sie erhielt jedoch von keinem der beiden eine zusätzliche Information dazu, was sie mit einem unwilligen Stirnrunzeln zur Kenntnis nahm. »Nein, nicht das ich wüsste!«, beantwortete sie schließlich die Frage.

Ich auch nicht, stellte Tobias Heller mit einem Blick zur Uhr fest. Denn die mit Vanessa Fuchs vereinbarte Zeit war längst vorbei und er hatte nichts gehört, was zwei Pistolenschüssen in irgendeiner Weise ähnelte. Wie auf Bestellung erschien in diesem Augenblick die Kommissarin mit dem Dienstwagen. »Ich habe dann zunächst keine weiteren Fragen mehr an Sie«, nickte er der Frau zu und überreichte ihr eine seiner neuen Visitenkarten. Sie waren erst heute Morgen frisch von der Hausdruckerei geliefert worden. »Falls Ihnen noch etwas zu diesem Vorfall einfällt, rufen Sie mich bitte an!«

Mit Erik im Schlepptau eilte er unverzüglich zum Wagen, der einige Meter von der Koppel entfernt mit laufendem Motor am Straßenrand angehalten hatte. Er war gespannt, was ihn und seine Leute am Tatort erwartete, aber vor allem war er begierig zu sehen, wie sich seine neuen Mitarbeiter bei der Spurenanalyse anstellen würden.

* * *

In der Diele fielen dem vorausgehenden Martin Weber auf dem Weg ins Wohnzimmer sogleich zwei Dinge auf: Ein gelbes, mit einer krakeligen Schrift versehenes Post-it auf dem Display eines modernen Telefonapparates, und ein augenscheinlich für ein größeres Exemplar seiner Spezies gedachtes Hundebett mit entsprechend dimensionierten Näpfen für Wasser und Futter.

Der passende Vierbeiner war momentan nicht zu sehen, dafür sprang bei ihrem Eintreten ein brauner Irish Setter von einer riesigen Wohnlandschaft und trollte sich mit betont schuldbewusstem Hundeblick zu seinem angestammten Platz in der Diele. Offenbar hatte das Tier die günstige Gelegenheit dazu benutzt, es sich während der kurzen Abwesenheit der Hausherrin verbotenerweise auf den Polstern bequem zu machen.

»Es tut mir leid, dass wir Sie in Ihrer Trauer belästigen, doch bei ungeklärten Todesfällen ist es zwingend erforderlich, dass die Kriminalpolizei ermittelt. Was Sie den uniformierten Kollegen eventuell gesagt haben, ist dabei nicht von Belang«, klärte Weber ihre unfreiwillige Gastgeberin auf, nachdem er sich eingedenk der zuvor beobachteten Szene für einen Sessel entschieden hatte. Dass sein Partner sich mit seinem teuren Anzug ausgerechnet auf der Stelle der Wohnlandschaft niederließ, wo vor wenigen Augenblicken der Hund gelegen hatte, war ihm ein innerer Vorbeimarsch. Faber hatte das Zimmer hinter ihm betreten und es wohl nicht mitbekommen.

»Was heißt hier ›ungeklärter Todesfall‹?«, brauste Kerstin Brunner auf. »Ich denke, mein Mann hat sich erschossen?«

»Besaß er denn eine Schusswaffe?«, mischte sich Jonas Faber ein. »Außerdem kam zusammen mit ihm eine weitere Person ums Leben. Kennen Sie eine Frau Marlene Beyer?«

»Von einer Pistole ist mir nichts bekannt, aber was weiß ich denn schon? Und diese Beyer kenne ich nur vom Telefon, die rief dauernd zu den unmöglichsten Zeiten an! Und immer am Abend. Mein Mann ist jedes Mal sofort hinausgefahren und war die halbe Nacht unterwegs. Die wohnt am Ende der Welt, müssen Sie wissen. Wahrscheinlich war sie einsam und brauchte jemanden zum Reden, krank war sie jedenfalls ganz gewiss nicht! Und die ist jetzt tot?«

»Hatte Ihr Mann Anlass zu der Vermutung, adoptiert worden zu sein, ohne dass man ihm das gesagt hatte?«, wechselte Faber scheinbar unmotiviert das Thema. Sie blickte ihn überrascht an.

»Ich weiß zwar nicht, was das mit seinem Tod zu tun haben soll, aber ich werde diese Frage trotzdem beantworten. Ja, es stimmt. Guido hatte vor einigen Monaten plötzlich die fixe Idee entwickelt, dass seine kürzlich verstorbene Mutter womöglich nicht seine Leibliche gewesen ist. Irgendwas war ihm wohl nachträglich aufgefallen, was ihn das glauben ließ. Jedenfalls steigerte er sich förmlich in diesen Gedanken hinein, bis er keine Ruhe mehr fand und er nachts nicht schlafen konnte. Das war es aber auch schon, weiter kann ich Ihnen dazu nichts sagen.«

»Schildern Sie uns bitte so genau wie möglich den gestrigen Abend«, übernahm Weber als der Ranghöhere die Gesprächsführung, wobei er erneut die Richtung wechselte. »Rief Frau Beyer Ihren Mann an und bat ihn zu sich? Und falls ja, wann war das?«

»Ich war gar nicht zu Hause«, schüttelte Kerstin Brunner traurig den Kopf. »Wenn ich das alles nur geahnt hätte ... Ich war mit Lucky draußen. Das ist unser Irish Setter, sie haben ihn vorhin gesehen. Das Tier braucht hin und wieder Bewegung, deshalb sind wir mit dem Zweitwagen zum Hundeplatz gefahren. Mein Mann hatte mir nur eine Haftnotiz am Telefon zurückgelassen, sie klebt immer noch dort. Darauf stand, dass er zu dieser Marlene Beyer fahren wollte. Wann das war, ist mir nicht bekannt. Als ich gegen 21:30 Uhr heimkam, war er schon fort.«

»Sie waren also mit Ihrem Hund unterwegs«, rekapitulierte Weber. »Wie lange war das? Eine Stunde? Oder eher zwei? Sind Sie während dieser Zeit anderen Menschen begegnet?«

»Ich weiß nicht, was Sie mit dieser Frage andeuten wollen, Herr Kommissar, aber sie gefällt mir überhaupt nicht! Benötige ich etwa ein Alibi? Da haben Sie Pech, leider kann nur der Hund bestätigen, dass die Angaben der Wahrheit entsprechen!« Ihre Augen sprühten förmlich Funken vor unterdrücktem Zorn.

»Diese Frage muss ich Ihnen stellen, das ist reine Routine!«, beschwichtigte er sie. »Aber wo wir gerade dabei sind: Ich habe an seinem Halsband einen sehr auffälligen Anhänger bemerkt«, zeigte der auf den ersten Blick einfältig wirkende Ermittler, dass er über eine ausgezeichnete Beobachtungsgabe verfügte. »Ist das womöglich ein GPS-Transponder?«

»Die Koordinaten werden bei diesem Modell über eine Handy-App abgerufen«, ließ sich die ›wandelnde Datenbank‹ Faber vernehmen und gab damit gleichzeitig kund, dass er zumindest in diesem Punkt ebenfalls aufgepasst hatte. »Würden Sie uns bitte die Zugangsdaten überlassen? Dann wäre es ein Leichtes für uns, Ihre Angaben zu überprüfen.«

»Wenn Sie das glücklich macht ...«, brummte Frau Brunner missgestimmt und kramte in ihrer Handtasche nach Schreibutensilien. Sie reichte Faber einen Zettel, nachdem sie fündig geworden war und etwas gekritzelt hatte. Es war ein gelbes Post-it, offenbar in diesem Hause der Standard für Notizen und Mitteilungen. »Das müssen Sie nur einmalig eingeben. Den Namen der App habe ich auch notiert.«

»Diese Notiz, die Ihr Mann Ihnen gestern Abend hinterließ, nehmen wir ebenfalls mit«, informierte Weber sie schnell, als er sah, wie Faber den Zettel mit spitzen Fingern entgegennahm und in einen Spurensicherungsbeutel eintütete. »Verfügt Ihre Telefonanlage über einen integrierten Nummernspeicher für eingehende Gespräche? Dann müssten wir den Zeitpunkt dieses Anrufs, falls es ihn überhaupt gab, doch auslesen können!«

»Damit kenne ich mich nicht aus, aber Sie dürfen sich meinetwegen selbst bedienen, sofern Sie wissen, wie das geht! Den Zettel können Sie mitnehmen, ich habe keine Verwendung mehr dafür. War es das? Ich möchte jetzt gerne etwas allein sein, wenn Sie nichts dagegen haben!«

»Einige Fragen hätte ich aber noch«, meldete sich Faber wieder zu Wort. Er hatte sich bislang vornehmlich damit begnügt, Notizen zu machen. »Können Sie sich einen Grund vorstellen, weshalb Ihr Ehemann sich umgebracht haben könnte? Hatten Sie eheliche Probleme oder Geldsorgen? Wir müssen diese Fragen stellen!«, fügte er hinzu, als sich ihre Stirn sichtbar umwölkte.

»Nichts davon trifft zu! Mit der Praxis ist alles in Ordnung und eine Affäre habe ich auch nicht, falls Sie das als Nächstes von mir wissen wollten!«, zischte sie aufgebracht. »Ich muss Sie jetzt wirklich bitten, zu gehen!«

»Kein Problem!«, hob Weber begütigend die Arme und stemmte sich ächzend aus seinem ungewöhnlich tief gelegenen Sitzplatz. »Danke, wir finden allein hinaus«, nickte er ihr zu und folgte Faber in die Diele, wo dieser sich an der Telefonanlage zu schaffen machte. Er selbst war in technischen Dingen eher unbegabt, wie jeder im Kommissariat wusste.

In der Tür wandte er sich jedoch noch einmal um und griff sich in einer seltsam vertraut anmutenden Geste zerstreut an die Stirn. »Ach, da fällt mir gerade ein«, murmelte er und kramte in der Hosentasche herum, um ein total zerknittertes Post-it hervorzuholen. Sein Partner hätte seine helle Freude gehabt, denn es war nicht in einem Spurensicherungsbeutel. Andererseits hatte die Forensik es bereits untersucht, es waren nur die Fingerabdrücke des Arztes darauf und die einer weiteren Person, wahrscheinlich von seiner Ehefrau. »Ihr Mann hatte diesen Zettel hier in der Tasche. Ist der von Ihnen? War es in Ihrer Ehe eigentlich normal, per Haftnotiz miteinander zu kommunizieren, oder wie darf ich diese Zettelwirtschaft verstehen?«

Solche für ihn typische ›letzte Fragen‹ hatten ihm zusammen mit dem schludrigen Äußeren schon vor vielen Jahren einen zutreffenden Spitznamen eingebracht. Eine Antwort erhielt er indes nicht, sodass er achselzuckend den Raum verließ, um seinem Partner bei dessen Bemühungen mit der Telefonanlage zuzuschauen. Dank der vorausschauenden Aktion Fabers verfügten sie über Abdrücke zum Vergleich und eine Schriftprobe.

* * *

Vor dem kleinen, nur aus Erd- und Dachgeschoss bestehenden Fachwerkhaus saß ein grau-braun getigerter Kater und scharrte maunzend an der verwitterten Holztür. Als die Ermittler sich näherten, hielt das Tier kurz inne und schaute die Ankömmlinge mit einer Mischung aus Misstrauen und Hoffnung an. »Der schlich vorhin schon um das Haus«, informierte Vanessa ihren Vorgesetzten. »Drinnen gibt es zudem Hinweise für die zumindest zeitweise Anwesenheit einer Katze. Dieses Fellbündel wird Marlene Beyer gehört haben.«

»Er sieht gar nicht aus wie ein Streuner. Ich könnte mir aber gut vorstellen, dass er abgehauen ist, als die Kollegen heute Morgen hier gewaltsam eingedrungen sind«, überlegte Tobias Heller, während die Kommissarin aufschloss. Geschwind wie der Wind huschte der Kater hinein, sobald der Spalt genügend groß für ihn war. »Wir werden ihn mitnehmen müssen, allein wird er sich auf die Dauer bestimmt nicht versorgen können. Schade, der kleine Kerl könnte womöglich ein Zeuge sein, aber er kann ja leider nicht sprechen!«

»Was war das vorhin eigentlich mit den beiden Schüssen, die Vanessa hier abfeuern sollte, Chef?«, meldete sich Erik Hagel erstmals seit ihrer Abfahrt zu Wort. Sie waren mittlerweile im Wohnzimmer angekommen, einem zwar rustikal, aber auf den ersten

Blick sehr behaglich eingerichteten, schätzungsweise fünfzehn oder sechzehn Quadratmeter messenden Raum.

Auf dem aus Dielen bestehenden Fußboden waren die mit weißem Klebeband angebrachten Silhouetten zweier Menschen zu sehen, ansonsten wirkte das Zimmer ordentlich und aufgeräumt. Nur das eingeschlagene Fenster störte den Gesamteindruck. Es war mittlerweile, wahrscheinlich von einem Mitarbeiter der Forensik, provisorisch mit einer Sperrholzplatte abgedeckt worden. Nichts wies auf einen Kampf hin, was wiederum die Suizid-These stützen würde.

»Ich wollte damit testen, ob man diese Schüsse am Gestüt noch hätte hören können«, gab Tobias bereitwillig Auskunft, schließlich sollte Erik etwas lernen. »Eine Waffe dieses Kalibers hat je nach verwendeter Treibladung einen durchschnittlichen Schallpegel von hundertdreißig Dezibel, und zwar direkt an der Mündung gemessen. Was weißt du über die Ausbreitung von Schallwellen?«

»Soweit ich mich noch an den Physikunterricht in der Schule erinnere, nimmt die Lautstärke wohl mit dem Quadrat der Entfernung ab«, gab der Kommissaranwärter etwas vorschnell sein Schulwissen zum Besten.

»Das gilt für elektromagnetische Wellen«, berichtigte Tobias ihn nachsichtig. »Bei Schall sprechen wir von einer Intensitätsabnahme von sechs Dezibel je Verdoppelung der Entfernung, was jedoch im Grunde genommen fast dasselbe ist. An der Koppel, wo wir vorhin standen, müsste man deshalb eigentlich noch etwas gehört haben.«

»Zwischen dreißig und vierzig Dezibel«, rechnete Erik schnell im Kopf aus, was ihm ein anerkennendes Nicken einbrachte. »Das ist weniger als Zimmerlautstärke und die Schüsse waren außerdem im hinteren Bereich des Hauses.«

»Eben. Als Beweis dafür, dass eventuell ein Schalldämpfer verwendet wurde, taugte dieses Experiment daher leider nicht«, hob Heller bedauernd die Schultern. »Auch, wenn Platzpatronen in der Regel leiser sind als vergleichbare scharfe Munition. Schade, ich hatte mir mehr davon versprochen!«

»Falls hier tatsächlich Fremdeinwirkung vorliegt, werden wir andere Hinweise dafür finden, Tobias«, war sich Vanessa sicher. »Irgendeinen Fehler begeht bekanntlich jeder, machen wir uns also ans Werk!« Im nächsten Augenblick kniete sie neben den Silhouetten auf dem Boden und nahm die im Zuge der forensischen Untersuchung angefertigten Tatortfotos zur Hand.

»Die Leichen lagen, wie wir hier noch sehr gut sehen können, in einem Abstand von etwa einem Meter auf dem Bauch, die Gesichter einander zugewandt«, brachte sie in dozierendem Tonfall hervor, wobei diese Information eher für Erik gedacht war. »Auf den Fotos ist außerdem zu erkennen, dass beide Geschosshülsen, ebenso wie die Pistole, direkt neben Brunner gefunden wurden, beziehungsweise in einer Entfernung von weniger als fünfzig Zentimetern.«

»Bei einer halbautomatischen Pistole können die ausgeworfenen Hülsen durchaus mehrere Meter weit fliegen«, warf der Kommissaranwärter ein. »Und wir müssen ja davon ausgehen, dass der Schütze bei der

Abgabe der Schüsse aufrecht stand. Wie wahrscheinlich ist es dann, dass die Patronenhülsen einträchtig nebeneinander liegen?«

»Das ist ein sehr guter Einwand, aber leider noch kein Beweis«, spielte Tobias den ›Advocatus Diaboli‹. »Beide Hülsen könnten von der nahen Zimmerwand zurückgeprallt sein. Das würde ausreichend erklären, warum sie so lagen.«

»Da muss ich widersprechen!«, mischte sich jetzt die Kommissarin in die Diskussion ein. »Beim ersten Schuss mag dies ja so gewesen sein, da Brunner links von der Wand stand und er wohl Rechtshänder ist. Für den Fall aber, dass er sich anschließend tatsächlich selbst erschossen hat, muss er die Waffe auf sich gerichtet haben. Und das wiederum bedeutet nichts anderes, als dass der Hülsenauswurf nach links oder auch vielleicht nach vorn zeigte!«

»Herzlichen Glückwunsch, Vanessa«, nickte der SOKO-Chef zufrieden. Die zwei schienen über einen wachen Verstand zu verfügen. »Du hast soeben das erste Argument *gegen* einen Suizid gefunden! Suchen wir nach weiteren Hinweisen. Erik?«, forderte er den ›Auszubildenden‹ auf, hinter dessen Stirn es sichtbar arbeitete.

»Okay, wir haben hier zwei Leichen und ebensoviele Geschosse und Hülsen«, offenbarte dieser seine Gedanken. »Und, um dem Ganzen die Krone aufzusetzen, ein von innen verriegeltes Haus. Außerdem waren auf der Schusswaffe nur die Fingerabdrücke Brunners. Ob er auch Schmauchspuren an der Hand hat, wissen wir, sobald der Bericht aus der Pathologie vorliegt. Trotzdem weist zunächst alles auf die Täterschaft des Arztes hin, mit Ausnahme der irgendwie arrangiert wirkenden Hülsen. Falls der Paraffintest positiv ausfällt, müsste es bei einer gestellten Szene ein Geschoss und eine Patronenhülse mehr geben, als Leichen vorhanden sind, da der mutmaßliche Mörder dem Toten die Waffe für einen dritten Schuss in die Hand gedrückt haben muss.«

»Na ja, eine Hülse kann man leicht aufheben und mitnehmen«, wiegte Heller nachdenklich den Kopf. »Doch wenn dem so war, was ist dann mit der Kugel passiert? Jürgen Vogel von der Forensik hätte sie ganz sicher gefunden. Der würde nicht mal einen Fliegenschiss übersehen, geschweige denn ein Einschussloch von immerhin knapp sechs Millimetern Durchmesser, welches sich zudem im Umfeld der Leiche befinden müsste!«

»Jemand hat den Wagen weggefahren!«, beharrte Erik auf seiner Meinung, während er in seinem Notizblock blätterte. »Hier steht es: Frau Kehlenbach sah das Auto zwischen 21:30 und 21:45 Uhr die Straße in Richtung Stadt entlangfahren, da waren Brunner und Beyer nach Einschätzung der Rechtsmedizin höchstwahrscheinlich bereits tot. Und wenn nicht: Warum sollte der Arzt den Wagen wegfahren, zu Fuß zurückkommen, um sich und seine Patientin zu erschießen? Das ergibt keinen Sinn! Vielleicht steckt das Geschoss ja in diesen Balken!« Er legte den Kopf in den Nacken und scannte sorgfältig jeden Quadratzentimeter der aus Holzbohlen bestehenden Zimmerdecke. »Nein, da ist auch nichts«, musste er zwei Minuten später mit hörbarer Enttäuschung in der Stimme bekennen.

»Das hätte ich dir gleich sagen können«, grinste Vanessa. »Jürgen benutzt für solche Gelegenheiten einen extrem empfindlichen Metalldetektor. Wäre da ein Geschoss, würde er es garantiert gefunden haben, da hat Tobias recht. Und wenn dir deine Gesundheit etwas bedeutet, bringst du es lieber in seiner Gegenwart nicht zur Sprache!«

»Hast du eine bessere Erklärung für das Rätsel?«, brummte Erik beleidigt. »Da *war* ein drittes Geschoss im Spiel, da bin ich mir ziemlich sicher. Wir müssen es nur finden!«

»Vielleicht habe ich die tatsächlich. Seht ihr diesen feinen weißen Sand zwischen den beiden Leichen?«, lenkte sie die Aufmerksamkeit der Kollegen wieder auf die konkrete Spurenlage. »Und bevor jemand von euch behauptet, wir hätten den unter den Schuhen gehabt: Auf dem Tatortfoto ist er bereits vorhanden, nur dass es dort eine größere Menge ist und mit einer gelben Nummerntafel der Forensik markiert wurde.«

Tobias Heller war dem Disput teils amüsiert, aber auch mit wachsendem Interesse gefolgt. In diesen jungen Kriminalisten steckte ein großes Potenzial, es war also richtig gewesen, sie zusammenarbeiten zu lassen! »Und was hat es deiner Meinung nach damit auf sich?«, fragte er die Kommissarin neugierig, er selbst konnte sich keinen Reim darauf machen. Es handelte sich bei der ursprünglichen, fotografierten Menge um einen kleinen Kegel aus weißem Sand in der Größe zweier Zuckerwürfel. Er wirkte, als sei er dort bewusst platziert worden, was aber ebenfalls keinen Sinn ergab.

»Nehmen wir einmal an, dass an dieser Stelle ein Säckchen lag, das mit Sand gefüllt war«, hob Vanessa zu einer möglichen Erklärung an. »Der Mörder gab dem auf dem Boden liegenden Leichnam die Pistole in die Hand und schoss in den Beutel. Wir können es später in der Forensik gerne nachstellen lassen, doch ich denke, dass es nicht viel von dem Sand braucht, um eine Kugel dieses Kalibers zu bremsen. Ein paar Liter vielleicht. Sie steckte also in dem Säckchen, das der Täter später einfach mitnahm. Eventuell legte er es vorher in einen weiteren, intakten Beutel, weshalb wir keine größere Menge von dem Sand sehen. Durch das Einschussloch rieselte aber zuvor ein wenig davon heraus, was der Mörder entweder übersah, oder es erschien ihm nicht wichtig.«

»Das ist wohl die abenteuerlichste Theorie, die ich jemals gehört habe«, lächelte Tobias. »Aber so könnte es sich durchaus zugetragen haben, wobei ein mitgebrachter Beutel mit Sand eine Spontantat weitestgehend ausschließt. Immer vorausgesetzt natürlich, es gab diese dritte Person überhaupt! Allerdings existiert ein weiterer Hinweis darauf, der bisher nur wenig Beachtung fand, nämlich das leere Magazin! Wer nimmt schon ernsthaft eine Pistole mit zwei Patronen mit, wenn er sowas vorhat? Das macht kein Mensch!«

»Du meinst, damit wollte der Täter die Anzahl der abgegebenen Schüsse verschleiern?«, spann Erik den Faden weiter. »Dann hätte er entweder die restlichen Patronen herausgenommen oder das ganze Magazin ausgetauscht. Das könnte natürlich so gewesen sein, aber es bleibt immer noch die unbeantwortete Frage, wie er aus dem verschlossenen Haus entkommen ist. Es gibt ja nur diesen einen Eingang, und der war ebenso wie die Fenster von innen verriegelt, als die Kollegen die Leichen fanden!«

»Herzlichen Glückwunsch, du hast soeben den Fall gelöst«, grinste Vanessa. »Es kann dann nämlich nur der Weihnachtsmann gewesen sein, der nach der Tat durch den Kamin entwischt ist!«

Kapitel 3

Erste Erkenntnisse

»Die Aussage der Arztwitwe beschert uns zumindest das Motiv für einen erweiterten Suizid, wenn es auch an den Haaren herbeigezogen zu sein scheint«, begann Tobias Heller die morgendliche Fallanalyse. »Wir hätten uns demzufolge mit folgendem Szenario auseinanderzusetzen: Guido Brunner hatte nach dem Tod der Mutter Zweifel, ihr leiblicher Sohn zu sein und stellte Nachforschungen dazu an. In seiner langjährigen Patientin Marlene Beyer glaubte er wohl, genügend übereinstimmende genetische Merkmale gefunden zu haben, und ließ heimlich einen Genvergleich durchführen. Das benötigte DNA-Material bei einem seiner Hausbesuche zu entwenden, war für ihn kein Problem, dazu musste er nur einen Rachenabstrich machen.«

»War sie nicht etwas alt? Sie war vierundachtzig!«, wandte Jasmin Brandt ein.

»Bei seiner Geburt wäre sie erst sechsundzwanzig gewesen, das könnte schon hinkommen. Da sie nie verheiratet war, könnte es sich dabei um einen Fehltritt gehandelt haben. Spinnen wir den Faden aber zunächst weiter: Brunner beschloss, sie zur Rede zu stellen. Es kam zu einem heftigen Streit, in dessen Verlauf er sie im Zorn erschoss. Aus Scham über die Tat tötete er sich anschließend selbst.«

»Irgendwas sagt mir, dass du an diese Geschichte nicht so recht glaubst, Chef!«, stellte Vanessa Fuchs stirnrunzelnd fest.

»Das ist richtig. Gerichtsfeste Beweise für eine Beteiligung Dritter an den beiden Tötungen konnten wir bei der Ortsbegehung gestern zwar nicht finden«, erwiderte Tobias, »doch die Ungereimtheiten, die uns aufgefallen sind, reichen für meine Begriffe aus, diese Angelegenheit ab sofort als Mordfall zu betrachten. An erster Stelle sind dabei die beiden Patronenhülsen zu nennen, die bei einem Suizid vollkommen anders zu liegen gekommen sein müssten. Doch da gibt es noch einige weitere Auffälligkeiten, denkt nur an das verschwundene Auto und diesen Mann, der am Tatabend um das Haus herumschlich und den wir dringend finden müssen! Ich werde umgehend einen Genvergleich zwischen den Leichen machen lassen, dann werden wir sehen, was an der Geschichte dran ist!«

»Aber wer hatte einen Grund für einen Doppelmord? Worin liegt das Mordmotiv begründet, und wo ist hier der gemeinsame Nenner?«, überlegte Jasmin laut. Sie war während der gestrigen Ausflüge ihrer Kollegen im Kommissariat geblieben und hatte sich ungestört ihren Lieblingsbeschäftigungen widmen können: Hintergrundrecherchen durchführen und dabei Schokolade naschen, die sich im Laufe der Jahre gut sichtbar auf ihren Hüften abgelagert hatte. »Eine Verbindung, die über ein Arzt-Patienten-Verhältnis hinausgeht, habe ich jedenfalls bisher nicht finden können!«, fügte sie achselzuckend hinzu.

»Das Motiv erschließt sich uns womöglich, sobald wir wissen, *wem* der Anschlag in erster Linie galt und wer als Kollateralschaden betrachtet werden kann«, äußerte sich Martin Weber. Er hatte im Gegensatz zu dem stocksteif dasitzenden Jonas Faber eine betont lässige Haltung angenommen. »Ich schlage vor, dass wir uns auf die Frau konzentrieren, da die Morde in ihrem Haus verübt wurden.«

»Das ist zumindest ein Ansatz«, nickte Tobias und wandte sich an Jasmin. »Dann stellt sich uns jedoch zunächst die Standardfrage: Wer hatte etwas davon? Was sagen deine Recherchen zu den Familienverhältnissen? Gibt es noch erbberechtigte Angehörige? Was wissen wir über die Vermögensverhältnisse?«

»Das wenige, das ich bisher herausgefunden habe, ist schnell gesagt. Auf ihrem Girokonto befindet sich eine Summe im niedrigen vierstelligen Bereich, die größtenteils aus der Rentenzahlung für diesen Monat bestehen dürfte. Weitere Konten hat sie zumindest bei dieser Bank nicht. Falls es ein Vermögen gibt, hat sie es vielleicht irgendwo im Haus gebunkert. Es ist ja bekannt, dass die Kriegsgeneration gerne ihr Geld in Matratzen steckt.« Sie schaute auffordernd zu Jürgen Vogel.

»Das haben wir untersucht«, fühlte sich der Leiter der Forensik angesprochen. Er war der erste Besucher des neuen Besprechungsraumes, der seinen Bericht auf einem USB-Stick mitgebracht hatte und nun per Mausklick zur Betrachtung an allen besetzten Plätzen freigab. Allerdings hatte er zusätzlich eine Mappe mit schriftlichen Unterlagen dabei, offenbar traute er der Sache nicht.

»Tolle Technik!«, brummte er begeistert. »In den Matratzen, den Federkissen und dem Bettgestell war nur das von den Herstellern vorgesehene Zeugs. Wie ihr ja selbst gesehen habt, wurde die Wohnung auch nicht durchsucht, zumindest waren keine Hinweise darauf finden. Versteckte Hohlräume in den Wänden oder unter den Bodendielen waren durch sorgfältiges Abklopfen auch nicht zu ermitteln. Einen Raubmord könnt ihr demzufolge wohl ausschließen!«

»Das Haus dürfte nicht viel wert sein«, überlegte Tobias. »Sonstige Wertgegenstände sind nach erstem Augenschein ebenfalls nicht vorhanden. Dennoch: Was hast du zu möglichen Erben herausgefunden?«, wandte er sich wieder an Jasmin.

»Nur eine Mutter, die 1986 verstorben ist, und den Vater, Wilhelm Beyer, der im Krieg gefallen ist. Sie war ein Einzelkind und unverheiratet. Eine Nebenlinie, also Geschwister der Eltern und deren Angehörige, konnte ich selbst in den ältesten Melde- und Personenstandsunterlagen nicht finden. Entweder gab es keine, oder die entsprechenden Dokumente gingen, wie so viele andere auch, in den Kriegswirren verloren. Eventuell könnte man in den alten Kirchenbüchern noch was finden. Das Haus, in dem Marlene Beyer lebte, wurde von ihrem Ururgroßvater in der Mitte des 18. Jahrhunderts erbaut und befand sich ununterbrochen in Familienbesitz.«

»Das war dann also zunächst Fehlanzeige auf der ganzen Linie«, fasste Heller den Bericht der Kommissarin launig zusammen. »Bleib aber bitte unbedingt an der Sache dran, Jasmin! Und was hat die Forensik noch für uns, Jürgen?«

»Ihr könnt es ja jetzt auf euren tollen Bildschirmen selbst mitlesen. Da wären zunächst die drei Haftnotizen. Auf zwei davon waren die Fingerabdrücke des getöteten Mediziners, auf dem Post-it in seiner Hosentasche zusätzlich die einer anderen Person, die wir mit der zuletzt beigebrachten Vergleichsprobe als die seiner Ehefrau identifizieren konnten. Auch der Handschriftenvergleich war diesbezüglich positiv. Es steht demnach fest, dass Nummer eins und drei von seiner Frau geschrieben wurden, und die Zweite, die am Telefon klebte, von ihm selbst.«

»Diese Notiz wird er gegen 20:10 Uhr angebracht haben«, unterbrach Jonas den Forensiker in seinem Redefluss. »Laut dem Nummernspeicher der Telefonanlage erhielt er kurz zuvor einen Anruf, allerdings mit unterdrückter Rufnummer. Das wird das von seiner Ehefrau erwähnte Gespräch mit Marlene Beyer gewesen sein. Es war auch der letzte Anruf an dem Abend.«

»Leider ließ sich das auf deren Telefon nicht verifizieren«, bedauerte Tobias. »Das vorsintflutliche Gerät hat nicht mal ein Display, von einer Anrufliste ganz zu schweigen. Und eine Möglichkeit der Wahlwiederholung gibt es auch nicht. Wir werden den Einzelverbindungsnachweis abwarten müssen.«

»Bei der Befragung der Witwe fiel mir auf, dass sie recht genau über den Vorfall informiert war«, warf Martin ein. »Zumindest wusste sie von einem Suizid ihres Mannes. Es ist jedoch nicht üblich, dass Polizeibeamte sich in dieser Weise den Hinterbliebenen gegenüber äußern, solange die Ermittlungen noch nicht abgeschlossen sind. Wir sind im Gegenteil gehalten, so vage wie möglich zu bleiben. Da frage ich mich doch, woher Frau Brunner gewusst hat, dass ihr Mann sich erschossen haben soll?«

»Es kann nicht sonderlich schwer sein, die Namen der betreffenden Kollegen in Erfahrung zu bringen. Darum werde ich mich selbst kümmern und sie dazu umgehend befragen«, versprach Heller. »Wir dürfen aber nicht völlig außer Acht lassen, dass in dörflichen Gegenden praktisch jeder jeden kennt. Da kann schon mal was herausrutschen, das nicht im Polizeihandbuch steht. Hatte die Frau nicht ein Alibi?«

»Ich hab in der Zwischenzeit den Transponder des Hundes ausgewertet«, ergriff Vanessa die Gelegenheit, ihre Ermittlungsergebnisse ebenfalls vorzutragen, was den zuvor rüde unterbrochenen Forensiker zu einem unwilligen Stirnrunzeln veranlasste. »Demnach entfernte sich das Tier um 19:38 Uhr aus dem Wohnhaus in Pützrath und beendete seinen Ausflug fünf Minuten später in einer Entfernung von zwei Kilometern, wo sich tatsächlich ein Hundeplatz befindet. Zeit und Geschwindigkeit lassen ein Auto als Transportmittel vermuten. Um 21:22 Uhr war er dann wieder zu Hause. Das Alibi der Ehefrau wäre somit bestätigt.«

»Na ja, mit Hunden ist es wie mit Handys«, widersprach der stets korrekte Jonas Faber neunmalklug. »Sie müssen ja nicht zwangsläufig dort sein, wo sich der Besitzer aufhält!«

»Das ist uns allen klar! Aber der Hund war ja wohl kaum allein unterwegs, und ein Auto fahren kann er sicher auch nicht!« Martin Weber schüttelte genervt den Kopf.

»Außerdem hätte die Zeit nach der Rückkehr vom Hundeplatz nicht ausgereicht, zu dem etliche Kilometer entfernten Haus zu fahren und einen Doppelmord zu begehen«, ergänzte Vanessa Fuchs. »Ganz davon abgesehen, dass die Besitzerin dieses Gestüts offenbar nichts anderes zu tun hat, als die Gegend zu beobachten. Sie hätte das Auto sicher bemerkt!«

»Darf ich wieder?«, knurrte der Forensiker gereizt. »Jetzt kommt nämlich der spannende Teil. Ich sollte ja für euch ein ballistisches Experiment durchführen, hier ist das wenig überraschende Ergebnis. Zunächst habe ich das Zeugs analysiert, das bei den Leichen auf dem Boden lag. Es handelt sich um handelsüblichen, sogenannten Spiel- oder Bausand mit einem durchschnittlichen Anteil an Silikat bei mittlerer Körnung. Den Täterkreis kann man mit diesen Informationen wohl nicht eingrenzen, dafür eignet sich das Material aufgrund der Struktur hervorragend als ›Geschossbremse‹. Ich verwende einen ähnlichen Sand schon seit Jahren für meine ballistischen Untersuchungen. Langer Rede Sinn: Ein Beutel mit zehn Litern Inhalt wäre definitiv in der Lage, ein aus zwei Metern abgefeuertes Geschoss Kaliber .22 wirksam zu stoppen! Bei der am Tatort gefundenen Pistole handelt es sich übrigens um eine gewöhnliche Walther PPK/S-22 mit schwarzem Lauf und Griffschalen aus Kunststoff. Die Seriennummer wurde unkenntlich gemacht, ich werde aber noch versuchen, sie wenigstens teilweise zu restaurieren. Ob beide Opfer mit derselben Waffe erschossen wurden, kann ich euch erst sagen, wenn mir die Kugeln vorliegen. Derzeit stecken sie noch in den Leichen.«

»Doktor de Luca wird beide Obduktionen morgen früh vornehmen«, informierte Heller ihn und seine Leute. »Außerdem werde ich unverzüglich eine Liste der im Rhein-Sieg-Kreis zugelassenen Schusswaffen anfordern. Wer fährt in die Rechtsmedizin, um etwas zu lernen und danach die Geschosse mitzubringen?«, fragte er provokativ in den Raum hinein. »Ich denke, das ist eine Aufgabe für euch«, beantwortete er seine Frage gleich selbst, wobei er Jonas Faber und Martin Weber direkt anschaute. »Zwei Autopsien dauern ein paar Stunden, nehmt euch also für den Vormittag nichts weiter vor. Und für heute bitte ich alle, einmal intensiv darüber nachzudenken, wie man aus einem von innen verschlossenen Haus verschwinden kann, ohne Spuren zu hinterlassen!«, richtete er sich zum Abschluss an die gesamte Mannschaft.

»Wir haben zwar bei der gestrigen Ortsbegehung den berühmten Zweitschlüssel unter einem Blumentopf auf der Fensterbank gefunden«, ergänzte er nach einer kurzen Pause. »Doch der würde allerhöchstens erklären, wie ein immer wahrscheinlicher werdender Täter in das Haus hineingekommen sein könnte und nicht, auf welche Weise er es nachher wieder verließ. Der Schlüssel steckte ja von innen im Schloss!«

* * *

»Nie wieder gehe ich in ein Haus mit Hunden!«, beschwerte sich Jonas Faber bei seinem Ermittlungspartner. Martin Weber hackte emsig auf der Tastatur herum, was bei ihm bedeutete, dass er *zwei* Tasten innerhalb von zehn Sekunden betätigte statt einer. Die obligatorische Lesebrille hatte er wieder vorn auf die Nasenspitze geschoben. Eine erkennbare Reaktion auf Fabers Worte erfolgte nicht.

»Mein bester Anzug ist total versaut, alles ist voller Tierhaare!«, klagte dieser weiter, obwohl er ins Leere redete. »Waren an deinen Klamotten keine Hundehaare? Nicht, dass es viel ausmachen würde!«, fügte er bissig hinzu. »Sag mal, hattest du das Hemd nicht schon gestern an? Dieser Senffleck am Kragen kommt mir nämlich ziemlich bekannt vor!«

Jetzt entstand eine Pause von mehreren Tastenanschlägen. »Nee du, *dieser* Fleck ist von heute«, grinste Weber ihn breit an. Er hatte dem Kollegen zumindest mit einem halben Ohr zugehört. »Hättest ja mal die Augen aufmachen können, bevor du dich setzt. Jeder normale Mensch weiß, dass man sich in einem Haushalt mit Tieren vorsehen muss. Sowas kann *mir* nicht passieren!« Dass er gesehen hatte, wie der Hund dort gelegen hatte, verschwieg er ihm wohlweislich.

»Sag mal, was tust du da eigentlich, und wo steckt überhaupt unser ›Auszubildender‹?«, erkundigte sich Faber mit einem Wink seines Kopfes zum verwaisten Arbeitsplatz des Kommissaranwärters.

»Erik ist vorhin in die Forensik gegangen, er wollte den Spezialisten für Fingerabdrücke ein wenig über die Schultern schauen«, ertönte es von jenseits der Stellwand. Das wesentlichste Merkmal solcher Großraumbüros war zweifellos die fehlende Privatsphäre. Vanessa hatte den jungen Kollegen sozusagen unter ihre Fittiche genommen und wusste meist über seinen Aufenthaltsort Bescheid. Tobias hatte aus diesem Grund überlegt, den Schreibtisch dorthin zu ver-

lagern, dazu müsste man nur zwei Stellwände verschieben.

»Vielleicht hat es ihn auch nur zu der schönen IT-
Spezialistin gezogen«, argwöhnte Weber. »Und was
ich hier mache?«, wandte er sich an Faber. »Das, was
du ebenfalls tun solltest: Ich schlage in unseren alten
Fallakten nach, ob es in der Vergangenheit ähnliche
Vorkommnisse von rätselhaftem Verschwinden aus
geschlossenen Räumen gegeben hat. Leider bisher
ohne Erfolg.«

»Wenn sowas schon vorgekommen wäre, wüsste
ich das!«, behauptete Faber. Nicht umsonst wurde er
von den Kollegen als wandelnde Datenbank gehandelt. »Meines Erachtens kommt dafür nur der Weihnachtsmann infrage, wobei es für ihn eigentlich noch
etwas zu früh wäre. Oder es waren die Jungs von der
Enterprise, die sich einfach aus dem Haus ›gebeamt‹
haben!«

Weber starrte den als total humorlos verschrienen
Kollegen entgeistert an. »War das gerade etwa sowas
wie ein Witz? Mannomann, dass ich das noch erleben
darf!«

»Mit dem bärtigen Gesellen ist er leider einen Tag
zu spät dran, da war Vanessa schneller. Und die Leute
von ›Star Trek‹ hätten doch garantiert Laserkanonen
benutzt!«, ertönte hinter ihm die belustigt klingende
Stimme ihres Chefs. Heller war während des Geplän-
kels unbemerkt hinzugetreten und überreichte dem
Hauptkommissar ein Blatt Papier. »Aber jetzt mal im
Ernst, ich habe eine Aufgabe für euch. Auf der Polizeiwache ging vorhin eine Anzeige wegen Benzindieb-
stahls ein. Ein Mann war vorgestern von einer Tank-

stelle in Neunkirchen-Seelscheid einfach abgehauen, ohne zu bezahlen. Dies ist ein Standbild der dortigen Überwachungskamera!«, erläuterte er das durch die starke Vergrößerung leicht unscharfe Schwarz-Weiß-Bild in Webers Hand. »Was denkt ihr, mit welchem Auto er unterwegs war?«

»Mit dem Wagen des getöteten Arztes!«, riet Faber folgerichtig und grabschte nach dem Ausdruck, um selbst einen Blick darauf werfen zu können. »Und wir sollen jetzt herausfinden, wer das auf dem Foto ist, nehme ich an?«

»Das ist unnötig«, knurrte sein Partner. »Ich kenne diesen Kerl, es handelt sich bei ihm um einen mir nur allzu gut bekannten Kleinkriminellen und ich hatte persönlich in den letzten zehn Jahren mehrfach das Vergnügen, ihn festnehmen zu dürfen. Sein Name ist Roland Klammer und er wohnte zuletzt in Much. Ich wusste gar nicht, dass er schon wieder draußen ist!«

»Darum kümmern wir beide uns!«, rief Jasmin Brandt aus. Die gut einen Kopf kleinere Kommissarin hatte sich neben Jonas Faber aufgebaut und riss dem überrumpelten Kollegen die soeben erst selbst erbeutete Fotografie aus der Hand, wodurch innerhalb von weniger als zwei Minuten bereits der dritte Besitzerwechsel vollzogen wurde. »Da ist jetzt Frauenpower gefragt und wir Mädels müssen schließlich auch hin und wieder mal vor die Tür!«

Tobias Heller nahm ihr sanft, aber nachdrücklich das Beweisfoto aus der Hand. Das ungestüme Vorpreschen der jungen Frau erinnerte ihn einmal mehr an seine frühere Partnerin. Denise Malowski hatte ebenfalls ›Hummeln im Hintern‹ gehabt, wenn sie mal für länger an den Schreibtisch gefesselt gewesen war. Er riss sich zusammen, das war jetzt endgültig Vergangenheit.

»Wir machen es folgendermaßen«, traf er eine salomonische Entscheidung. »Jasmin und Martin: Ihr bildet ein Team und stattet diesem Roland Klammer mal einen Besuch ab, ich will den Kerl noch heute ins Verhör nehmen! Vanessa und Jonas: Ihr zwei klappert die Pfarreien im Stadtgebiet Lohmar ab und sucht in den alten Kirchenbüchern nach möglichen Vorfahren von Marlene Beyer sowie *deren* Nachkommen, also Onkel, Tanten, Nichten, Neffen und so weiter. Fangt am besten mit ihrem Ururgroßvater an, der im 18. Jahrhundert das Haus baute. Und auf dem Weg dorthin bringt ihr endlich ihren verwaisten Kater in ein Tierheim. Hier kann er definitiv nicht bleiben, wir sind doch kein Tierasyl!«

* * *

Von der Rücksitzbank war alle paar Minuten ein klägliches Maunzen zu vernehmen, mit dem der in seiner Transportbox eingesperrte Kater ihnen sein Leid klagte. Die Kommissarin traf ein vorwurfsvoller Blick aus grünen Katzenaugen, als sie sich zu ihm umdrehte. Er war mit seinem derzeitigen Los sichtlich unzufrieden und Autofahren schien zudem nicht gerade zu seinen liebsten Gewohnheiten zu gehören. »Du hast genau gesehen, wer deine Besitzerin getötet hat, nicht wahr, Kleiner?«, murmelte sie nachdenklich. »Wenn du doch bloß reden könntest!«

Vanessa hatte Justus, wie er laut seinem Halsband hieß, auf Geheiß ihres Vorgesetzten eingefangen, ihn jedoch zunächst aus Mitleid mit zu sich nach Hause genommen. Und weil sie ihn in ihrer kleinen Zweizimmerwohnung nicht den ganzen Tag allein lassen wollte, hatte sie ihn heute kurzerhand mit ins Büro gebracht. Sehr zum Missfallen ihres Chefs, da das Tier naturgemäß nicht in einer Ecke sitzen blieb, sondern überall herumschnüffelte. Und alleinlassen konnte man den Kater auch nicht, ohne dass er irgendwelchen Unfug anstellte. Die Order des Vorgesetzten, ihn anderswo unterzubringen, war daher verständlich.

»Nimm ihn doch in ein Zeugenschutzprogramm!«, ließ sich Jonas jetzt vernehmen. Obwohl er als Oberkommissar im Rang über ihr stand, hatte er ausdrücklich darauf bestanden, den Dienstwagen selbst zu steuern. Vanessa hegte allerdings den Verdacht, dass dies weniger als Akt der Höflichkeit zu werten war, sondern eher einer chauvinistischen Grundhaltung entsprach. Daran würde man sicher noch zu arbeiten haben.

»Ha, ha«, machte sie und drehte sich zu ihm um. »Das ist wirklich extrem witzig!« Jetzt erst fiel ihr auf, dass er wieder einen Witz gemacht hatte. Oder etwas, was er dafür hielt. Ob er wohl langsam begann, sich seinem Partner anzugleichen, ohne es selbst zu merken? Das konnte ja noch heiter werden, aber solange er nicht herumlief wie Martin, sollte es ihr recht sein. *Wenn sich die zwei diesbezüglich in der Mitte träfen, wäre das ganz in Ordnung*, überlegte sie. Große Chancen räumte die stets modisch gekleidete junge Frau dieser Vorstellung allerdings nicht ein.

»Ich meinte das im Ernst!«, gab der Kollege zurück. »Du willst den Kater doch nicht wirklich in ein Tierheim bringen? Dort wäre er den ganzen Tag in einem viel zu kleinen Käfig eingesperrt, und Katzen lassen sich außerdem kaum vermitteln. Irgendwann würde man ihn einschläfern. Da hätte er es bei dir zu Hause wesentlich besser!«

Vanessa sah ihn argwöhnisch von der Seite an, *solche* Töne hatte sie von dem unterkühlt wirkenden Mann jetzt nicht erwartet. »Meinst du? Ich habe nur eine kleine Etagenwohnung. Justus könnte nicht raus und wäre außerdem den ganzen Tag allein!«

»Ach was, Katzen sind unglaublich anpassungsfähig! Er würde sich wahrscheinlich sehr schnell an deinen Tagesrhythmus gewöhnen. Und so gepflegt, wie der Kater aussieht, hat er bisher sowieso ein recht beschauliches Leben als ›Stubentiger‹ geführt, wie man sie bei alleinstehenden, älteren Leuten oft findet.«

»Du siehst gar nicht aus wie einer, der sich gut mit der Haltung von Haustieren auskennt«, zweifelte die Kommissarin eingedenk der Diskussion über Hundehaare an Kleidern und Möbeln, die sie vorhin mitangehört hatte. »Das ist wohl eher alles graue Theorie, oder?«

»Muss es deswegen denn falsch sein?«, philosophierte Jonas, während er ihren Dienstwagen vor der ersten Pfarrei abstellte, die sie sich für heute vorgenommen hatten. Es war das für den Bezirk zuständige Pfarrhaus, in dem Marlene Beyer gelebt hatte. Hier rechneten sich die Ermittler noch die größten Erfolgschancen aus.

»Wir könnten auf dem Rückweg bei einem Laden für Tierbedarf anhalten«, schlug Vanessa ihm beim

Aussteigen vor. »Ich werde einige Sachen brauchen, wenn er ab jetzt bei mir wohnen soll. Einen Katzenkorb, Futter, ein Katzenklo nebst Streu und vor allem Spielzeug, damit er sich während meiner Abwesenheit nicht langweilt und womöglich an den Möbeln kratzt!«, zählte sie an den Fingern ab. »Ach ja, und einen Kratzbaum!«

* * *

Pfarrer Alfred Wollersheim war ein großer, stattlicher Mann in den späten Fünfzigern und sicher nicht mehr allzu weit von seiner Pensionierung entfernt. Er strahlte jene unerschütterliche Ruhe und Ausgeglichenheit aus, die Geistlichen zu eigen war, die ihr ganzes Leben der Seelsorge verschrieben hatten und darin ihre Erfüllung sahen.

»Sie können sich in meine bescheidene Bibliothek setzen, wo ich auch die Kirchenbücher aufbewahre«, verkündete er seinen Besuchern lächelnd, nachdem sie ihm ihre Bitte vorgetragen hatten. »Seien Sie aber gewarnt, ich bin der Hüter von mehr als zweihundertfünfzig Jahren Kirchengeschichte dieser kleinen Gemeinde. Sie werden sicher etliche Stunden mit der Durchsicht der Taufen und Eheschließungen zu tun haben!«

»Uns geht es vornehmlich um einen Jakob Beyer, der Mitte des 18. Jahrhunderts hier in dieser Gegend gelebt haben soll, und seine Nachkommen bis in die heutige Zeit hinein«, wiegelte Faber ab. »Das dürfte ja nicht allzu schwierig sein.«

»Unterschätzen Sie den Aufwand mal nicht, Herr Kommissar! Sie müssen alle Einträge einzeln sichten und miteinander vergleichen, und das ohne Computerunterstützung! Jakob hießen zu dieser Zeit zudem viele gottesfürchtige Menschen«, berichtigte Pfarrer Wollersheim ihn nachsichtig. »Das ist schließlich ein altehrwürdiger biblischer Name! Falls Sie jedoch den meinen, der damals ganz allein im heutigen Kröhlenbroich siedelte, kann ich Ihnen möglicherweise sogar weiterhelfen.«

Er dachte kurz nach und fuhr dann fort: »Dieser Jakob war seinerzeit hier im Ort bekannt und auch gefürchtet. Man munkelte, er gebe sich gotteslästerlichen Praktiken hin und habe deshalb so tief im Wald gebaut. Aber wenn Sie mich fragen, handelte es sich dabei nur um das übliche abergläubische Geschwätz. Wahrscheinlich war der Mann nur etwas menschenscheu. Jahrzehnte nach seinem Tod kamen Gerüchte auf, es sei ein Schatz auf dem Grundstück vergraben, was aber niemals bestätigt wurde. Der Name seiner Ehefrau will mir gerade nicht einfallen, doch er soll, wenn ich mich recht erinnere, drei Kinder mit ihr gehabt haben, zwei Söhne und eine Tochter. Eventuell hilft Ihnen diese Information ja schon weiter.«

»Ich habe meinen Kater im Auto gelassen«, ergriff Vanessa erstmals das Wort. »Wären Sie damit einverstanden, wenn ich ihn mit hineinnehme? Ich möchte ihn nicht die ganze Zeit allein lassen, er bleibt auch in der Transportbox!«

»Meine Haushälterin wird sich darum kümmern, während Sie beschäftigt sind«, lächelte der Geistliche hintergründig. »Kein Geschöpf unseres Herrn hat es verdient, eingesperrt zu sein. Sie wird dem Tier auch etwas zu fressen geben, wir haben selbst zwei Katzen, müssen Sie wissen!«

Pfarrer Wollersheim hatte nicht übertrieben. Nach vier Stunden brüteten die Kommissare immer noch über den kunstvoll in Leder eingebundenen Büchern, die überwiegend in einer verschnörkelten, altdeutschen Handschrift verfasst und daher für die heutige Generation schwer zu lesen waren. Auf dem großen Eichentisch in der Mitte des Raumes stapelten sich die bereits durchgesehenen Werke. In einigen davon steckten aus einem Notizblock herausgerissene leere Blätter als Lesezeichen, die Seiten mit eventuell zielführenden Informationen markierten.

In einer Sache hatte der Geistliche jedoch Unrecht gehabt, nämlich dass dies alles ohne Computerunterstützung abgehen müsse. Vanessa hatte ihr privates Notebook mitgebracht und in eine spezielle Software zur Erstellung von Ahnentafeln und Stammbäumen sämtliche Namen und Daten eingegeben, die sie und ihr Partner zu der Familie Beyer finden konnten und die in irgendeiner Weise für sie relevant erschienen. So ergab sich mit der Zeit ein stimmig erscheinendes Bild.

Vanessa sah auf die Uhr und klappte entschlossen ihr Notebook zu. »Ich denke, wir können für heute aufhören, Jonas«, wandte sie sich erschöpft an ihren Partner und rieb sich die vom stundenlangen Starren auf den Bildschirm brennenden Augen. »Wir haben Marlene Beyers Stammbaum in direkter Linie zuzüglich einer Cousine beinahe lückenlos bis hin zu ihrem Ururgroßvater Jakob zurückverfolgen können. Mit diesen Informationen werde ich mich gleich morgen früh auf unsere amtlichen Melderegister stürzen und nach weiteren Verbindungen suchen. Es wird ja wohl nicht alles im Krieg verloren gegangen sein. Notfalls kommen wir eben wieder!«

* * *

Wie eine rasche Abfrage des Einwohnermelderegisters vor der Abfahrt gezeigt hatte, wohnte Roland Klammer zwar noch in Much, nicht jedoch unter der ihnen zuletzt bekannten Adresse. Möglich, dass sein Vermieter ihn vor die Tür gesetzt hatte, als er kürzlich wieder für ein paar Monate wegen Taschendiebstahls ›eingefahren‹ war. Aufgrund seiner vielen Vorstrafen kam eine Bewährungsstrafe für ihn längst nicht mehr in Betracht. Zurzeit war er anscheinend arbeitslos, denn er bezog Hartz IV, wie man ebenfalls problemlos herausgefunden hatte.

Jasmin parkte den Audi vor einem Supermarkt, der wie alle Gebäude in dieser Straße einen heruntergekommenen Eindruck machte. Überall lag Unrat herum und aus umgefallenen oder umgeworfenen Mülltonnen ergoss sich der Dreck bis weit auf die Fahrbahn. Sie waren ohne Zweifel in einer der verrufensten Gegenden dieser Stadt gelandet. »Wir hätten Verstärkung mitnehmen sollen«, seufzte sie bei dem trostlosen Anblick. »Wenn wir Pech haben, klauen sie uns hier die Räder, sobald wir den Rücken gedreht haben!«

»Das müssen wir riskieren. Ich denke aber, das wird sich niemand trauen. Auch, wenn wir es nicht sehen können, sind in dieser Sekunde mit Sicherheit ein paar Dutzend Augenpaare auf uns gerichtet. Die wissen ganz genau, dass wir von der Polizei sind, glaube mir! Apropos, siehst du den Geländewagen des Arztes hier irgendwo herumstehen? Zwischen all den Rostlauben müsste der doch auffallen wie ein Beduine am FKK-Strand!«

»So wie das hier aussieht, wird man ihm den wohl sofort geklaut haben«, meinte Jasmin dazu und brach übergangslos in ein schrilles Gelächter aus. Offenbar fand sie die Vorstellung, dass man einem Autodieb die Beute entwendet hatte, äußerst erheiternd. »Oder aber, er ist gar nicht zu Hause. Meinst du, wir haben unseren Mörder gefunden?«, fragte sie den älteren Kollegen, als sie wieder bei Atem war.

»Auf jeden Fall wird er uns eine Menge zu erklären haben!«, knurrte dieser grimmig. »Wir wissen zwar nicht, wann und bei welcher Gelegenheit der Bursche in den Besitz des Wagens gelangt ist, für eine vorläufige Festnahme reicht die Aufnahme der Tankstelle aber aus. Lass uns jetzt gehen, wir müssen zu dem Schuppen dort vorne!«, zeigte er auf ein heruntergekommenes Wohnhaus auf der anderen Straßenseite, etwa fünfzig Meter entfernt.

»Meinst du das Haus, wo gerade ein Kerl in Unterhosen und Socken herauskommt und davonrennt, als wäre der Leibhaftige hinter ihm her?«, vergewisserte sich Jasmin mit hochgezogenen Brauen und zeigte in die angegebene Richtung. Tatsächlich verschwand in diesem Augenblick einer, der zumindest auf diese Entfernung wie der Gesuchte aussah, zwischen zwei Gebäuden.

»Scheiße, der haut uns ab!«, fluchte Weber und setzte Klammer unverzüglich nach. Aber obwohl der Flüchtende sicher nicht über die passende Fußbekleidung für ein Wettrennen verfügte, hatte er genügend Vorsprung und somit die besseren Karten. Außerdem kannte er sich hier im Gegensatz zu den Ermittlern bestens aus. Der Hauptkommissar gab die Verfolgung nach knapp hundert Metern keuchend auf, weil er den Verdächtigen im dichten Labyrinth der Häuser und Hinterhöfe längst aus den Augen verloren hatte.

»Ich fürchte, wir beide müssen dringend etwas für unsere Kondition tun, Martin!«, stellte seine Kollegin japsend fest, nachdem sie, ebenfalls heftig um Atem ringend, zu ihm aufgeschlossen hatte. »Den sehen wir so bald nicht wieder, Tobias wird wenig begeistert sein!«

Kapitel 4

Eine kleine Überraschung

Es war eine geradezu wohltuende Ruhe zu dieser frühen Stunde im Sonderkommissariat Rhein-Sieg eingekehrt. Die ewigen Streithähne Jonas und Martin waren gleich zu Dienstbeginn in die Rechtsmedizin gefahren, Tobias hatte sich in seinem Büro verbarrikadiert, um die mittlerweile eingetroffene Liste der registrierten Schusswaffen durchzusehen, und Erik hatte einen Wust an Papieren auf dem Schreibtisch ausgebreitet, die er stumm und mit gefurchter Stirn im Stehen studierte.

Da sie sonst nichts Wichtiges zu erledigen hatte, beteiligte sich Jasmin bereitwillig an der Auswertung der gestern in den Kirchenbüchern erbeuteten Daten. Vanessa hatte, wie Pfarrer Wollersheim es vorausgesagt hatte, drei direkte Nachkommen Jakob Beyers in den Taufbüchern gefunden. Tochter Magdalene hatte niemals geheiratet, ihr jüngerer Bruder Friedbert war ebenfalls kinderlos geblieben, sodass die Linie von Hermann die einzige noch verbliebene war. Dieser wiederum hatte einen Sohn namens Gottfried, der mit einer sehr großen Wahrscheinlichkeit der Großvater des Opfers war.

Gottfried hatte zwei namentlich bekannte männliche Nachkommen, Marlenes mutmaßlichen Vater Wilhelm und einen fünf Jahre älteren Sohn Heinrich, zu dem außer der Taufe in den Büchern jedoch nichts weiter zu finden gewesen war. Wenn alles gut ging, wurde man aber in den Tiefen der Einwohnerarchive fündig. Immerhin hatte man jetzt einen Namen und ein Geburtsdatum. Jasmin legte eine Grafik an.

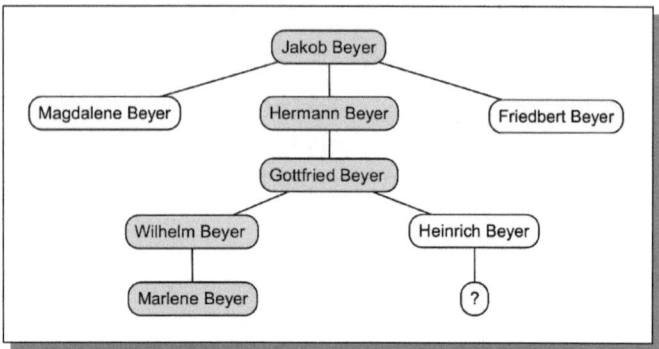

Während die direkte Linie von Marlene Beyer bis hin zu ihrem Ururgroßvater lückenlos belegt zu sein schien, mussten die Kommissarinnen in mühsamer Arbeit alles zu ihren indirekten Vorfahren ermitteln, was die Datenbanken hergaben. Eine höchst langwierige und ermüdende Tätigkeit!

Hinter der Stellwand, die ihr Refugium zu dem der abwesenden Kollegen abgrenzte, hörten sie jetzt Erik rumoren. Der Kommissaranwärter war mittlerweile anscheinend ebenfalls mit Recherchen beschäftigt, denn er klapperte auf seiner Tastatur herum, wobei er immer wieder unverständliche Worte vor sich hin murmelte und zwischendurch mit dem für ihn typischen, nadelspitzen Bleistift hörbar etwas notierte.

Trotzdem, oder auch gerade wegen der stummen Verbissenheit, mit der sie bei ihrer Arbeit zu Werke gingen, verging die Zeit wie im Fluge. Jasmin vergaß sogar, von ihrer Schokolade zu naschen. Vor allem, weil zu jeder Person mindestens ein Eintrag in den Melderegistern zu finden war, der wiederum zu weiteren Namen führte, machte die Suche regelrecht Spaß, da man sichtbare Erfolge vorweisen konnte.

Überraschende Erkenntnisse ergaben sich daraus indes lange Zeit nicht. Bis Jasmin sich zur Generation des Mordopfers vorgearbeitet hatte. »Du wirst nicht glauben, was ich herausgefunden habe!«, informierte sie ihre Kollegin und schob mit leuchtenden Augen einen Computerausdruck über den Tisch.

* * *

Die für Punkt 08:30 Uhr angesetzten Autopsien waren deutlich schneller absolviert gewesen, als vom SOKO-Chef angenommen. In der Hälfte der Zeit, um genau zu sein. Denn Dr. Martina de Luca, Leiterin der Pathologie des rechtsmedizinischen Institutes Bonn, hatte eine ihrer Mitarbeiterinnen mit der Obduktion von Marlene Beyer betraut, während sie die Leichenschau an Guido Brunner selbst durchgeführt hatte. Krystina Nowak, normalerweise persönliche Assistentin der eigenwilligen Pathologin, war seit einem Jahr selbst Inhaberin eines entsprechenden Doktortitels und akkreditierte Rechtsmedizinerin.

Martin Weber und Jonas Faber hatten die nicht für zartbesaitete Gemüter geeigneten Prozeduren in den vergangenen anderthalb Stunden wohlweislich aus gebührender Entfernung mitangesehen, wobei aber die enervierenden Geräusche der Knochensägen und ähnlicher Folterinstrumente sogar durch die vorsorglich mitgebrachten Ohrenstöpsel gedrungen waren. Und wozu man zum Beispiel das Gehirn entnehmen und wiegen musste, obwohl beide Opfer vermutlich durch Schüsse ins Herz getötet worden waren, blieb den Kommissaren ohnehin ein Rätsel. Vielleicht war das ja einem gewissen ›Spieltrieb‹ geschuldet.

Was die Todesursache betraf, die in beiden Fällen dieselbe sein dürfte, würden sie in wenigen Augenblicken sicher Genaueres wissen, denn die Medizinerinnen hatten jetzt ihre Arbeit beendet und drehten sich nach einer kurzen, leise geführten Diskussion zu ihnen um. Als wesentlich spannender erachteten die Ermittler allerdings die Todeszeiten. Würden diese ebenfalls identisch sein?

»Der Tod wurde in beiden Fällen definitiv durch einen Schuss ins Herz herbeigeführt und trat auf der Stelle ein«, begann de Luca übergangslos, wie es ihre Art war. »Die Geschosse steckten in den Körpern und wurden im Zuge der Leichenschauen entnommen. Nehmen Sie diese bitte für die ballistischen Untersuchungen mit.« Sie reichte Faber zwei kleine Beutel mit den tadellos erhaltenen Kugeln, die geschätzt ein Kaliber .22 aufwiesen. In der Forensik würde man es später exakt ausmessen.

»Es gab also nur diese beiden Schüsse?«, vergewisserte sich Weber. »Können Sie uns sagen, aus welcher Entfernung sie abgegeben wurden?«

»Das ist exakt nicht zu bestimmen und mit Schätzungen ist Ihnen bestimmt nicht gedient. Sicher ist nur, dass sie nicht aufgesetzt waren, wie man es von einem Suizid erwarten sollte. Zumindest waren keine Pulverrückstände an den Eintrittswunden zu finden. Die Kleidung lassen Sie besser von ihren Fachleuten daraufhin untersuchen, ich habe sie bereits entsprechend präpariert. Allerdings ergab der Paraffintest bei der männlichen Leiche Schmauchspuren an der rechten Hand, er wird daher mindestens einen der Schüsse abgegeben haben.«

»Konnten Sie noch andere Verletzungen an den Leichen feststellen? Abwehrspuren vielleicht?«, blieb Weber hartnäckig. »Was ist mit Fremd-DNA?«

»Nichts von alldem«, schüttelte de Luca bedächtig den Kopf, sodass ihre langen schwarzen Haare sanft hin und her wogten. Es sah aus, als habe sie diese Geste ausgiebig geübt. »Ich kann Ihnen abschließend nur noch die Todeszeiten nennen, die innerhalb der üblichen Toleranzen identisch sind und mit meiner Einschätzung am Tatort übereinstimmen. Gehen Sie also von einer Tatzeit zwischen 20:00 und 22:00 Uhr aus! Alles Weitere entnehmen Sie dem schriftlichen Bericht, der Ihnen in spätestens zwei Tagen vorliegt.«

* * *

Tobias Heller hatte das zunächst für den Besprechungsraum beschaffte Whiteboard kurzerhand in seinem Büro aufgestellt und sich stattdessen von der überaus talentierten IT-Spezialistin Amara Jones eine Software programmieren lassen, die er ›Denkbrett‹ nannte. Im Wesentlichen bestand sie aus einer virtuellen Pinnwand, die man an jedem Bildschirmplatz hier und ebenfalls auf allen Arbeitsplätzen aufrufen und beliebig erweitern oder verändern konnte. Durch die ausgefeilten Zoom- und Scrollfunktionen war der Größe keine Grenze gesetzt und Ausschnitte ließen sich vergrößern.

Alle Informationen und Hinweise wie beispielsweise Fotos und Texte konnten entweder direkt über die Tastatur eingegeben oder ganz bequem mit nur einem Mausklick von einem USB-Stick geholt und auf einer freien Fläche wie ein Post-it angeheftet werden. Verschiedene Symbole wie Linien, Pfeile und andere Gimmicks machten daraus eine wertvollere Informationssammlung für Ermittlungs- und Denkansätze, als eine simple Schreibtafel es jemals vermocht hatte. Zumindest war es aber ein weiterer Schritt in Richtung einer Welt der papierlosen und somit hoffentlich erheblich effektiveren Polizeiarbeit.

Diese virtuelle Memotafel hatte Jasmin bereits vor Beginn der Fallbesprechung um die gemeinsam mit der Partnerin erarbeiteten Angaben ergänzt und gab sie nun für Tobias, Erik und Vanessa frei. Martin und Jonas befanden sich derzeit auf dem Rückweg von der Rechtsmedizin und würden in etwa einer halben Stunde dazustoßen.

»Ihr seht hier den bisher bekannten Stammbaum der Familie Beyer«, begann sie mit ihrem Vortrag. »Offenbar handelt es sich um eine alteingesessene Sippe, denn die meisten Daten ließen sich nahezu lückenlos in den Kirchenbüchern finden. Und was dort nicht ganz klar erkennbar war, konnten Vanessa und ich in den alten Meldearchiven verifizieren. Die große Ausnahme bildet Heinrich Beyer, ein Onkel des weiblichen Mordopfers und sowas wie das ›schwarze Schaf‹ der Familie, denn er verschwand eines Tages über Nacht mit den ganzen Ersparnissen der Eltern, um zur See zu fahren. Da war er gerade mal sechzehn Jahre alt.«

»Das steht so zwar nirgends geschrieben, wie ihr euch sicher denken könnt, doch Pfarrer Wollersheim war uns diesbezüglich erneut eine große Hilfe«, warf Vanessa ein. »Er war damals selbstverständlich noch nicht geboren, konnte sich jedoch, wie er mir vorhin am Telefon anvertraute, an entsprechende Gerüchte erinnern, die in seiner Jugend immer noch im Ort kursierten.«

»Viele Jahre später tauchte Marlene Beyers Onkel urplötzlich wieder auf und hatte ein kleines Mädchen bei sich, das er als sein Kind ausgab und so wurde es auch beurkundet. Eine Ehefrau hatte er nicht und er selbst schwieg sich darüber aus, was die jahrzehnte-langen Gerüchte erklärt. Nichts hält sich bekanntlich länger im Gedächtnis der Leute als dunkle Geheim-nisse.«

»Diese angebliche Tochter«, schloss Vanessa die Reise durch beinahe zweihundert Jahre Familienge-schichte ab, »heiratete später, wie Wollersheim sich an eine entsprechende Bemerkung seines Vaters erin-nerte, einen zwielichtigen Herumtreiber aus einem der Nachbarorte. Mit diesem hatte sie einen Sohn, der demzufolge – unbeschadet der Glaubwürdigkeit der Blutsverwandtschaft der Mutter – ein Neffe Marlene Beyers wäre. Über diesen konnten wir bislang nichts weiter herausfinden, er verschwand wenige Monate nach der Geburt seines eigenen Kindes spurlos. Das war vor fast dreißig Jahren.«

»Da habt ihr zweifellos eine Menge Informationen zusammengetragen«, würdigte der SOKO-Chef die Leistung seiner Kommissarinnen, während er den soeben zur Tür hereinkommenden Kollegen grüßend zunickte. Wie von Geisterhand fuhren an deren Sitzplätzen die Bildschirme aus der Tischplatte, ausgelöst durch einen beiläufigen Knopfdruck an Hellers Steuerkonsole. »Ich kann nur keinen Zusammenhang zu unseren Mordfällen sehen, sofern es denn überhaupt welche sind. Ihr habt euch aber sicher nicht die ganze Arbeit für nichts gemacht, habe ich recht?«

Faber und Weber brachten sich derweil stumm auf den aktuellen Stand der Ermittlungen, indem sie das Denkbrett auf neue Einträge absuchten, die während ihrer Abwesenheit eventuell hinzugekommen waren. Marlene Beyers Familienstammbaum war jedoch das Einzige, was ihnen noch nicht bekannt war. Einen praktischen Nutzen konnten sie in der nüchternen Grafik allerdings nicht erkennen.

»Es wird deutlicher, wenn ich euch den Stammbaum der Nebenlinie von Heinrich Beyer an abwärts ebenfalls präsentiere«, lächelte Jasmin Brandt siegessicher und steckte einen USB-Stick in den Slot ihrer Tastatur. Wenige Sekunden später erschien auf allen Bildschirmen unter der ersten Grafik eine zweite, die sich nahtlos an diese anfügte und für Verblüffung bei sämtlichen Kollegen sorgte.

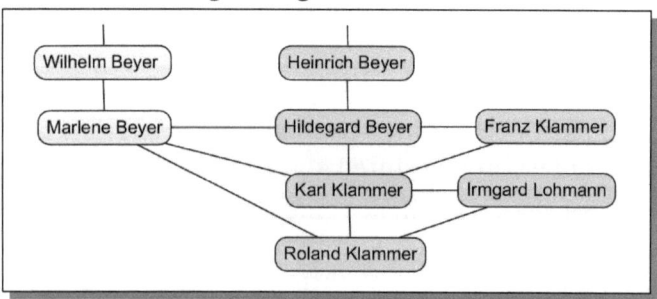

Tobias argwöhnte, dass seine Mitarbeiterin diesen Showeffekt exakt so geplant hatte, ansonsten hätte sie die komplette Information vor Beginn der Besprechung hochgeladen. Er lächelte still in sich hinein.

»Ich habe in diesem Teil des Stammbaumes zur Verdeutlichung die Ehepartner dazugeschrieben und die Verbindungen zu Marlene Beyer hervorgehoben«, erläuterte die Kommissarin ihren sprachlosen Zuhörern. »Wie ihr seht, hieß der Herumtreiber, den ihre Cousine Hildegard heiratete, Franz Klammer, dessen Sohn Karl wie bereits gesagt ihr Neffe ist. Wesentlich interessanter dürfte jedoch für uns der letzte Spross dieser Familie sein. Ich präsentiere: Roland Klammer, Autodieb und Großneffe von Marlene Beyer!«

»Der dank eurer grandiosen Leistung seit gestern untergetaucht ist!«, knurrte Tobias Heller mit einem strengen Seitenblick zu Weber, der automatisch so etwas wie Haltung annahm. »Ihr beide habt es nicht mal geschafft, einen Kerl in Unterwäsche und Socken einzuholen. Superleistung!«

»Sorry, Chef!« Jasmin Brandt senkte beschämt den Kopf. »Ist wohl irgendwie dumm gelaufen, soll nicht wieder vorkommen!«

»›Dumm gelaufen‹ ist genau das richtige Stichwort«, lächelte Heller hinterhältig. »Kennt einer von euch vielleicht den Energieerhaltungssatz der Thermodynamik? Nein? Er besagt, dass Energie, die man zuführt, an anderer Stelle verbraucht werden muss. In deinem speziellen Fall«, wandte er sich an ›Naschkatze‹ Jasmin, »bringt Schokolade zwar einen kurzen Schub, der aber durch die zusätzlichen Pfunde gleich wieder zunichtegemacht wird. Zu eurer Entlastung muss ich aber hinzufügen, dass mich selbst ebenfalls eine Teilschuld an der Misere trifft. Hätte ich dich mit Vanessa fahren lassen, wie du es zuerst wolltest, wäre das wahrscheinlich gar nicht passiert. Klammer wird euch vom Fenster aus gesehen haben und ist abgehauen, weil er seinen ›alten Freund‹ wiedererkannt hat. Martin ist auch kaum zu verwechseln!«

»Er kann sich ja nicht ewig vor uns verstecken«, versuchte der Genannte das für ihn heikle Thema in eine andere, weniger gefährliche Richtung zu lenken. »Und ohne Klamotten kommt er sowieso nicht weit!«

»Apropos ›Klamotten‹«, torpedierte Heller seine Bemühungen sofort, auf diese Steilvorlage hatte er nur gewartet. »Mir scheint, einige unter uns sollten dringend etwas für ihre Körperertüchtigung tun. Es wird euch daher freuen, dass es mir gelungen ist, den Fitnessraum im Untergeschoss für die nächsten drei Monate zweimal die Woche für uns zu reservieren! Bringt also morgen eure Sportsachen mit und nehmt euch an diesen Tagen für die Stunde nach Feierabend nichts Wichtiges vor. Das gilt übrigens für alle, mich eingeschlossen!«, fügte er grinsend hinzu, was Weber und Brandt einige bitterböse Blicke einbrachte.

»Wir sollten die Tatsache nicht außer Acht lassen, dass Roland Klammer nicht nur mit einem der Opfer verwandt ist, sondern auch den Wagen des anderen zumindest zeitweise im Besitz hatte, wie das Überwachungsvideo der Tankstelle beweist«, kam Heller zum eigentlichen Thema zurück. »Außerdem wurde er gesehen, als er zur Tatzeit oder kurz zuvor um das Haus seiner Großtante herumschlich, jedenfalls passt die Beschreibung der Zeugin Kehlenbach in etwa auf ihn. Was liegt also näher, als die Vermutung, dass er das Auto nach dem Doppelmord an sich nahm? Eine andere Gelegenheit, wie es in seinen Besitz gelangt sein könnte, will mir momentan nicht einfallen!«

»Was hätte er denn für ein Motiv haben sollen, die beiden zu töten?«, wies Faber ihn auf das schwache Fundament dieses wackligen Gedankengebäudes hin. »Okay, Marlene Beyer war wohl mit ihm verwandt, doch was ist mit dem Arzt? Die Opfer hatten nichts weiter gemeinsam, zumindest waren dafür bisher keine Beweise zu finden. Und ohne Motiv steht die gesamte Mordtheorie auf tönernen Füßen, zumal ja immer noch nicht zufriedenstellend geklärt werden konnte, wie ein mutmaßlicher Täter aus dem Haus gelangt sein könnte, ohne Spuren zu hinterlassen.«

»Die Liste der registrierten Schusswaffen ist viel zu umfangreich, um die Eigentümer einzeln zu überprüfen«, hob Heller die Schultern. »Gerade dieses Modell ist bei Sportschützen sehr weit verbreitet. Wir werden wohl abwarten müssen, ob einer davon bei den Recherchen im Umfeld der getöteten Personen auftaucht, oder ob Jürgen die Seriennummer restaurieren kann.«

»Vielleicht hängt es mit diesem dunklen Familiengeheimnis zusammen«, mutmaßte Vanessa Fuchs. »Immerhin wurde die Herkunft von Hildegard Beyer, also der Großmutter von unserem Mordverdächtigen, nie vollständig geklärt. Ich fürchte jedoch, dass uns dies nach achtzig Jahren auch nicht gelingen wird.«

»Er kann es nicht gewesen sein«, meldete sich jetzt Erik Hagel zaghaft zu Wort. Unter den ›alten Hasen‹ am Tisch fühlte er sich als ›Auszubildender‹ sichtlich unwohl, doch das hatte ihn schon während seines Praktikums vor gut zwei Jahren nicht davon abhalten können, ständig ungefragt seine Meinung zu äußern. Und damals hatte er in seinem Onkel einen wesentlich strengeren und ungeduldigeren Chef gehabt, als das heute der Fall war. Sofort ruckten alle Köpfe zu ihm herum und Erik lief auf der Stelle rot an.

»Dir ist etwas aufgefallen, das uns allen verborgen geblieben ist? Nur heraus damit!«, ermunterte Heller ihn, weiterzusprechen, weil der junge Kollege wegen der ihm unverhofft zuteilgewordenen Aufmerksamkeit verlegen nach Worten suchte und derweil einen USB-Stick aus der Tasche kramte, um sich so Zeit zum Überlegen zu verschaffen. »Momentan ist jeder Denkansatz willkommen, und kein Gedanke kann dumm genug sein, ihn nicht mit uns zu teilen!«

»Also, ich habe in den vergangenen Tagen intensiv darüber nachgedacht, wie jemand aus einem allseits von innen verschlossenen Raum verschwinden kann, ohne Spuren zu hinterlassen«, fasste Erik neuen Mut. »Diese Thematik ist übrigens mehrfach in der Kriminalliteratur der letzten Jahre zu finden, in der Realität gab es bislang keine entsprechenden Vorfälle. In den Krimis kamen die Detektive immer zu dem Schluss, dass sowas schlichtweg unmöglich ist, und ich kann mich dieser Meinung nur anschließen. Und wenn es nicht sein kann, ist es auch nicht passiert!« Er steckte jetzt den Stick, den er während seiner Rede nervös zwischen den Findern gedreht hatte, in den Slot seiner Tastatur und lud eine etwas größere Grafik hoch, die er an einer freien Stelle der virtuellen Pinnwand anbrachte.

»Das ist der Grundriss des alten Fachwerkhauses, um das es hier geht«, erläuterte er seine Gedanken. »Leider hat sich meine anfängliche Vermutung nicht bestätigt, nirgends ist ein geheimer Raum zu sehen. Und dennoch bin ich überzeugt, dass entweder etwas in der Art vorhanden sein muss, oder es gab keinen Mord. In beiden Fällen kann es Roland Klammer aber nicht getan haben!«

»Und das ist vollkommen logisch, weil …?«, wollte Vanessa unter beifälligem Gemurmel ihrer Kollegen mit hochgezogenen Augenbrauen wissen. Nur Tobias lächelte still in sich hinein, er hatte schon eine leise Ahnung, worauf Erik hinauswollte.

»Ist das nicht offensichtlich?«, wunderte der sich über den Einwand. »Wenn es kein erweiterter Suizid war, wonach es ja trotz einiger Ungereimtheiten nach wie vor aussieht, und ein möglicher Täter das Haus nicht verlassen haben *kann*, war er noch drin, als die Kollegen von der Streife die Leichen fanden! Da aber Klammer gesehen wurde, wie er am Abend zuvor mit dem Wagen des Arztes davonfuhr, als dieser höchstwahrscheinlich bereits tot war, kommt er dafür nicht infrage. Es sei denn, er kehrte später zu Fuß zurück. Doch das ergibt keinen Sinn!«

»Klammer wurde nicht wirklich in diesem Auto erkannt«, machte Tobias ihn auf einen kleinen Fehler in seiner Argumentation aufmerksam. »Die Zeugin sah lediglich den Wagen fortfahren. Da der Verdächtige jedoch am selben Abend damit an einer Tankstelle fotografiert wurde, ist dies marginal. Es weist also alles darauf hin, dass er am Steuer saß, als Frau Kehlenbach ihre Beobachtung machte. Zu dieser Zeit waren Marlene Beyer und Guido Brunner aber nachweislich schon tot, was durchaus auf ihn als Mörder hindeuten würde.«

»Aber ...«, setzte Erik zu einem Protest an.

»Aber ich weiß, was du meinst«, fuhr Heller unbeirrt fort. »Wenn ein möglicher Täter sich irgendwo im Haus versteckt hielt, bis die Polizei die Leichen fand, konnte er in einem günstigen Moment einfach hinausspazieren. Eventuell war er als Rettungssanitäter verkleidet oder er trug einen Schutzanzug wie die Forensiker, sodass er in dem Getümmel gar nicht weiter auffiel. Und das wiederum *widerspräche* der Annahme von Roland Klammer als Mörder! Dass in deinem Plan kein Geheimraum verzeichnet ist, muss aber nichts bedeuten, die heißen ja nicht umsonst so! Allerdings dürfen wir nach wie vor nicht vergessen, dass er mindestens eins der Opfer kannte!«

»Es sind tatsächlich Anzeichen dafür vorhanden, dass der Mörder zumindest einem der Getöteten oder gar beiden nicht völlig fremd gewesen sein könnte«, ergriff Martin Weber sogleich die Gelegenheit, nun endlich von ihrem Besuch in der Rechtsmedizin zu berichten. »Es gab an den Leichen weder Abwehrverletzungen noch sonst irgendwelche Hinweise auf ein gewaltsames Eindringen, worauf auch die geradezu penible Ordnung am Tatort hindeutet. Wenn jemand gegen den Willen eines Menschen in eine Wohnung eindringt, geht meiner Erfahrung nach immer etwas zu Bruch.«

»Die Geschosse haben wir auf dem Weg hierher in die Forensik gegeben«, ergänzte sein Partner. »Die Todeszeit konnte im Zuge der Autopsie nicht weiter eingegrenzt werden, sodass wir nach wie vor einen recht großzügigen Rahmen von zwei Stunden haben, innerhalb dessen die Schüsse fielen. Sie trafen die Opfer jeweils mitten ins Herz und führten auf der Stelle zum Exitus, wie uns Doktor de Luca bestätigte. Schmauchspuren gab es nur an der rechten Hand des getöteten Arztes, der tatsächlich Rechtshänder war, wie seine Frau mir auf telefonische Rückfrage versicherte.«

»Das war sehr gut mitgedacht!«, lobte Tobias ihn. »Trotzdem werden wir ab sofort von einem Tötungsdelikt ausgehen, sodass das Herumeiern von wegen ›mutmaßlich‹ und ›womöglich‹ ab jetzt unterbleiben kann. Maßgeblich für diese Einschätzung sind die am Tatort gefundenen Patronenhülsen, die irgendwie nicht so recht zum Gesamtbild passen wollen. Sofern der Täter die Pistole beim zweiten Schuss auf sich selbst richtete, müssten sie bezogen auf die Lage der Leichen in entgegengesetzten Richtungen zu liegen gekommen sein, was jedoch nicht der Fall ist«, nickte er Vanessa zu, die ihn beim Ortstermin auf diesen Umstand hingewiesen hatte. »Außerdem ist es ziemlich ungewöhnlich, wenn auch nicht völlig abwegig, dass ein Selbstmörder sich in die Brust schießt, von einem fehlenden Motiv einmal abgesehen!«

»Wir sollten die Hütte nochmal gründlich auf den Kopf stellen und nach geheimen Räumen absuchen«, schlug Erik vor. »Darauf hat die Spurensicherung bei der Tatortuntersuchung sicher nicht geachtet.«

»Warum auch? Aber das wollte ich ohnehin gerade vorschlagen. Du fährst daher mit Vanessa umgehend dorthin. Nehmt zwei Forensiker mit. Wenn du recht behalten solltest, musste der Täter mindestens zwölf Stunden in dem Versteck ausharren, bevor man die Leichen fand. Das schließt einen Schrank oder etwas Ähnliches schon einmal aus. Außerdem wäre sowas Jürgens Leuten nicht verborgen geblieben. Es muss demnach ein richtiger, wenn auch wahrscheinlich nicht sehr großer Raum sein, und dort hat er in der langen Zeit garantiert Spuren hinterlassen!«

»Es wäre meines Erachtens ebenfalls angebracht, uns in der Wohnung des geflüchteten Verdächtigen einmal gründlich umschauen«, überlegte Martin. »Dass Klammer sofort abgehauen ist, als er mich sah, zeigt doch, dass er Dreck am Stecken hat! Eventuell finden wir dort Hinweise. Zum Beispiel, ob er von der Verwandtschaft zu Marlene Beyer gewusst hat, oder ob es nachweisbare Verbindungen zu Guido Brunner gibt.«

»Ja, macht das! Ich besorge schnellstmöglich den dazu notwendigen Durchsuchungsbeschluss. Jasmin und ich statten derweil seiner Mutter einen kleinen Besuch ab. Sie weiß vielleicht, wo er sich versteckt haben könnte, oder sie beherbergt ihn sogar selbst. Sie ist dreißig Jahre älter als er und wird uns daher hoffentlich nicht auch noch davonlaufen«, grinste er in die Runde. »Ihr Sohn ist übrigens seit heute zur Fahndung ausgeschrieben, er wurde schließlich zur fraglichen Zeit in unmittelbarer Nähe des Tatortes gesehen. Sollte er dennoch nicht der Täter sein, hat er womöglich etwas mitbekommen und wäre demnach nicht nur ein dreister Autodieb, sondern außerdem ein wichtiger Zeuge!«

»Hast du schon was wegen der Polizisten erreicht, die Frau Brunner am Tattag die Nachricht vom Tod ihres Mannes überbrachten?«, erinnerte sich Weber an das Versprechen Hellers, sich um deren Aussage kümmern zu wollen. »Sie benahm sich nicht gerade wie eine trauernde Witwe, als wir dort waren, und da hatte sie die Mitteilung eben erst erhalten.«

»Noch nicht. Polizeiobermeister Meier und Polizeihauptmeister Gruber sind laut Dienstplan frühestens morgen wieder auf der Wache zu erreichen. Und ich weiß selbst, dass bei Tötungsdelikten in zwei von drei Fällen der Täter oder die Täterin im sozialen Umfeld der Opfer zu suchen ist! Mangelnde Empathie ist aber erstens nicht strafbar und zweitens hat sie ein unwiderlegbares Alibi. Sobald ich mit den Kollegen gesprochen habe, wirst du es als Erster erfahren!« Bei seiner früheren Partnerin wäre bei dieser Bemerkung sofort der Sarkasmus-Alarm losgegangen, Weber hingegen schien für derartige Spitzen absolut unempfänglich zu sein, denn er nickte nur zufrieden dazu.

Kapitel 5

Unerwartete Zusammenhänge

Tobias Heller war mit Jasmin Brandt losgefahren, gleich nachdem er den Durchsuchungsbeschluss für die Wohnung des flüchtigen Roland Klammer bei Staatsanwalt René Stein beantragt hatte. Im Gegensatz zu unzähligen anderen Gelegenheiten hielt der ihn ausnahmsweise nicht mit endlosen Diskussionen auf und versprach ihm stattdessen widerspruchslos, das geforderte Dokument aufzusetzen und unverzüglich dem zuständigen Amtsrichter vorzulegen.

Für die nochmalige Untersuchung des Hauses der getöteten Marlene Beyer war hingegen keine richterliche Anordnung erforderlich, da es sich um einen ausgewiesenen Tatort handelte. Vanessa Fuchs und Erik Hagel konnten daher ebenfalls sofort die Fahrt zu ihrem Einsatzort antreten, wogegen die Kollegen Weber und Faber noch auf die Unterschrift des Richters warten mussten, die ihnen aber für die nächste Stunde avisiert worden war. Allerdings hatten sie von allen den weitesten Weg.

Irmgard Klammer wohnte in einer kleinen Siedlung für den sozialen Wohnungsbau am Ortsrand von Troisdorf-Altenrath. Die zwanzigminütige Fahrt dorthin führte sie durch einen Teil der Wahner Heide und weckte in Tobias Erinnerungen an etliche Morde, die in den vergangenen zehn Jahren in dieser idyllischen Gegend begangen worden waren, und an deren Aufklärung er zusammen mit seiner damaligen Partnerin Denise Malowski maßgeblich mitgewirkt hatte. Unwillkürlich entrang sich ein tiefer Seufzer seiner Brust.

»Kindheitserinnerungen, Chef?«, fragte Jasmin mitfühlend, da sie wusste, dass er hier seine Jugend verbracht hatte. Währenddessen ließ sie den Dienstwagen mit den hier erlaubten sechzig Kilometern pro Stunde über die beinahe schnurgerade ›Panzerstraße‹ rollen, wie die betonierte Strecke vornehmlich von den alten Leuten wegen ihrer früheren Verwendung genannt wurde. Dieser Teil der Wahner Heide war jahrzehntelang als Truppenübungsplatz missbraucht worden und die Wunden, die man dabei in die Natur geschlagen hatte, würden sicher noch für eine lange Zeit zu sehen sein.

»Das auch«, gab er zurück. »Aber vor allem dachte ich an die vielen Toten, die wir hier fanden.« *Und an die unzähligen Mückenstiche bei der Bergung*, fügte er in Gedanken hinzu. »Dabei war der Fundort in den seltensten Fällen auch der Tatort. Ein so schönes Biotop wie die Wahner Heide ist doch kein Ablageort für Leichen!«

»Es heißt ja, du und Hauptkommissarin Malowski hättet jeden Mordfall gelöst«, zeigte Jasmin sich gut informiert. »Selbst in Köln war man von eurer Kriminalstatistik beeindruckt, sagt Vanessa.«

»Na ja, einige ungelöste Fälle gab es auch bei uns«, lächelte Tobias. »Doch sowas gerät eben sehr schnell in Vergessenheit.« Während ihrer angeregten Unterhaltung verging die Zeit wie im Fluge, und so war er überrascht, als seine Mitarbeiterin den Blinker setzte und den Wagen im Kreisverkehr in die Straße ›Heidegraben‹ einfädelte. Dieser mussten sie jetzt nur noch bis zu ihrem Ende folgen, dann waren sie an ihrem Ziel angekommen.

* * *

»Hat mein feiner Herr Sohn wieder mal was angestellt?«, wollte Irmgard Klammer mit finsterer Miene von den Kommissaren wissen, nachdem sie sich kurz vorgestellt und die Dienstausweise vorgezeigt hatten. Die Mutter des Tatverdächtigen bewohnte eine kleine Zweizimmerwohnung in der siebten Etage des zehnstöckigen Hochhauses. Zum Glück erwies sich der Aufzug als funktionsfähig und war, was für solche Wohnsilos nicht gerade selbstverständlich ist, in einem vorzeigbaren Zustand.

Was man von der Wohnung hingegen nicht sagen konnte, in die sie von der trotz der fortgeschrittenen Tageszeit nur in einen zerschlissenen Morgenmantel gewandeten Frau geführt wurden. Nicht, dass man gleich von Verwahrlosung hätte reden können, aber Ordnung sah anders aus! Neben einem überfüllten Aschenbecher auf dem mit Kram überladenen Tisch zeugten vor allem vergilbte Gardinen und ein intensiver Nikotingeruch davon, dass hier regelmäßig und auch viel geraucht wurde. Hellers empfindliche Nase vermeinte außerdem, einen leichten Alkoholdunst in der Luft wahrzunehmen.

Die schäbige Couch machte ebenfalls keinen sehr vertrauenserweckenden Eindruck auf die Besucher, weshalb sie es vorzogen, stehenzubleiben, während ihre Gastgeberin sich jedoch ohne zu zögern setzte.

»Wie kommen Sie darauf, dass wir seinetwegen hier sind?«, fragte Heller die Frau. Sie hatte sich sofort mit zitternden Händen eine Zigarette angezündet, die sie nun nervös paffte.

»Weil es jedes Mal was mit ihm zu tun hat, wenn die Bullen bei mir auftauchen! Ist er euch mal wieder durch die Lappen gegangen? Ja, rennen kann er, das ist aber auch das Einzige, was er auf die Reihe kriegt. Das hat er von seinem Erzeuger, der eines schönen Tages Zigaretten kaufen ging und nicht wiederkam. Hat mich mit dem Kleinen einfach sitzen lassen, da war mein Sohn nicht mal ein Jahr alt! Und jetzt wollt ihr von mir wissen, wo er sich verkrochen hat, oder? Da muss ich euch enttäuschen. Roland spricht kaum mit mir und lässt sich alle paar Monate hier blicken, wenn er wieder mal Geld braucht, was bei ihm aber ein Dauerzustand ist. Dabei hab ich selbst nichts!«

»Wann haben Sie Ihren Sohn denn das letzte Mal gesehen?«, hakte Tobias nach. Jasmin hatte sich ans Fenster gestellt und genoss die grandiose Aussicht, während sie aufmerksam der Befragung folgte und sich Notizen dazu machte. Von hier oben konnte man bestimmt einen Kilometer weit sehen. Das da hinter dem Band der Autobahn A3 im Osten musste Lohmar sein, wenn ihr Orientierungssinn sie nicht trog.

»Da war er gerade aus dem Knast raus. Es wird so ein halbes Jahr her sein, da stand er bei mir auf der Matte und machte einen auf Familie. Dabei hat er mich dreist beklaut, als ich mal den Rücken gedreht hatte. Er dachte wohl, in der ollen Blechkassette, die in dem Regal dort an der Wand lag, wäre etwas Wertvolles drin. Aber da hat er sich wohl geschnitten, das waren nur irgendwelche Papiere von meinem Alten, die der nur vergessen hat mitzunehmen, als er die Biege machte. Ist kein großer Verlust, ich wollte den ganzen Kram sowieso auf den Müll werfen.«

»Nachdem Sie die Sachen volle dreißig Jahre aufbewahrt hatten?«, zweifelte Jasmin Brandt diesen Teil ihrer Aussage an, indem sie sich ihr zuwandte. »Was waren das denn für Papiere, die man so lange hortet, obwohl der rechtmäßige Eigentümer bestimmt nicht mehr auftauchen wird?«

»Ach, das war nichts!«, winkte Irmgard Klammer ab und zündete sich gleichzeitig eine neue Zigarette an. »Irgendwelche Hinterlassenschaften von seinem Großvater Heinrich, glaube ich. Bin nie ganz schlau daraus geworden. Mein Mann faselte immer was von einem Schatz, der bei oder unter dem Fachwerkhaus vergraben sein soll, das einer seiner fernen Vorfahren hier irgendwo gebaut hat. In diesen Papieren, die vor allem aus alten Briefen bestehen, hoffte er Hinweise darauf zu finden.«

»So eine Art Schatzkarte, meinen Sie?«, vergewisserte sich Tobias. Von Vanessa wusste er, dass Pfarrer Wollersheim ebenfalls von einem Goldschatz gesprochen hatte, der Gerüchten zufolge seit Jahrhunderten im Familienbesitz gewesen sein soll. Ihre Wortwahl verriet ihm außerdem, dass sie in den Papieren nachgeschaut hatte. »Und? Gab es eine?«

»Außer diesen Briefen war nur ein alter, vergilbter Grundrissplan dabei, aber damit konnte ich nichts anfangen. Fragen Sie doch meinen Sohn, falls sie ihn finden und er die Sachen noch hat!«

»Sagt Ihnen der Name Marlene Beyer irgendwas?«, wechselte Tobias Heller schnell das Thema. Um diese ominösen Papiere konnten sie sich später kümmern, unter Umständen fanden sie sich sogar im Zuge der Durchsuchung von Roland Klammers Wohnung ein. Ein Blick zur Uhr sagte ihm, dass sie bereits über eine Stunde unterwegs waren und die Kollegen Faber und Weber sich vermutlich gerade auf dem Weg dorthin befanden. Schnell schrieb er ihnen eine SMS mit der Anweisung, auf eine alte Blechdose mit Papieren zu achten.

»Meine Schwiegermutter war eine geborene Beyer. Das wird dann eine Tante von Karl sein«, antwortete Frau Klammer derweil auf seine Frage. »Soweit es mir bekannt ist, hat sie vor Jahrzehnten das Familienanwesen geerbt, sofern man diesen alten Schuppen so nennen kann.«

»Eine Frage hätte ich noch«, meldete sich Jasmin zu Wort. Sie hatte in den vergangenen Minuten auf ihrem Handy rasch etwas überprüft und war fündig geworden. »Wenn man aus Ihrem Wohnzimmerfenster schaut, kann man bis nach Lohmar sehen. Direkt gegenüber liegt der Weiler Pützrath, wo ein Arzt namens Brunner wohnt, das ist kaum mehr als einen halben Kilometer entfernt. Seine Praxis hat er im benachbarten Heppenberg, wohin es von hier aus auch nicht wesentlich weiter ist. Sie kennen ihn nicht zufällig?« Aus dem Augenwinkel bemerkte sie, wie ihr Vorgesetzter sie erstaunt anschaute.

»Das ist mein Hausarzt«, antwortete die Frau nach einigem Zögern. Heller nickte der Kommissarin anerkennend zu, *diese* Frage wäre ihm nicht eingefallen!

»Ich habe nämlich bis vor ein paar Jahren drüben in Lohmar gewohnt und den Arzt nie gewechselt. Es ist nicht sehr weit, wie Sie ganz richtig bemerkt haben, und Doktor Brunner macht noch Hausbesuche, was heutzutage ja auch nicht mehr die Regel ist!«

»Wo waren Sie Montag Abend in der Zeit zwischen 20:00 und 22:00 Uhr?«, stellte Heller jetzt die obligatorische Frage nach einem Alibi. Die Tatsache, dass diese Frau sich überraschend als Patientin des einen Opfers erwiesen hatte und mit dem anderen sogar verwandt beziehungsweise um drei Ecken verschwägert war, machte dies notwendig. *Ich weiß auf jeden Fall, wo ich heute sein werde*, schoss es ihm durch den Kopf. *Es ist nämlich an der Zeit, einen längst fälligen Besuch zu absolvieren. Das wird nicht leicht!*

* * *

»Tja, da musst du jetzt durch!«, verkündete Martin Weber seinem wie immer geschniegelten Partner mit einem hämischen Grinsen im Gesicht, nachdem der herbeigerufene Schlüsseldienstmitarbeiter ihnen mit einem Spezialwerkzeug innerhalb weniger Sekunden die Wohnungstür geöffnet hatte und er einen Blick in Klammers Behausung werfen konnte. Schon in dem kleinen Flur, von dem zwei offen stehende Türen in ein winziges Bad und einen kombinierten Wohn- und Schlafraum mit Kochnische führten, stapelten sich etliche Kisten und Tragetaschen mit Gerümpel. Und dreckig war es auch.

»Dir ist doch hoffentlich klar, dass wir den ganzen Kram hier genauestens durchsuchen müssen. Nicht nur wegen eventuell vorhandener Hinweise auf die Morde, sondern auch, weil es sich um Diebesgut handeln könnte. Da wird sich meine alte Dienststelle freuen. Du wirst dir dabei aber wieder deinen Anzug ruinieren«, fügte er schadenfroh hinzu. »Was ist eigentlich aus dem mit den Hundehaaren geworden? Den hast du seitdem gar nicht mehr getragen!«

»Der liegt bei mir zu Hause«, brummte Jonas Faber missmutig, während er an ihm vorbei einen vorsichtigen Blick ins Innere riskierte. Besagtes Kleidungsstück war ganz neu und sein Lieblingsanzug. »Weder ich noch meine Frau hatten die Zeit, ihn in die Reinigung zu bringen. Und jetzt quatsch keine Oper und gib endlich die Tür frei! Ich möchte irgendwann mal Feierabend haben, denn im Gegensatz zu dir wartet daheim jemand auf mich!«

In diesem Augenblick meldete Webers Handy eine eingehende Kurznachricht. »Wir sollen unbedingt auf eine Kassette oder eventuell auch eine Blechdose mit alten Papieren achten, schreibt der Chef gerade«, verkündete er seinem nörgelnden Partner, nachdem er die Zeilen überflogen hatte. »Muss wohl wichtig sein, machen wir uns also an die Arbeit!«

Gleich hinter der Eingangstür standen zwei Paar Schuhe neben besagten Kartons auf dem Boden, eins davon hatte frische Erdanhaftungen an den Sohlen. Faber fasste die schmutzigen Treter trotz der Latexhandschuhe angewidert mit spitzen Fingern an und versenkte sie in einen Spurensicherungsbeutel, den Weber ihm bereitwillig entgegenhielt. Damit würde sich später die Forensik befassen, sie beide hingegen mussten sich jetzt durch Unmengen von Gerümpel wühlen.

* * *

Erik klopfte im Wohnzimmer die beiden Wände ohne Tür oder Fenster, denn diese kamen logischerweise nicht infrage, gewissenhaft im Abstand von wenigen Zentimetern mit der Faust ab, um eventuell dahinter verborgene Hohlräume zu entlarven. Bisher ohne Erfolg, ebenso wie bereits zuvor in dem kleinen Bad und der Küche. Das Schlafzimmer wollte er sich zuletzt vornehmen. Da das Häuschen insgesamt nur eine Grundfläche von knapp sechzig Quadratmetern aufwies, hatte er insgeheim mit einem schnelleren Ergebnis gerechnet. Vorausgesetzt natürlich, dass ein solcher Geheimraum tatsächlich existierte.

Vanessa, in der einen Hand ein Laser-Messgerät haltend, in der anderen ein Tablet balancierend, auf dem sie den digitalisierten Grundrissplan aufgerufen hatte und diesen mit den Gegebenheiten hier vor Ort verglich, schüttelte den Kopf zu den ihrer Meinung nach sinnlosen Bemühungen des Kollegen. »Das sind alles Außenwände, Erik«, erinnerte sie ihn daran, dass drei der Außenmauern an dieser Stelle mit den Wohnzimmerwänden identisch waren. Eine vorsorglich durchgeführte Messung hatte ihnen dies zudem bestätigt. »Dahinter kann nun wirklich nichts mehr sein. Außerdem ist das alles Fachwerk, was es zusätzlich erschwert, Hohlräume zu kaschieren!«

»Wer sagt uns denn, dass dieser Plan die Realität widerspiegelt?«, hielt Erik hartnäckig an seiner Idee fest. »Der ist noch keine hundert Jahre alt und wurde nachträglich gezeichnet, als Martha Beyer, die Mutter der verstorbenen Eigentümerin, eine bauliche Änderung vornehmen wollte und dafür einen Bauantrag stellen musste. Eine zweite Wand in einem Abstand von, sagen wir, einem Meter fällt doch gar nicht auf, und mehr braucht es für ein Versteck nicht. Hilf mir mal, diesen Schrank beiseitezuschieben!«, bat er sie, weil er das massive und schwere Eichenmöbel alleine nicht bewegen konnte.

»Ach ja? Und wo kam deiner geschätzten Meinung nach die nötige Atemluft für zwölf Stunden Aufenthalt in dem Kabuff her?«, zweifelte Vanessa, packte aber bereitwillig mit an. »Wie der Täter dieses Monstrum hinter sich an Ort und Stelle gerückt hat, damit niemand etwas merkt, müsstest du mir auch noch erklären«, fügte sie ächzend hinzu, während sie mit ihm gemeinsam das zentnerschwere Teil zentimeterweise verschob. Dahinter war erwartungsgemäß nur eine massive Wand.

Währenddessen hatten die zwei mitgekommenen Forensiker an der Zimmertür Aufstellung genommen und dem Treiben der Ermittler aus gebührender Entfernung grinsend zugeschaut. Ihre Spezialgebiete seien DNA-Spuren und Fingerabdrücke, wie sie zu Beginn der Aktion unmissverständlich klargestellt hatten, und nicht das Verschieben von Möbeln. In Wahrheit hatte Heller ihnen jedoch heimlich aufgetragen, die beiden alleine werkeln zu lassen und nur im äußersten Notfall einzugreifen. Sie würden ihm später berichten, wie seine Leute sich dabei angestellt hatten.

»Wir haben ja immer noch das Schlafzimmer und den Keller«, tat Erik diesen erneuten Misserfolg mit einem Achselzucken ab. Die Hoffnung starb bekanntlich zuletzt.

* * *

Entgegen der oberirdischen Bausubstanz war der Keller ungewöhnlich massiv aus gebrannten Ziegeln ausgeführt, wie Vanessa und Erik aus ihrem Bauplan entnehmen konnten. Die Außenwände waren einen guten halben Meter dick und bildeten gleichzeitig das Fundament des Hauses, weshalb sie exakt den Maßen des darauf stehenden Gebäudes entsprachen.

Innen war der Keller durch brusthohe Steinwände in insgesamt drei Räume unterteilt. Jeweils einen für Vorräte, Kohle und den üblichen Kram, den man im Haus nicht aufbewahren wollte. Bei der Deckenhöhe war allerdings gespart worden, wie das in früheren Zeiten ohnehin normal gewesen war. Vanessa konnte so gerade eben noch aufrecht stehen, wogegen Erik den Kopf einziehen musste. Ihre einzige Lichtquelle war eine trübe Funzel in der Mitte der Gewölbedecke, die für eine beklemmende Atmosphäre sorgte.

»Bloß, um dieses Haus zu tragen, erscheint mir das etwas zu viel Aufwand«, bemerkte die Kommissarin, während sie ihre Blicke schweifen ließ. »Wenn ich es nicht besser wüsste, würde ich das hier bedenkenlos als Luftschutzbunker bezeichnen, doch das kann ja nicht sein, weil das Gebäude ungefähr zweihundertfünfzig Jahre auf dem Buckel hat! Solche Gewölbedecken wurden damals eigentlich nur in Massivhäusern verbaut.«

Derweil sah sich Erik in den abgetrennten Nischen um, die jedoch sämtlich belegt waren. Vor allem im Kohlenkeller war an ein Versteck von der Art, wie es ihm vorschwebte, nicht zu denken, da er mit Briketts angefüllt war, die akkurat an den Wänden aufgestapelt waren. Vor seinem inneren Auge sah er die alte

Frau Beyer, wie sie im Winter mit einem Eimer hier herunterkam, um sich Brennstoff für den Kachelofen im Wohnzimmer zu holen, wie es auch seine Großeltern noch gemacht hatten, als er ein Kind war.

Sofern sich hier unten tatsächlich jemand über viele Stunden versteckt gehalten hatte, hätte es sich nicht vermeiden lassen, dass er anschließend den Kohlenstaub an seinen Schuhsohlen im ganzen Haus verteilte. Und das wiederum wäre den Forensikern mit Sicherheit aufgefallen! Irgendwie musste derjenige schließlich später das Gebäude verlassen haben, und der Keller war fensterlos.

»Denk daran, was Pfarrer Wollersheim über den Erbauer sagte«, gab er nachdenklich zurück. »Jakob Beyer muss selbst für die damalige Zeit ein ziemlich seltsamer Kauz gewesen sein. Kriege gab es auch im 18. Jahrhundert, vielleicht war er ja etwas paranoid und wollte sich im Notfall hier verbarrikadieren. Was das Vorhandensein eines verborgenen Raumes übrigens wahrscheinlich machen würde!«

»Und wo sollte der sein?«, meldete Vanessa erneut ihre Bedenken an. »Auch hier unten sind die Mauern mit dem Grundriss des Hauses identisch, ich habe es gerade nochmal nachgemessen. Da ist doch nirgends Platz!«

»Aber im Gegensatz zu da oben sind wir hier unter der Erdoberfläche, und zwar ein gutes Stück. Deshalb gibt es bis auf die Kohlenrutsche auch keine Fenster, was den muffigen Geruch erklärt. Wenn sich jenseits der Außenwände etwas befände, würde man das von draußen doch gar nicht ...« Er verstummte unvermittelt und fixierte einen Punkt an der linken Seite des

Ganges, in dem sie alle standen. Es war eine Stromleitung, der er stumm bis zu ihrem Ende folgte.

»Wo führt sie hin?«, sprach er mehr zu sich selbst, weil das unter der Decke installierte Kabel einfach in der Stirnwand verschwand. Dahinter sollte sich dem Bauplan gemäß nichts außer Erdreich befinden. Er klopfte diese Wand auf einer Breite von zwei Metern gewissenhaft ab, doch sie erwies sich als so massiv wie sie aussah.

Vanessa war mittlerweile neben ihn getreten. »Das Stromkabel muss, wie die gesamte Elektrik im Haus, sehr viel später installiert worden sein«, bemerkte sie kopfschüttelnd. »Zum Zeitpunkt der Grundsteinlegung vor zweihundertfünfzig Jahren gab es bekanntlich ja noch keine Elektrizität, das wird uns also nicht weiterhelfen!«

»Hm!«, brummte Erik, nahm sein Handy zur Hand und leuchtete die Wand mit der Taschenlampenapp akribisch zentimeterweise ab. Mit einem »Wusste ich es doch!«, schob er zwei Minuten später das Telefon in die Tasche und stemmte sich mit aller Kraft gegen die massive Mauer, was für seine Zuschauer zugegebenermaßen etwas komisch aussah. Das Lachen blieb den beiden Forensikern und seiner Kollegin aber im Halse stecken, als ein unregelmäßig geformtes, im Mittel etwa fünfzig Zentimeter breites und anderthalb Meter hohes Stück der Wand mit einem knirschenden Geräusch nachgab und eine entsprechend große Öffnung freigab!

»Ab hier übernehmen wir die Sache!«, sprach einer der Forensiker, nickte ihm mit einem anerkennenden Blick zu und schob sich an ihm vorbei, um sich in gebückter Haltung durch die neue Tür zu quetschen, die in einen überraschend geräumigen Raum führte. Sein Kollege, schwer bepackt mit Scheinwerfern und dem Koffer mit Analysegeräten, folgte ihm auf dem Fuße. Jetzt erst waren die breiten Metallschienen auf dem steinernen Fußboden zu sehen, auf denen das Mauerstück bewegt werden konnte.

»Das haben die Erbauer pfiffig gelöst«, informierte Erik derweil seine Kollegin mit hörbarem Stolz. »Der feine Spalt ist bei dieser schummrigen Beleuchtung wegen der Unregelmäßigkeit des Umrisses kaum zu erkennen, doch im hellen Licht der Handylampe war mir gleich aufgefallen, dass der Mörtel zwischen den Ziegeln an diesen Stellen fehlt. Ohne das Kabel hätte ich es mir aber gar nicht erst angeschaut.«

»Und weshalb haben die Komiker das nicht bereits vor Tagen während ihrer ersten Tatortuntersuchung gesehen?«, wunderte sich Vanessa und stieß ihm mit einem breiten Grinsen kameradschaftlich den Ellenbogen in die Seite. »Die hast du jedenfalls ganz schön alt aussehen lassen!«

»Ach was, da haben die doch gar nicht nach einem Geheimversteck gesucht«, nahm Erik die Spezialisten bescheiden in Schutz. Seiner Meinung nach hatten sie wie immer eine hervorragende Arbeit abgeliefert. »Das nachträglich angebrachte Stromkabel beweist uns aber auch, dass das Wissen um diesen geheimen Raum nicht mit dem Tod des Erbauers verloren ging. Zumindest Wilhelm Beyer, der Vater des Opfers, wird davon gewusst haben, und seine Tochter vermutlich auch. Wir stehen hier womöglich vor einem frühen,

wenn nicht sogar dem ersten Panikraum der Weltge-
schichte! Ich bin echt mal gespannt, wie die das hier
unten mit der Belüftung geregelt haben.«

* * *

Martin Weber erhob sich ächzend aus der unbequemen knienden Stellung, die für ihn und seinen
Partner in den vergangenen Stunden die bevorzugte
Körperhaltung gewesen war. »Ich glaube, ich hab mir
den Rücken gezerrt, Jonas«, stöhnte er mit schmerz-
verzerrter Miene, während er sich vorsichtig streckte.
»Morgen werde ich bestimmt nicht an dem Fitnessge-
döns teilnehmen können!«

»Nichts da! Du hast uns die Suppe zusammen mit
Jasmin eingebrockt und wirst sie mit uns gemeinsam
auslöffeln, und wenn ich dich dorthin tragen muss!
Tobias hat völlig recht, du hast die Gymnastik von
uns allen am meisten nötig, das sieht man ja jetzt
auch schon wieder überdeutlich!«

Möbel, in denen man in Griff- oder wenigstens in
Augenhöhe etwas verstauen konnte, waren in dieser
Bruchbude absolute Mangelware. Der flüchtige Mord-
verdächtige schien nahezu sämtliche Habseligkeiten
in Kisten unterschiedlicher Machart aufzubewahren,
die auf dem Boden standen oder übereinandergesta-
pelt waren. Das meiste davon war Schrott.

Mit einer Ausnahme: In einem Karton fanden sich
drei Smartphones, zwei Tablets und ein Notebook der
gehobenen Preisklasse, alle mit dem bekannten ange-
bissenen Apfel als Firmenlogo. Außerdem lag dazwischen versteckt, sie hätten es beinahe übersehen, ein
leeres Magazin für eine automatische Waffe, bei der

es sich durchaus um eine Walther PPK/S-22 handeln könnte! Waffenexperten waren sie zwar beide nicht, doch das würde die Forensik klären.

Diese Kiste enthielt augenscheinlich vornehmlich Diebesgut, denn der schäbige Rest dieser ›Wohnungseinrichtung‹ war zusammengenommen nicht einmal halb so viel wert. Die Suche nach einer Blechdose mit alten Dokumenten blieb indes erfolglos. Oder zumindest zum Teil. Denn ein Behältnis, das wie eine altertümliche Keksdose aussah, fanden die Ermittler zwar ebenfalls in besagtem Karton, doch die war leer!

»Ich denke, hier finden wir nichts mehr«, wandte Jonas sich an den Partner, der immer noch in einer seltsam verkrümmten Haltung neben ihm stand und eine Hand an den Rücken gedrückt hielt. Er schien tatsächlich große Schmerzen zu erleiden. »Wir holen uns nur noch seine Zahnbürste und einen Kamm aus dem Bad, sofern er so etwas überhaupt besitzt. DNA-Material kann ja schließlich nie schaden. Eigentlich kann der Kerl in Unterwäsche nicht weit gekommen sein«, überlegte er. »Ich könnte mir vorstellen, dass er sich in der Nähe versteckt.«

»Na, dann viel Spaß beim Suchen, die halten hier nämlich zusammen wie Pech und Schwefel! Er hatte aber irgendwas unter den Arm geklemmt, ein Bündel Klamotten, glaube ich. Er wird sich später sicher in einem der dunklen Hinterhöfe vernünftig angezogen haben. Aber das geklaute Auto könnte noch irgendwo herumstehen, den Schlüssel haben wir ja gefunden!« Tatsächlich war es das Erste gewesen, das ihnen ins Auge gefallen war, gleich nachdem sie die Wohnung betreten hatten. Der Schlüssel zu einem Range Rover, wie der getötete Arzt einen besessen hatte, hing an einem rostigen Nagel neben der Tür.

Auf dem Weg in das kleine Bad trat Jonas Faber auf eine lose Diele, die knarzend unter seinem Schuh nachgab. »Gibst du mir mal dein Schweizer Messer?«, bat er den Kollegen, während er sich vorsichtig, um den teuren Anzug nicht zu beschädigen, neben dem verdächtigen Brett auf den Boden kniete. Weber war ja wegen seines gezerrten Rückens derzeit nicht dazu in der Lage. Eine Minute später hielt er ein ziemlich dickes Bündel Papiere hoch, das mit einem Gummiband zusammengehalten wurde. »Jede Wette, das ist das Zeug aus der leeren Blechdose!«, verkündete er triumphierend.

* * *

Sven Leuchner streckte den Kopf zur Tür seines Büros heraus und winkte seiner neuen Hilfskraft am Empfangstresen fröhlich zu. »Ich bin schon mal weg, Schatz!«, rief er ihr zu. »Kommst du dann auch bald rüber?«

Um von der in das Wohnhaus integrierten Steuerberaterpraxis in die Wohnräume zu gelangen, musste Leuchner das Gebäude nicht verlassen, denn es gab einen Zugang zu den Privaträumen im Arbeits- und Beratungszimmer. Die Tür war zwar aus Sicherheitsgründen auf beiden Seiten mit einem Knauf versehen statt einer Klinke und ständig verschlossen, doch sie besaß, wie für alle Schlösser, selbstverständlich auch für dieses einen Schlüssel!

»Ich komme in ein paar Minuten nach«, versprach Denise Malowski ihrem Ehemann, während sie den

Computer herunterfuhr und sorgfältig ihren Schreibtisch abschloss. »Ich räume nur schnell den Arbeitsplatz auf, damit Andrea morgen früh nicht vor einem
Chaos steht, und schließe die Tür ab. Nimm aber bitte
schon mal die Kinder mit, die sind noch nebenan im
Warteraum!« Leonie und Nicklas spielten nachmittags meist im Wartezimmer, für das es momentan
ohnehin keine andere Verwendung gab, da Klienten
bis auf weiteres nur noch nach vorheriger Terminab-
sprache kommen durften. Vormittags waren sie mit
ihrer Mutter in der Kita.

Ein altes Kinderlied summend, das ihre Adoptiv-
mutter ihr immer vorgesungen hatte, setzte sie ihre
Arbeit beschwingt fort und hob erst den Kopf, als die
Eingangstür geöffnet wurde. *Nanu*, dachte sie, *es ist
nach 17:00 Uhr und Termine stehen für heute nicht
mehr an!* Doch der breit grinsende, langhaarige Kerl
in Motorradlederjacke, der jetzt hereinkam, war kein
Klient. Im Gegenteil!

»Tobias!«, begrüßte sie ihren ehemaligen Ermittlungspartner betont reserviert mit einem nur angedeuteten Kopfnicken. Sie kannte ihn lange genug, um
zu wissen, dass er mit diesem jungenhaften Grinsen
bloß seine eigene Unsicherheit überspielen wollte. Sie
freute sich zwar riesig, ihn zu sehen, aber sie dachte
trotzdem nicht eine Sekunde daran, es dieser treulo-
sen Tomate besonders leicht zu machen. Schließlich
waren sie gute Freunde und er hatte sich in all den
Wochen, die sie nun nicht mehr im Polizeidienst war,
kein einziges Mal bei ihr gemeldet!

»Du bist sauer!«, stellte er fest und setzte übergangslos ein anderes, ebenfalls bei ihm sehr beliebtes

Gesicht auf: das eines ertappten Sünders. Dass Denise verstimmt war, ließ sich daran erkennen, dass sie ihn mit vollem Vornamen begrüßt hatte. Bei guter Laune nannte sie ihn seit Anbeginn ihrer Zusammenarbeit nur ›Tobi‹. Er zog die hinter dem Rücken verborgen gehaltene linke Hand hervor und präsentierte einen kleinen Strauß aus fünf gelben Chrysanthemen. »Wie wär's mit einem Friedensangebot?«

»Die hast du vorhin im Vorgarten geklaut«, lachte sie auf und schlug ihm spielerisch auf den Arm. »Na, komm schon her und lass dich drücken!«

»Streng genommen handelt es sich dabei nicht um Diebstahl«, widersprach er ihr grinsend, nachdem er die Knuddelattacke einigermaßen unbeschadet überstanden hatte. »Da ich sie dir jetzt ja wiedergegeben habe, ist es rechtlich eine ungenehmigte Ausleihe!«

»Was bist du nur für ein alberner Kerl!«, schüttelte sie mit erzwungener Ernsthaftigkeit den Kopf. »Hast du etwas Zeit? Dann komm doch für eine Stunde oder so mit nach nebenan. Sven wird sich freuen, und Leo wird bestimmt völlig aus dem Häuschen sein. Du bist ihr ganz persönlicher Held, seit sie laufen kann!«

* * *

»… Und dann mussten diese beiden lahmen Enten hilflos mitansehen, wie ihr Hauptverdächtiger ihnen in Unterwäsche und Socken auf Nimmerwiedersehen davonrannte«, gab Tobias lachend die im Grunde gar nicht so lustige Episode zum Besten, in der Martin Weber, sein an Lebensjahren ältester Mitarbeiter, und Jasmin Brandt als die Jüngste, von einem flüchtenden Verdächtigen klassisch ausgetrickst worden waren.

Und das nur, weil es an der nötigen Ausdauer fehlte und ihnen bei seiner Verfolgung schon nach wenigen Metern die Puste ausgegangen war.

Nachdem die obligatorische Begrüßungsprozedur absolviert war und er Leonie und auch dem neuesten Familienzuwachs Nicklas die gebührende Aufmerksamkeit zuteil hatte werden lassen, saß er mit Denise und Sven gemütlich bei einer Tasse Kaffee zusammen und tauschte mit ihnen die gegenseitigen Erlebnisse der letzten Wochen aus. Naturgemäß hatte der Steuerberater am wenigsten dazu beizutragen.

»Wir hatten vor zwei Jahren einmal eine ähnliche Situation«, erinnerte sich Denise. »Da standen wir vor der Wohnungstür eines Verdächtigen, während dieser durch ein Fenster abzuhauen versuchte. Übrigens auch in Unterhosen!«

»Im Gegensatz zu meinen Leuten hatten *wir* aber in weiser Voraussicht zwei uniformierte Kollegen vor besagtem Fenster draußen auf der Straße postiert«, grinste Tobias. »Und außerdem hätten wir den Kerl mit Leichtigkeit eingeholt, und Chrissie würde selbst jetzt mit ihrem Babybauch bestimmt keine Probleme haben. Aber meine Kommissarin futtert lieber Schokolade, statt sich fit zu halten. Vanessa und Erik sind wahrscheinlich die Einzigen, die einigermaßen sportlich sind, alle anderen bräuchten dringend ein wenig Bewegung!«

»Wenn du dich für den täglichen Flurfunk interessieren würdest, wüsstest du, dass Jasmin Brandt das erst macht, seit sie vor einem Jahr von ihrem Freund sitzengelassen wurde«, informierte Denise ihn mit dozierend erhobenem Zeigefinger. »Vorher war sie fast so drahtig wie unsere Chrissie. Die Süßigkeiten sind wohl eine Art Liebesersatz, aber natürlich pures Gift für die Figur.«

»Na, jedenfalls wird sich das bald ändern. Ich habe den Fitnessraum im Untergeschoss für die nächsten Monate zweimal die Woche reserviert. Morgen geht es nach Dienstschluss das erste Mal zur Sache. Dort werden wir dann alle gemeinsam schwitzen, bis jeder von denen die hundert Meter unter zwölf Sekunden läuft!«

»Ich würde ein Zirkeltraining empfehlen«, nickte Denise. Als aktive Taekwondo Meisterin mit einem schwarzen Gürtel für den dritten Dan wusste sie, wovon sie sprach. Sie hätte trotz ihrer vierzig Jahre garantiert keine Probleme, einen solchen Parkour in Rekordzeit zu bewältigen. »Die notwendigen Gerätschaften sind alle vorhanden, soweit es mir bekannt ist. Ihr solltet euch aber nach einem guten Trainer umschauen, ohne professionelle Anleitung wird das nichts!«

»Oh, da hab ich schon jemanden im Sinn«, lächelte Tobias und zuckte im nächsten Augenblick erschrocken zusammen, als er eine kalte Hundeschnauze an seiner herunterhängenden Hand spürte. Sie gehörte einem Mischling von der Größe eines Terriers, dessen genetische Bestandteile auf Anhieb nicht so leicht zu erkennen waren, und der ihn jetzt mit einem unendlich traurigen Hundeblick hechelnd anschaute. »Seit wann habt ihr denn einen Hund?«, wunderte er sich.

»Seit meine liebe Ehefrau ihn eines Abends einsam und halb verhungert auf der Straße aufgelesen hat«, ließ sich Sven schmunzelnd vernehmen. »Du weißt doch, dass sie ein Herz für herrenlose Streuner hat. Ganz gleich, ob es sich dabei um Hunde, Katzen oder Kinder handelt!«

»Vergiss die Ehemänner nicht, Schatz«, konterte Denise trocken. Tobias lehnte sich entspannt zurück und ließ die Szene auf sich wirken. Es tat verdammt gut, wieder unter Freunden zu sein!

Kapitel 6

Nichts passt zusammen

»Zunächst möchte ich euch das Ergebnis des Genvergleichs zwischen Marlene Beyer und Guido Brunner mitteilen, das ich soeben in der Post hatte«, verkündete Tobias Heller seiner vollständig versammelten Mannschaft. »Ich will es kurz machen: Die beiden sind *nicht* miteinander verwandt!«

»Dann wäre diese im Grunde ohnehin reichlich absurde Theorie also endgültig vom Tisch!«, konstatierte Jonas Faber erleichtert.

»Doch dank der geradezu verbissenen Hartnäckigkeit unseres jüngsten Teammitgliedes haben wir gestern etwas gefunden, an dessen Existenz niemand hier im Raum so recht geglaubt hatte, wenn wir ehrlich sein wollen!«, fuhr Heller fort und nickte dem Kommissaranwärter freundlich zu, der daraufhin bescheiden den Kopf senkte. Belobigungen für Leistungen, die zu erbringen seiner Meinung nach ohnehin sein Job war, waren ihm von jeher peinlich gewesen. Allerdings war diese Form von Bescheidenheit nicht besonders schwer zu verkaufen, wenn man es gewohnt war, stets Bestnoten zu erzielen.

»Doch genau diese Zielstrebigkeit zur rechten Zeit zahlt sich eben manchmal aus«, fuhr der SOKO-Chef dessen ungeachtet fort, »und somit besitzen wir mit diesem Geheimraum im Keller des Mordhauses nun hoffentlich ein weiteres Puzzleteil, das aber an seinen korrekten Platz gerückt werden muss. Diesen gilt es jedoch erst zu finden, denn viel zu groß sind immer noch die Lücken in einem nach wie vor nicht einmal ansatzweise erkennbaren Gesamtbild! Jürgen wird uns daher zunächst berichten, was seine Spezialisten herausgefunden haben! Ihr habt doch was für uns, hoffe ich?«, wandte er sich an den Forensiker.

»So Einiges«, brummte dieser einsilbig. Er fischte eine Lesebrille und einen Datenstick aus der Tasche und lud eine Bilderserie auf das virtuelle Denkbrett hoch, wo die Fotos zeitgleich auf den Bildschirmen der Kommissare erschienen. »Ob es euch weiterhilft, wird die Zukunft zeigen müssen«, wiegelte er ab. »Ich denke jedoch, die ersten Ergebnisse Anfang nächster Woche liefern zu können.«

»Du wirst uns bestimmt auch heute schon etwas dazu sagen können, ob der Raum in jüngster Vergangenheit benutzt wurde oder nicht«, vermutete Heller. Er kannte Vogel seit vielen Jahren und wusste daher aus Erfahrung, dass dieser sich gerne bitten ließ, eine durch Fakten noch nicht vollständig untermauerte Meinung zu äußern. Und dies auch nur unter Vorbehalt.

»Ich kann einige Hintergründe und Vermutungen liefern, aber nicht mehr! Wie ihr auf den Fotos sehen könnt«, lenkte Vogel ihre Aufmerksamkeit jetzt auf die hochgeladene Bilderserie, »ist dieser Raum, ich würde ihn mal als eine sehr frühe Version eines Panikraums bezeichnen wollen, ziemlich geräumig und zweckmäßig möbliert. Ob er jemals seiner vorgesehenen Verwendung entsprechend genutzt wurde, entzieht sich meiner Kenntnis. Auf jeden Fall ist er aber so alt wie das Haus, doch davon später mehr. Der bestens getarnte, auf Schienen gleitende Eingang lässt sich übrigens von innen durch einen massiven Stahlriegel wirksam verbarrikadieren«, nickte er Erik zu, dessen Geschick es ja zu verdanken war, dass der Zugang entdeckt wurde.

Auf den vier Bildern, die aus verschiedenen Blickwinkeln fotografiert worden waren, offenbarte sich den staunenden Zuschauern ein, wie den nachträglich angebrachten Bemaßungen leicht zu entnehmen war, etwa zwanzig Quadratmeter großer Raum mit grob gezimmerten Liegen an drei Wänden und einem ebensolchen Tisch in der Mitte mit entsprechender Anzahl Sitzgelegenheiten. Auf zweien der drei Bettgestelle lagen alte Strohsäcke anstelle von Matratzen, das dritte war blank. Bettlaken oder gar Oberbetten waren keine vorhanden. Ebenso fehlten fließendes Wasser und eine sanitäre Einrichtung. Ansonsten war der Raum leer.

»Die Luft war abgestanden, als meine Männer die Kammer betraten«, fuhr Vogel nach einer Pause fort, »aber atembar, was auf eine funktionierende Frischluftversorgung schließen lässt. Wir haben zwar noch nicht ganz verstanden, wie die das genau gemacht haben, vermuten jedoch, dass die beiden vergitterten Rohre, die ihr an der Rückwand seht, irgendwo hinter dem Haus gut getarnt aus dem Erdreich ragen. Fest steht hingegen, dass sich kürzlich, also vor weniger als einer Woche, mindestens eine Person für längere Zeit darin aufgehalten hat!«

»Wir vermuten, dass derjenige nach den Morden in seinem Versteck ausharren musste, bis die Leichen gefunden wurden und er oder sie in dem Getümmel unerkannt das Haus verlassen konnte«, merkte Jonas an. »Vorsichtig gerechnet waren das mindestens zwölf Stunden, wobei noch nicht einmal klar ist, woher man überhaupt die Gewissheit nahm, dass zeitnah jemand erscheinen würde. Was mich aber gewaltig dabei stört, ist das Fehlen einer Toilette. Aus hinreichender Erfahrung mit nächtlichen Observationen weiß ich, dass man das nicht so lange durchhält, ohne sich zwischendurch zu erleichtern.«

»Dann weißt du ja auch, dass die Frauenquote bei solchen Aktionen genau aus diesem Grund äußerst gering ist«, grinste Vanessa anzüglich. »Weil ihr Kerle nämlich notfalls in eine Flasche pinkeln könnt!« Der angewiderten Miene nach zu urteilen, mit dem der Kollege ihre völlig zutreffende Bemerkung quittierte, war zu entnehmen, dass ihm dieser Gedanke niemals zuvor gekommen war.

»Dieser Einschätzung kann ich nur beipflichten«, gab der Wissenschaftler trocken zurück. »Auch wir gehen von einem Mann aus, da keine Körperflüssigkeiten in dem Raum nachgewiesen werden konnten und eine andere Möglichkeit, diese zu entsorgen, nicht vorhanden ist. Dafür fanden wir etliche Haare und Hautschuppen. Sobald die DNA-Analyse vorliegt, wissen wir mehr. Es gibt aber noch ein Indiz!«

Er nahm erneut den USB-Stick zur Hand, lud ein weiteres Dokument hoch und platzierte es neben den Grundriss, den Erik am Tag zuvor eingestellt hatte. »Dieser Plan wurde bei der Wohnungsdurchsuchung gestern sichergestellt. Er unterscheidet sich von dem aus der Bauakte durch zwei wesentliche Merkmale: Er ist mindestens hundert Jahre älter und er enthält im Gegensatz du diesem den Panikraum, wie ihr seht. Der Verdächtige dürfte demnach von seiner Existenz gewusst haben. Wie man ihn öffnet, ist in einem der anderen Dokumente aus seinem Besitz zu lesen!«

»Und dass Roland Klammer sich zur Tatzeit dort aufgehalten hat, gilt mittlerweile als gesichert«, warf Weber ein.

»Es existiert sogar ein wissenschaftlicher Beweis dafür!«, grinste Vogel. Er hatte das Beste wie immer bis zum Schluss aufgehoben. »Die Erdanhaftungen an den Schuhen aus seiner Wohnung haben nämlich dieselbe mikrobiologische Zusammensetzung wie die vom Tatort, und das Sohlenprofil passt zu einem gut erhaltenen Abdruck vor dem Wohnzimmerfenster!«

»Da passt nichts zusammen!«, widersprach Heller. »Merkt das denn niemand? Klammer wurde am Tatabend an einer Tankstelle fotografiert, wo er ohne zu zahlen getankt hatte. Er kann nicht gleichzeitig in diesem Geheimraum gesessen haben, das ergibt doch überhaupt keinen Sinn! Es muss eine andere Erklärung geben!«

Vogel bemühte erneut seinen Datenstick und lud kommentarlos ein weiteres Foto hoch. Offenbar hatte er immer noch einen Trumpf im Ärmel. »Hier seht ihr das Magazin aus der Tatwaffe«, erläuterte er das Bild, nachdem alle es gebührend begutachtet hatten. »Rechts daneben ist ein baugleiches Teil, das bei der Wohnungsdurchsuchung sichergestellt wurde. Dass Fingerabdrücke des Verdächtigen darauf sind, muss ich sicher nicht extra erwähnen. Wie zu erkennen ist, gleichen sie sich wie ein Ei dem anderen, sogar der senkrechte Kratzer links am Gehäuse ist derselbe! Er stammt von einem scharfen Grat im Magazinschacht der Tatwaffe, was wiederum belegt, dass beide Magazine mindestens einmal in dieser Pistole gesteckt haben müssen!«

»Wir sind uns doch sicher alle darüber einig, dass derjenige, der sich in diesem Geheimraum versteckt hielt, logischerweise Kenntnis von seiner Existenz gehabt haben muss und auch, wie er zu öffnen ist«, überwand Jasmin Brandt als Erste ihre Verblüffung. »Vielleicht hatte Klammer einen Komplizen, der die Tür hinter ihm verriegelte, nachdem er das Haus verlassen hatte. Daher wusste dieser auch, wann die Polizei auf der Bildfläche erscheinen würde. Klammer sollte am nächsten Tag womöglich einen anonymen Anruf tätigen.«

»Was aber bekanntlich nie passiert ist! Außer ihm könnte jedoch seine Mutter davon gewusst haben«, überlegte Tobias Heller. »Sie war ja vor ihm im Besitz der Dokumente aus der Blechdose. Doch die hat für die Tatzeit ein Alibi vorzuweisen, wie du weißt. Sie war an dem Abend bei einer Nachbarin im Stockwerk unter ihr, die uns das auch bestätigt hat! Außerdem erklärt es nicht, warum ihr Sohn nach der Tat das Auto entwendete. Wie ist er denn überhaupt dorthin gekommen? Seine Wohnung in Much liegt zehn Kilometer entfernt. Ein bisschen weit für zu Fuß, oder?«

»Und was ist mit der Ehefrau des Arztes?«, stellte Martin Weber eine Vermutung in den Raum. »Falls ihr Mann bei seinen häufigen Hausbesuchen etwas von dem Geheimversteck mitbekommen hat, wusste sie vielleicht ebenfalls darüber Bescheid. Wir sollten es zumindest in Betracht ziehen!«

»Das ist jetzt wirklich sehr weit hergeholt«, verzog sein Partner genervt das Gesicht. »Und außerdem gehen wir ja von einem Mann aus, oder hast du das etwa schon vergessen?«

»Ich habe übrigens heute mit den Beamten gesprochen, die ihr die Nachricht vom Tod ihres Ehemannes überbracht hatten«, verkündete Heller. »Leider ist die Antwort nicht eindeutig ausgefallen. Jeder der beiden behauptet, nichts von einem Suizid gesagt zu haben, schloss aber im Gegenzug nicht aus, dass der Kollege es getan haben könnte. Wir dürfen jedoch nach wie vor nicht vergessen, dass es keinerlei Beweis für eine Tatbeteiligung gibt, zumal die Frau ein unwiderlegbares Alibi vorweisen kann. Für die Spuren am Tatort und das geklaute Auto fällt mir eine schlüssige Erklärung ein: Roland Klammer könnte auf Diebestour gewesen sein. Es gibt mindestens eine Zeugin dafür, dass er um das Haus seiner Großtante herumgeschlichen ist. Den Schuhabdruck hinterließ er, als er durch das Wohnzimmerfenster die Lage peilen wollte.«

»Er sah zufällig die Morde mit an und floh in heller Panik mit dem Auto, bei dem der Schlüssel gesteckt haben mag«, spann Vanessa Fuchs den Faden weiter. »In ländlichen Gegenden ist es absolut üblich, den Wagen ungesichert herumstehen zu lassen. Auf dem Weg nach Hause stellte er fest, dass der Sprit zur Neige ging, und fuhr zu einer Tankstelle. Und weil er kein Geld dabei hatte, bediente er sich ›bargeldlos‹. In diesem Fall müssten wir aber sein eigenes Fahrzeug irgendwo in der Nähe des Tatortes finden! Erik und ich werden uns nachher noch einmal gründlich dort umschauen!«

»Hier steht, dass Jonas und Martin das gestohlene Auto gestern in einer kleinen Seitenstraße nahe der Wohnung des Verdächtigen fanden«, warf Erik ein. Er hatte zwischenzeitlich den Ermittlungsbericht der Kollegen auf den Bildschirm geladen und ihn rasch durchgelesen. »Da frage ich mich, weshalb der Kerl zu Fuß abgehauen ist, wo er doch das Auto hatte!«

»Martin hat in seinem Eifer sicher ›vergessen‹, zu erwähnen, dass die Karre keine Räder mehr hatte«, informierte Tobias ihn mit ironischem Unterton. »Sie stand nur noch auf ein paar Ziegelsteinen. Entweder hat er selbst die Felgen verscherbelt oder die Kids aus der Nachbarschaft. Das wird aber umgehend nachgetragen!«, wandte er sich streng an Martin Weber, der für diesen Bericht verantwortlich zeichnete.

»Vor Gericht müssen die Ermittlungsakten absolut hieb- und stichfest sein, auch bezüglich solcher Marginalien«, fuhr Heller in belehrendem Ton fort, weil Weber die Rüge mit einem gleichgültigen Schulterzucken beantwortete. »Ein findiger Strafverteidiger könnte uns andernfalls schludrige Recherchen unterstellen und in der Luft zerreißen! Andererseits werden wir in dem Wagen kaum Beweise für irgendwas finden. Dass Klammer ihn gefahren hat, wissen wir und ansonsten werden nur die Fingerabdrücke des Arztes und eventuell noch die seiner Frau vorhanden sein. Die Forensik wird ihn sich trotzdem anschauen«, nickte er in Richtung Vogel.

»Deine Theorie erklärt aber nicht dieses Magazin, Tobias!«, kam Vanessa wieder zum ursprünglichen Thema zurück. »Es passt nachweislich zur Tatwaffe, wie wir jetzt wissen. Wie kam Roland Klammer in den Besitz des Teils?«

»Ja, das ist eine Sache, die mir zugegebenermaßen heftige Kopfschmerzen bereitet und die ich mir auch nicht so recht erklären kann. Diesen verstörenden, weil im Gesamtkontext unlogischen Zusammenhang gilt es dringend zu klären. Eines ist aber gewiss: Falls meine Annahme stimmt, hat er den Täter ganz sicher gesehen und kann ihn womöglich identifizieren. Ein Grund mehr, seiner habhaft zu werden! Macht euch jetzt am besten sofort auf den Weg, um nach dem ursprünglichen Fahrzeug zu suchen, mit dem er zum Tatort gefahren ist. Seid aber unbedingt bis spätestens 16:00 Uhr zurück, dann beginnt unser Fitnesstraining!«

»Der ›alte Mann‹ hat sich bei der Wohnungsdurchsuchung gestern den Rücken gezerrt«, grinste Jonas mit einem bezeichnenden Seitenblick zu Martin. »Ob er daran teilnehmen kann, ist fraglich.«

»Es scheint ihm heute aber schon wieder besser zu gehen«, wies Tobias den Einwand zurück. »Jedenfalls flegelt er sich auf den Stuhl wie immer. Gymnastik ist außerdem genau das richtige Mittel gegen solche Verspannungen. Davon befreit ist nur, wer den Kopf unter dem Arm trägt und mir beweisen kann, dass es seiner ist. Ich habe übrigens eine Überraschung für euch vorbereitet, ihr werdet staunen!«

***

»Hier, das war in der Post!« Tobias reichte Jasmin einen DIN-A4-Umschlag. »Hattest du den Einzelverbindungsnachweis für Marlene Beyers Festnetzanschluss angefordert?«

»Klar, darüber hatten wir doch gesprochen!«, erinnerte sie ihn an die Teambesprechung am Tag nach dem Leichenfund. »Im Gegensatz zur Telefonanlage des Arztes konnten wir bei ihrem vorsintflutlichen Gerät einen Anruf unmittelbar vor der Tat bekanntlich nicht nachweisen. Ich wollte es nur der Vollständigkeit halber kurz überprüfen. Von wegen ›hieb- und stichfeste Ermittlungsakten‹«, wiederholte sie, seinen dozierenden Tonfall perfekt imitierend, frech grinsend den Rüffel an Martins Adresse vorhin in der Besprechung.

»Touché! Und was liegt sonst noch an?«, zeigte er mit bemüht ernstem Gesicht auf einen großen Stapel Akten auf ihrem Tisch. »Das sieht mir auf jeden Fall nach viel Arbeit aus!«

»Ich habe gerade den Bericht der Forensik bezüglich der Mordwaffe gelesen«, gab sie zurück, ohne den Blick vom Computerbildschirm zu lösen. Nebenbei tippte sie mit flinken Fingern blind auf ihrer Tastatur herum, diese Art von Multitasking beherrschte sie vollkommen. Jenseits der Stellwand war ein deutlich langsamerer Anschlag zu vernehmen. Dabei konnte es sich dem Takt nach nur um Martin handeln, der weisungsgemäß den Ermittlungsbericht von Vortag ergänzte. »Dort konnte man einige wenige Ziffern der ausgefeilten Seriennummer teilweise wieder lesbar machen«, fügte sie erklärend hinzu. »Ich gehe jetzt die Einbrüche der letzten Jahre durch, bei denen eine

Schusswaffe entwendet wurde. Dass die Schüsse mit dieser Pistole abgegeben wurden, steht ja nun auch endlich fest.«

Tobias nickte anerkennend und trollte sich wieder in sein gläsernes Büro. Offenbar waren seine Leute in der Lage, sich eigenständig mit Arbeit zu versorgen und sicherlich eine ganze Weile beschäftigt. Erik war mit Vanessa unterwegs und Jonas war mittlerweile mit Martin in eine Fachsimpelei vertieft. *Die* Gelegenheit für ihn also, sich in der Zwischenzeit mit dem unvermeidlichen Verwaltungskram abzuplagen. Und wann sollte er das erledigen, wenn nicht jetzt?

* * *

»Glaubst du, das wird nachher sehr schlimm?«, fragte Vanessa ihren jungen Kollegen. Da Erik noch kein vollwertiges Teammitglied war, fuhr sie heute den Dienstwagen selbst. »Tobias sprach vorhin von einer Überraschung. Was das wohl sein mag?«

»Du sprichst vom Fitnesstraining?«, vergewisserte er sich und zeigte damit, dass seine Gedanken sich in dieselbe Richtung bewegten. »Das schreckt mich eher wenig. Ich möchte ja nicht prahlen, aber der Notendurchschnitt auf meinem Abiturzeugnis lag bei 1,0. Was glaubst du denn, wie die sportlichen Leistungen waren?«

»Doch, das willst du!«, gab Vanessa breit grinsend zurück. Seine direkte Art gefiel ihr. »Angeben, meine ich!«

»Na ja, vielleicht ein bisschen. Jedenfalls freue ich mich schon richtig darauf. Jasmin und Martin sollten sich dagegen wesentlich größere Sorgen machen, sie scheinen nämlich ein wenig steif zu sein. Ich bin mir allerdings nicht sicher, ob Tobias sowas als Chef überhaupt anordnen kann.«

»Doch, das darf er. Wir sind schließlich die Polizei, im Zweifel kann es eine Frage des Überlebens, besonders für unbeteiligte Zivilpersonen sein, einen flüchtenden Verbrecher zu schnappen, bevor er eine Geisel nehmen kann oder sonstiges Unheil anrichtet. Und die Leistung der beiden war ja nun wirklich unterirdisch, sie können also ein wenig sportliche Betätigung durchaus vertragen. Wir dagegen machen mit, weil Tobias uns alle gleich behandelt. Mitgefangen, mitgehangen! Außerdem will er sicher sehen, wie fit seine Leute sind. Unser Team ist noch jung und muss sich erst bewähren, ohne einen gewissen Feinschliff geht es dabei eben nicht ab!«

»Es ist zudem der erste gemeinsame Fall, und er ist sehr kompliziert. Außer diesem Autodieb weist im Grunde nicht viel auf einen Täter hin, sodass es sich trotz aller Vorbehalte immer noch um einen erweiterten Suizid gehandelt haben könnte. Und wenn es sich so verhält, ermitteln wir bis zum jüngsten Tag!«

»Vergiss nicht die Spuren in dem geheimen Raum, den du selbst prognostiziert und entdeckt hast, Erik! Außerdem haben wir das Leben des Arztes weitgehend durchleuchtet. Er war bei seinen Patienten sehr beliebt und Schulden hatte er auch keine. Das ist ja der häufigste Grund für so einen Amoklauf. Und was hätte ihm ausgerechnet eine seiner ältesten Patientinnen angetan haben sollen? Nein, Tobias hat recht: Da hat jemand ganz gewaltig seine Finger im Spiel, und wir werden herausfinden, wer das ist!«

* * *

Jasmin betrat mit klopfendem Herzen das Büro ihres Vorgesetzten, in der Hand zwei Dokumente, die sie ihm zeigen wollte. »Ich habe bei den Recherchen ein Ergebnis erzielt«, verkündete sie zaghaft. Normalerweise war sie selbstbewusster, doch heute spukte ihr die Gymnastikstunde im Kopf herum, die unerbittlich näherrückte. Sie hatte in den vergangenen Monaten in der Tat etwas Speck angesetzt, da gab es kein Vertun. Und in dem dadurch viel zu eng gewordenen Sportdress würden es alle sehen!

»In welcher?«, wollte Tobias einsilbig wissen und streckte fordernd die Hand nach den Unterlagen aus, die sie ihm sofort dienstbeflissen über den Schreibtisch reichte. Überhaupt machte er einen ungewohnt schlecht gelaunten Eindruck auf die Kommissarin, was diese, obwohl es dafür keinen Grund gab, automatisch auf sich bezog. Was sie nicht wissen konnte: Ihr Vorgesetzter hatte gerade ein unerfreuliches Telefonat mit dem Kriminaldirektor hinter sich, das ihm die Laune regelrecht ›verhagelt‹ hatte. Albrecht hatte ihn nämlich wegen der eigenmächtig eingerichteten Stelle eines Kommissaranwärters zur Rede gestellt, wobei Heller dieses Duell jedoch für sich entschieden hatte. Zumindest für den Augenblick.

»Äh, in beiden, Chef. Das wären dann also *zwei* Ergebnisse!«, fügte sie deshalb schnell hinzu, um die vermeintlichen Wogen zu glätten.

»Hm. Das kann bis Montag warten«, entschied er, nachdem er einen Blick darauf geworfen hatte, und gab ihr die Papiere zurück. »Für heute ist es schon zu spät. Sobald Vanessa und Erik von ihrer Tour zurück sind, gehen wir gemeinsam in den Fitnessraum. Und wegen der Schusswaffe machst du einen Termin aus, das erscheint mir in diesem Fall sicherer! Ach, und Jasmin!«, rief er ihr hinterher, als sie sich enttäuscht zum Gehen wandte. »Gute Arbeit!«

* * *

Vanessa parkte den Audi unmittelbar vor dem Mordhaus und drehte den Zündschlüssel um, worauf der flüsterleise Motor verstummte. »Wo fangen wir mit der Suche an?«, sprach sie mehr zu sich selbst, während sie sich aufmerksam in der Gegend umsah. »Es gibt weit und breit nur diesen Wirtschaftsweg und der ist weithin einsehbar. Außerdem wäre ein fremdes Auto bei einer Durchfahrt bestimmt aufgefallen. Im Wald wird das gesuchte Fahrzeug ja sicher nicht stehen!«

»Vielleicht ja doch«, meinte Erik dazu. »Du hast recht, die Betreiberin dieses Gestüts scheint geradezu Buch zu führen, wer täglich hinein- und herausfährt. Sie hätte uns sicher gesagt, wenn er hier vorbeigekommen wäre. Ein Auto, Moped oder etwas in der Art ist auf Klammer nicht zugelassen, das habe ich überprüft. Bleiben eigentlich nur Fahrrad und E-Roller, der wegen eines eingeschränkten Aktionsradius aber nicht infrage kommt. Immerhin hatte er hin und zurück gute zwanzig Kilometer zu bewältigen und war vermutlich auf Diebestour. Wir sollten uns also auf ein Bike konzentrieren, eventuell elektrisch und wahrscheinlich mit großen Packtaschen. Außerdem hätte er mit einem Fahrrad ganz bequem querfeldein fahren und diesen Weg so leicht vermeiden können, wodurch seine Ankunft von Frau Kehlenbach nicht bemerkt wurde. Sie sah ihn bekanntlich erst später.«

»Hm. Dann stellte er es vermutlich irgendwo hier ab«, stimmte Vanessa ihm nach reiflicher Überlegung zu. »Weit genug entfernt, um nicht sofort entdeckt zu werden und nah genug, um eventuelles Diebesgut nicht zu weit schleppen zu müssen. Ich weiß, dass die Forensik bei den Tatortuntersuchungen unter freiem Himmel in der Regel einen Radius von etwa fünfzig Metern überprüft, hier wird es wohl deutlich weniger gewesen sein. Schauen wir uns also mal hinter dem Haus um!«

Zehn Minuten später standen sie tatsächlich vor einem alten, rostigen Drahtesel, der entgegen ihrer ersten Einschätzung fünfzig bis sechzig Meter tief im Wald hinter dem Häuschen zwischen zwei Büschen verborgen gewesen war und dadurch ihrer Aufmerksamkeit beinahe entgangen wäre. Allerdings hatte es im Gegensatz zu Eriks Voraussage keine Packtaschen.

»Okay, das Fahrrad hätten wir also nun«, stellte er stirnrunzelnd fest. »Die Forensik wird sicher Spuren daran finden, die den Eigentümer bestätigen, sofern es das des Verdächtigen ist. Aber was bringt uns das überhaupt? Dass Roland Klammer hier gewesen ist, wussten wir doch schon, und viel mehr an Informationen haben wir jetzt auch nicht!«

»Wir stochern derzeit im Nebel«, belehrte ihn die Kommissarin. »Und immer, wenn sowas passiert, ist es hilfreich, etwas ausschließen zu können, um überhaupt voranzukommen. Das Fahrrad hier würde zum Beispiel gemeinsam mit den Sohlenabdrücken unter dem Fenster die Theorie unseres Chefs untermauern, dass Klammer die Morde nur beobachtete und dann Hals über Kopf floh. Er kann ja nicht in dem Geheimraum im Keller gesessen haben und gleichzeitig mit dem Wagen unterwegs gewesen sein. Hätte er einen Komplizen gehabt, der die Taten ausführte, würde er auch mit ihm zusammen hierhergekommen sein und es gäbe dieses Fahrrad nicht! Komm, wir schmeißen das Teil in den Kofferraum und machen, dass wir hier wegkommen. In einer halben Stunde beginnt schon das Fitnesstraining, das schaffen wir so gerade eben noch!«

* * *

Kaum hatten sie den Fitnessraum betreten, kam eine barfüßige, in einen traditionellen weißen *Dobok* gekleidete Gestalt leichtfüßig durch die noch offen stehende Tür hereingerannt. Ohne die Anwesenden weiter zu beachten, die die aufgereihten Sportgeräte mit scheuen Blicken musterten, sprang sie aus dem Lauf heraus an die Ringe, die von der Decke hingen, machte drei gekonnte Überschläge, und schwang sich durch die Luft direkt zum Barren, auf dem sie einige kompliziert aussehende Übungen absolvierte.

Nun folgte ein schneller Hindernislauf mit einem Dutzend hüfthoher Hürden und danach machte sie, als wäre es nichts, aus dem Stand einen Hechtsprung quer über das Pferd, rollte sich auf der Matte elegant ab, und sprang anschließend geschmeidig senkrecht zur Kante einer weit über zwei Meter hohen Steilwand hinauf, um sich oben geradezu lässig auf die andere Seite zu schwingen.

All das lief innerhalb von kaum zwei Minuten und mit der Präzision eines gut geölten Uhrwerks ab, so etwas wie Schwerkraft oder Massenträgheit war für sie offenbar nicht vorhanden. Anschließend legte sie noch drei schnelle Flickflacks hin und landete punktgenau direkt vor den staunenden Zuschauern auf den Füßen. Als sie sich mit zusammengelegten Handflächen und einer angedeuteten Verbeugung den bis auf Tobias mit offenen Mündern dastehenden SOKO-Mitgliedern zuwandte, hatte sich ihr Atem kein bisschen beschleunigt.

»Diese Frau würde bei einer Schießübung selbst jetzt noch mit jedem Schuss ins Schwarze treffen!«, informierte Tobias seine Leute lächelnd. »Ihr kennt alle unsere ehemalige Kollegin Denise Malowski? Sie war vor ihrem Ausscheiden der dynamische Teil des gleichnamigen Duos, wie ihr euch nach ihrer kleinen ›Aufwärmrunde‹ sicher denken könnt. Sie wird uns für die kommenden Wochen und Monate dienstags und freitags als Trainerin zur Verfügung stehen. Hat noch jemand irgendwelche Fragen zum Ablauf?«

»Ähem, müssen wir das jetzt etwa nachmachen?«, meldete sich Jasmin zaghaft zu Wort. Ihrem erschrockenen Gesichtsausdruck nach zu urteilen, war ihr diese Vorstellung alles andere als sympathisch. Dem neben ihr stehenden Erik hingegen war anzusehen, dass er es kaum erwarten konnte, endlich mit dem Training zu beginnen. Der Rest der bunt gemischten Truppe schaute betreten zu Boden, immerhin war die ehemalige Hauptkommissarin älter als die meisten von ihnen.

»Nicht heute!«, lachte Denise. »Ihr würdet euch nur jede Menge Prellungen einhandeln und sämtliche Muskeln und Sehnen im Körper zerren, wenn nicht sogar Schlimmeres. Ich mache das immerhin schon seit fünfundzwanzig Jahren. Aber ja, in ein paar Wochen will ich genau das von jedem Einzelnen in dieser Runde sehen! Für den Anfang begnügen wir uns damit, dieses Hindernis dort zu überwinden«, zeigte sie auf die Steilwand von vorhin. »Ihr habt alle gesehen, wie man das macht. Stellt euch vor, es wäre ein Zaun oder eine Mauer, über die ein Verdächtiger zu entkommen versucht. Und los geht's!« Sie schob eine weiße Trillerpfeife zwischen die Lippen, die an einer geflochtenen Kordel um ihren Hals hing, und ließ einen schrillen Pfiff hören.

* * *

»Da habe ich bei Flusspferden schon mehr Eleganz gesehen!«, spottete Denise eine Minute später über die Bemühungen von Jonas und Martin, die gestellte Aufgabe zu bewältigen. Hinauf gekommen waren sie beide, wobei der Oberkommissar aufgrund seiner Körpergröße von hundertneunundachtzig Zentimetern deutlich weniger Probleme hatte als der etwas kleinere Kollege. Danach aber hingen sie hilflos mit dem Oberkörper auf der Kante und zappelten wie zwei Fische auf dem Trockenen, um ihre Beine über die Brüstung zu schwingen, was ihnen nach etlichen, lustig mit anzusehenden Versuchen dann schließlich mit großer Mühe gelungen war. Tobias, Vanessa und Erik schafften es auf Anhieb und mit deutlich mehr Geschicklichkeit.

Jasmin hingegen blieb mit hängenden Schultern vor dem einen halben Meter über ihrem Kopf aufragenden Hindernis stehen. »Das schaffe ich niemals im Leben«, gestand sie ihrer Trainerin mutlos. »Die sind auch alle viel größer als ich!«

»Ach was, Kommissarin Ohlsen würde das unter zehn Sekunden machen und die ist sogar noch ein paar Zentimeter kleiner als du. Und schwanger! Stell dir vor, du verfolgst einen flüchtenden Verbrecher, da kannst du dir die Höhe eines Hindernisses auch nicht aussuchen! Du musst es nur richtig wollen! Ich werde dir und den anderen zeigen, worauf dabei zu achten ist und beim nächsten Mal drehst du denen allen eine lange Nase!«

Sie blies erneut in ihre Pfeife und klatschte auffordernd in die Hände. »Okay, Leute! Wir machen jetzt aus Pudding Muskeln! Zum Aufwärmen genügen mir zwanzig einhändige Liegestütze für jeden von euch! Und danach dann mit dem anderen Arm!« Ihre neue Aufgabe als Fitnesstrainerin, die sie auf Tobias' Bitte hin ohne zu zögern übernommen hatte, schien ihr einen Riesenspaß zu bereiten.

Kapitel 7

Alles auf Anfang

Tobias verfolgte mit einem breiten Grinsen, wie seine Leute, teilweise hinkend oder mit einem deutlichen Muskelkater geschlagen, im Besprechungsraum eintrudelten und sich ächzend auf ihre Sitze sinken ließen. Er musterte sie der Reihe nach, während die Monitore vor ihnen aus der Tischplatte fuhren.

Martin und Jonas hatte das Zirkeltraining unverkennbar mit am härtesten getroffen, wogegen Jasmin sich im späteren Verlauf tapfer geschlagen hatte und heute nicht völlig lädiert aussah. Sogar die Steilwand hatte sie im vierten oder fünften Anlauf bewältigt. Nicht gerade elegant, aber immerhin. Lediglich Erik und Vanessa machten einen munteren Eindruck auf ihn, sie hatten beim Training als Einzige ihren Spaß gehabt. Außer Denise und ihm natürlich.

Sein Team war trotz, oder vielleicht gerade wegen des Wochenendes und der damit verbundenen Ruhe deutlich angeschlagen, das war keine Frage. Dennoch attestierte er jedem Einzelnen von ihnen nach reiflicher Überlegung eine zumindest eingeschränkte Diensttauglichkeit. Und ihr Zustand zeigte ihm, dass es allerhöchste Zeit gewesen war, etwas gegen ihren beginnenden körperlichen Verfall zu unternehmen. Wilde Verfolgungsjagden zu Fuß standen für heute ohnehin nicht auf dem Programm. Im Gegenteil.

»Ich muss mich insofern bei euch entschuldigen«, sagte er, »als dass es etwas ungeschickt von mir war, das erste Fitnesstraining auf einen Freitag zu legen. Nach einer ungewohnten körperlichen Anstrengung gibt es nämlich nichts Unvernünftigeres, als sich hinterher gar nicht mehr zu bewegen. Daher kommt bei einigen von euch der schlimme Muskelkater. Er zeigt uns aber auch sehr deutlich, dass das Training zumindest in diesen Fällen absolut erforderlich ist, denn ihr drei«, er richtete seinen Blick nacheinander auf Jasmin, Jonas und Martin, »wärt bei der nächsten Diensttauglichkeitsprüfung mit Pauken und Trompeten durchgefallen! In unserem Beruf kann Unbeweglichkeit und Trägheit tödlich sein, das solltet ihr niemals vergessen!«

»Amen«, flüsterte Martin Weber fast unhörbar, doch sein Vorgesetzter verfügte über ein ausgezeichnetes Gehör. Man sagte ihm nicht grundlos nach, das Gras wachsen zu hören.

»Ich lasse später noch den Klingelbeutel für die Kollekte herumgehen«, kommentierte er die respektlose Bemerkung sarkastisch, worauf Weber rot anlief. »Bevor wir in die Tagesordnung eintreten, möchte ich zunächst etwas Persönliches loswerden«, wandte Heller sich an den Kommissaranwärter. »Kriminaldirektor Albrecht hatte vor, deine Stelle wieder zu streichen. Ich konnte ihn vorerst davon überzeugen, dass du ein unverzichtbares Mitglied der SOKO bist und maßgeblich an der Aufklärung des aktuellen Falles mitgewirkt hast. Solange du also keinen Mist baust, bleibst du bei uns. Fühl dich aber nicht etwa dadurch unter Druck gesetzt!«

»Ich kann damit schon umgehen, Chef!«, grinste Erik ungewohnt forsch. Überhaupt hatte er viel an Selbstvertrauen gewonnen, seit er der SOKO Rhein-Sieg angehörte. Wesentlich dazu beigetragen werden die ihm persönlich zu verdankenden Ermittlungserfolge der letzten Tage gehabt haben und nicht zuletzt auch die Tatsache, dass er die ›alten Hasen‹ beim Fitnesstraining um Längen geschlagen hatte.

»Leider«, bekam er sofort einen Dämpfer verpasst, »können wir mit den bisher erzielten Ergebnissen alles andere als zufrieden sein, aber daran hast du keine Schuld.« Heller schaute ernst in die Runde. »Niemand von uns trifft eine Schuld, das möchte ich hiermit klarstellen! Doch wie es scheint, entfernen wir uns derzeit mit jedem Hinweis, dem wir nachgehen, immer weiter von der Lösung, statt uns ihr zu nähern! Es gibt zwar unbestritten eine Verbindung zwischen allen Personen, jedoch ist augenscheinlich keiner davon der Täter! Jeder Einzelne hat entweder ein wasserdichtes Alibi oder kommt, wie im Falle des Roland Klammer, aus anderen Gründen nicht als Mörder in Betracht. Einzig das Waffenmagazin, das bei ihm gefunden wurde, irritiert mich ein wenig. Es stellt aber eventuell eine Verbindung zum wahren Täter dar, und diese heißt es jetzt, aufzudecken. Um es kurz zu machen: Wir beginnen wieder ganz von vorn!«

»Immerhin hat die ballistische Untersuchung der Geschosse ergeben, dass beide Opfer mit der am Tatort sichergestellten Pistole getötet wurden«, warf Vanessa Fuchs ein. Mittlerweile hatten alle Ermittler den Abschlussbericht der Forensik gelesen. »Und die

Tatsache, dass es jeweils nur einen einzigen, tödlichen Schuss ins Herz gab, deutet außerdem auf einen ausgezeichneten Schützen hin. Angesichts des in seiner Wohnung gefundenen Magazins, das unbestritten zur Tatwaffe gehört, bleibt immer noch die Möglichkeit, dass Klammer einen Komplizen hatte, wenngleich das in der Nähe des Tatortes abgestellte Fahrrad eher deine Theorie zu belegen scheint, sofern es denn seins ist!«

»Es waren zumindest ausschließlich seine Fingerabdrücke darauf«, verwies Heller auf den vorläufigen Bericht der Forensik. »Ich habe mir am Wochenende die Briefe vorgenommen, die wir zusammen mit dem alten Grundrissplan in seinem Besitz fanden«, wechselte er unvermittelt das Thema. »Daraus geht das Verwandtschaftsverhältnis zur Linie der getöteten Marlene Beyer eindeutig hervor!«

»Falls er die überhaupt gelesen hat«, wandte Jonas Faber ein.

»Davon ist nach Lage der Dinge auszugehen. Die Dokumente haben alle an die hundertfünfzig Jahre oder mehr auf dem Buckel und stammen vornehmlich von Gottfried, dem letzten gemeinsamen Vorfahr von Roland und Marlene. Darin ist immer wieder von einem Goldschatz die Rede, der irgendwo auf dem Grundstück vergraben sein soll. Irmgard Klammer erwähnte das uns gegenüber ebenfalls. Falls ihr Sohn diese Briefe gelesen hat, wusste er darüber Bescheid.«

»Das könnte eventuell der Hauptgrund für seine Anwesenheit dort gewesen sein«, mutmaßte Weber.

»Er war womöglich gar nicht auf Diebestour, sondern auf Schatzsuche!«

»Hm. Da ist was dran«, überlegte Heller. »Das wäre zumindest eine plausible Erklärung dafür, warum er den weiten Weg mit dem Fahrrad in Kauf nahm. Der Geheimraum im Keller wird in dem Zusammenhang übrigens als mögliches Versteck erwähnt. Klammer wusste demzufolge davon, zumal er im Originalplan eingezeichnet ist. Bleibt die Frage, wer *noch* Kenntnis davon hatte!«

»Hat sich die Forensik schon zu den Spuren in dem Raum geäußert?«, fragte Weber überflüssigerweise, denn in diesem Fall wäre deren Leiter ebenfalls anwesend oder die entsprechende Information zumindest auf dem ›Deckbrett‹ zu lesen gewesen.

»Leider liegt das Ergebnis der forensischen Untersuchung noch nicht vor, aber dafür hat Jasmin etwas sehr Interessantes entdeckt«, schloss Tobias Heller dieses Thema vorerst ab und nickte der Kommissarin aufmunternd zu, die daraufhin hektisch in ihren Unterlagen zu wühlen begann, die sie nach alter Gewohnheit heute in Papierform mit in die Besprechung gebracht hatte.

»Wo habe ich es denn?«, murmelte sie einige Male und hielt endlich triumphierend ein DIN-A4-Blatt in die Höhe. »Hier! Das ist eine vollständige Liste der Einzelverbindungen vom Festnetzanschluss Marlene Beyers dieses Monats. Ein Handy besaß sie offenbar nicht, jedenfalls wurde keines im Haus gefunden und auch sonst deutet nichts darauf hin, dass es eins gab. Ich habe mir diese Liste von der Telekom schicken lassen und auf die von ihrem Anschluss getätigten

Anrufe speziell am Tag ihrer Ermordung untersucht. Langer Rede Sinn: Es gab keine!«

»Wie jetzt?«, unterbrach Jonas Faber sie ungläubig. »Nicht ein einziges Telefonat? Und wer hat dann den Arzt an diesem Abend angerufen? Das war immerhin der Grund für dessen Anwesenheit in ihrem Haus, und auf seiner Telefonanlage konnte ein Anruf zur fraglichen Zeit nachgewiesen werden! Die Haftnotiz, die er eigenhändig für seine Frau hinterließ, belegt das ja auch. Seine Handschrift wurde eindeutig identifiziert!«

»Niemand hat behauptet, dass es den Anruf nicht gegeben hat«, stand Tobias seiner jüngsten Mitarbeiterin bei. »Doch wie es jetzt aussieht, hat ihn jemand anderes getätigt, vermutlich mit seinem Handy!«

»Beziehungsweise mit *ihrem*«, ergänzte Vanessa. »Wir wissen ja nicht mit Sicherheit, ob es ein Mann gewesen ist! Die Frage ist allerdings, ob die Frau da bereits tot war, oder ob der Täter gewartet hat, bis er beide Opfer vor der Mündung hatte. Unter diesem Aspekt müssen wir nun davon ausgehen, dass Doktor Brunner das eigentliche Ziel des Anschlags darstellte, und seine Patientin nur ein Lockvogel war.«

»Ich will ja niemandem zu nahe treten, aber die genderkorrekte Sprache geht mir langsam ziemlich auf den Zeiger«, knurrte Heller gereizt. »Jeder weiß, was gemeint ist, wenn man eine der Varianten nennt, und dieses ganze Gedöns hält uns nur unnötig auf! Allerdings stimme ich dir insofern uneingeschränkt zu, als wir uns ab sofort wieder mehr auf das Umfeld des Arztes konzentrieren sollten, obwohl es allem Anschein nach sehr wohl Verbindungen zu seiner

Patientin gibt. Irgendwie passt mir das nicht so recht zusammen!«

»In dieser Gegend steht doch bestimmt nur eine Funkzelle, die infrage kommt. Maximal zwei. Könnte man die nicht auswerten lassen, um den Teilnehmer herauszufinden, der von dort aus den Arzt angerufen hat?«, warf Erik ein. »Das wäre doch endlich mal eine brauchbare Spur!«

»Es gibt nur eine einzige weit und breit, und die ist auf dem Dach eines der Gebäude angebracht, die zu dem Gestüt gehören«, ließ Tobias durchblicken, dass er sich mit dieser Problematik befasst hatte. »Dein Vorschlag lässt sich aber leider nicht umsetzen, da wir den erforderlichen Beschluss nicht bekommen werden. Solche Gerichtsbeschlüsse müssen sich, von ganz wenigen Ausnahmen abgesehen, die alle etwas mit der nationalen Sicherheit zu tun haben, auf einen konkreten Einzelfall beziehen. Der läge jedoch nur vor, wenn wir eine Rufnummer hätten. Jasmin hat aber noch was anderes herausgefunden, und das ist mindestens ebenso interessant!«

»Ja, ich habe vermutlich den rechtmäßigen Eigentümer der Pistole ausfindig gemacht!«, platzte die Kommissarin mit ihrer zweiten Sensation des Tages heraus. »Wie ihr sicher alle dem Bericht der Forensik entnommen habt, konnten die Spezialisten insgesamt drei Ziffern und einen Buchstaben der Seriennummer zumindest so weit restaurieren, dass es nur sehr wenige Variationsmöglichkeiten gibt. Ihr wisst schon: Acht und Null, Sieben und Eins und so weiter. Ich habe mir dann die Diebstähle der letzten Jahre vorgenommen, bei denen Schusswaffen entwendet wurden. Eine der angesprochenen Variationen trifft auf eine Walther PPK/S-22 zu, die vor sechs Monaten bei einem Einbruch in Seelscheid gestohlen wurde. Der Eigentümer ist Mitglied in einem Schützenverein und der Diebstahl wurde ordnungsgemäß angezeigt, wie es bei Schusswaffen Vorschrift ist.«

»Das war sehr gute Arbeit!«, lobte Tobias sie. »Ich hatte dich gebeten, einen Termin mit diesem Herrn auszumachen, ist das geschehen? Okay, dann fährst du mit Vanessa dorthin«, bestimmte er, nachdem sie mit einem heftigen Kopfnicken Zustimmung signalisiert hatte. »Ich kann es mir zwar eigentlich nicht so recht vorstellen, aber vielleicht bringt uns das ja doch einen Schritt nach vorne. Ich glaube allerdings nicht, dass der Dieb seine Visitenkarte hinterlassen hat.«

* * *

Martin Weber studierte an seinem Arbeitsplatz konzentriert das von Tobias Heller erfundene Denkbrett. Er fand diese Idee einfach genial, weil man hier alle relevanten Ermittlungsergebnisse anordnen und miteinander verknüpfen konnte. So man denn nicht vergaß, diese hochzuladen. »Hast du noch irgendwo einen Bericht der Forensik herumliegen, der bisher nicht in die Wissensdatenbank eingepflegt wurde?«, fragte er seinen Partner, weil ihm die Daten unvollständig erschienen.

»Da würde ich mir an deiner Stelle einmal an die eigene Nase fassen«, erwiderte Jonas Faber ungehalten. »Schließlich bist du der Schluderkopf von uns beiden. Hast du schon unter dem Butterbrotpapier von gestern und den Fast Food Verpackungen nachgeschaut? Was suchst du überhaupt?« Weber aß oft und gerne am Arbeitsplatz, der aber bei weitem nicht das desolate Aussehen aufwies, das Faber mit seinen Worten andeuten wollte. Außerdem war gestern ja Sonntag, was der Kollege in seinem Bestreben, ihn zu maßregeln, wohl übersehen hatte.

Ohne ihn eines Blickes zu würdigen, griff Weber zum Telefon und wählte eine hausinterne Nummer, was Faber daran erkannte, dass es vier Ziffern waren. Die Forensik, um genau zu sein, denn sie begann mit einer Drei, wie er leicht sehen konnte, da der Kollege das Tastenfeld ähnlich bedächtig bediente wie seine Computertastatur. Von dem Gespräch bekam er nur mit, dass es um Fingerabdrücke auf einem Dokument ging, das in Vogels Abteilung zwar untersucht, das Ergebnis ihnen aber noch nicht als Bericht zur Verfügung gestellt worden war.

»Wie ich sehe, hast du deine Klamotten von letzter Woche aus der Reinigung zurück«, grinste Weber im wahrsten Sinne des Wortes ›anzüglich‹, nachdem er den Hörer aufgelegt hatte. »Das passt doch wirklich wunderbar, denn wir beide fahren jetzt nochmal zu Kerstin Brunner!«

* * *

Die vierzehn Kilometer bis nach Seelscheid, wo Lars Pohl wohnte, waren in knapp zwanzig Minuten bequem über die B56 zu bewältigen gewesen. »Dem scheint es finanziell ja recht gut zu gehen«, bemerkte Vanessa beeindruckt, während Jasmin den Wagen in der Einfahrt eines frei stehenden Einfamilienhauses am Ortsrand abstellte. Überhaupt waren sie anscheinend in einer Wohngegend gelandet, die betuchteren Leuten vorbehalten war und wo die Grundstücke für den normalen Häuslebauer wahrscheinlich nahezu unerschwinglich waren. Und *dieses* Stück Land war nicht einmal klein, allein auf der ›Vorgartenfläche‹ hätte man bequem noch ein Haus errichten können.

»Ja, ein Palast wie dieser lädt außerdem geradezu dazu ein, sich an den Besitztümern der Bewohner zu ›bedienen‹«, nickte ihre Partnerin. »Zumal es hier keine unmittelbaren Nachbarn gibt, die einen dabei erwischen könnten. Es fragt sich nur, woher Roland Klammer davon wusste, sofern er es tatsächlich war, der hier vor einem halben Jahr eingestiegen ist. Seine Wohnung in Much ist mehr als fünf Kilometer von hier entfernt!« Selbstverständlich hatten die Ermittlerinnen ihre ›Hausaufgaben‹ gemacht und sich vor Antritt der Fahrt sorgfältig über die Gegebenheiten informiert. Das schloss die Recherche zu den Wohnorten der möglichen Beteiligten natürlich mit ein.

»Bis zum Mordhaus in Kröhlenbroich hatte er die doppelte Strecke zu fahren, und dort wurde er nachweislich gesehen!«, erinnerte Vanessa ihre Kollegin, während sie sich zum Aussteigen anschickte. »Hier auf dem Land sind die Wege halt nicht nur für uns Ermittler weit, auch die Diebe haben es offenbar nicht leicht, in ihrer direkten Nachbarschaft Beute zu machen. Wir werden den Geschädigten auf jeden Fall fragen, ob er Klammer irgendwoher kennt.«

Das Erste, was sie zu sehen bekamen, als ihnen die Haustür geöffnet wurde, war ein riesiger, zotteliger, gutmütig aussehender Neufundländer. »Sie müssen die angekündigten Kommissarinnen der Kriminalpolizei sein«, ertönte eine sonore Stimme, die natürlich nicht diesem Tier gehörte, obwohl sie dazu gepasst hätte, sondern seinem Besitzer. »Kommen Sie nur herein! Wotan ist harmlos, er beißt nicht.« Vanessa und Jasmin hoben synchron ihre Köpfe. Im Halbdunkel des Hausflures nahmen sie den stattlichen Mann hinter Wotan erst jetzt wahr, zumal der Hund sofort ihre ganze Aufmerksamkeit auf sich gezogen hatte. Beherzt folgten sie dem wie auf ein geheimes Kommando davontrottenden Tier ins Innere.

Lars Pohl ließ zwei Reihen blendend weißer Zähne aufblitzen, was bei ihm sehr attraktiv wirkte. Überhaupt sah dieser Kerl unverschämt gut aus, wie sich die Kommissarinnen, beide momentan Single, insgeheim eingestanden. Wie aus einem dieser Kataloge für Herrenmode. »Sie können sich ruhig hinsetzen, mein Wotan ist ein wohlerzogener Hund, er legt sich niemals auf die Polster!«, sagte er lächelnd, weil seine Besucherinnen unentschlossen vor seinen gemütlich aussehenden Sitzmöbeln stehen geblieben waren. Zu sehr war ihnen das Malheur ihres Kollegen Jonas im Hause Brunner gegenwärtig.

Vanessa musste kurz an Kater Justus denken, den sie kurzerhand adoptiert hatte, und der bei ihr zu Hause mit Vorliebe auf den Polstermöbeln oder auf ihrem Bett schlief, anstatt in dem sündhaft teuren, extra für ihn gekauften Katzenkorb. Allerdings legte sie ihm seit neuestem ein paar alte Wolldecken auf seine Lieblingsstellen, die er auch benutzte. Zögernd nahm sie neben Jasmin auf der Couch Platz, nachdem sie sich mit einem schnellen Blick verstohlen vergewissert hatte, dass tatsächlich keine Gefahr drohte, sich die Kleidung zu versauen.

»In der Akte zu dem Einbruch im März steht, Sie seien nicht im Haus gewesen, als es geschah«, begann sie ohne Umschweife. »Wie kam es dann, dass der Dieb eine scharfe Schusswaffe entwenden konnte? War die Pistole denn nicht vorschriftsmäßig in einen Waffenschrank weggeschlossen?«

»Es stimmt, ich war am späten Abend noch mit dem Hund unterwegs. Das Tier braucht viel Auslauf, müssen Sie wissen. Was die Waffe betrifft, muss ich Ihnen zu meiner Schande gestehen, dass ich sie am Nachmittag gereinigt hatte und vergaß, sie in den Waffentresor zu legen. Sie lag im Gegenteil in voller Pracht auf dem Küchentisch. Da ich das Haus seit der Scheidung ganz allein bewohne, es immer ordnungsgemäß abgeschlossen und außerdem mit einer hochwertigen Alarmanlage gesichert ist, denke ich, mich nicht fahrlässig verhalten zu haben, Frau Kommissarin!«

»Das kann man auch anders sehen!«, warf Jasmin mit einem unwilligen Stirnrunzeln ein. »Immerhin wurden vermutlich mit dieser Pistole zwei Menschen getötet!« Beide Ermittlerinnen studierten bei dieser Eröffnung aufmerksam seine Mimik, die förmlich entgleiste, kaum dass die Worte verklungen waren. Es bestand kein Zweifel darüber, dass er nichts davon gewusst hatte, denn der unvermeidliche Bericht im *Rhein-Sieg-Echo* gab diesbezüglich nichts her, darauf hatte ihr Chef geachtet. Oder war er einfach ein guter Schauspieler?

»Ich sehe Sie überrascht«, hakte Vanessa Fuchs deshalb sofort nach. »Wenn einem eine Schusswaffe entwendet wird, sollte man doch eigentlich damit rechen, dass sie anschließend benutzt wird! Haben Sie sich darüber denn keine Gedanken gemacht? Wie konnte der Dieb überhaupt in aller Seelenruhe ihre Wohnung ausräumen, wo das Haus doch durch eine Alarmanlage gesichert ist, wie Sie vorhin sagten?«

»Letzteres kann ich Ihnen erklären«, antwortete Pohl, dessen Miene sich mit jedem ihrer Worte mehr verfinstert hatte. »Es handelt sich um einen stillen Alarm, der im Haus selbst nicht zu hören ist. Es wird aber über eine Meldeleitung automatisch ein privater Wachdienst informiert, der danach mich kontaktiert und vor Ort nach dem Rechten sieht, sofern ich keine Entwarnung gebe. Der Anruf kam gegen 23:00 Uhr, das wird dann also der Zeitpunkt des Einbruchs gewesen sein. Ich benötigte eine halbe Stunde für den Rückweg, der Sicherheitsmann war eigenen Angaben zufolge innerhalb von zehn oder zwölf Minuten dort, traf aber niemanden mehr im Haus an. Die Terrassentür war völlig unprofessionell mit einem Stein eingeworfen worden. In der verfügbaren Zeit kann der Dieb nicht lange herumgesucht haben, er wird einfach alles zusammengerafft haben, was herumlag. Das war die Pistole, ein iPhone und ein Tablet von derselben Marke, sowie ein oder zwei Magazine für die Walther, etwas Munition und eine Geldbörse. Da waren vielleicht ein paar hundert Euro drin. Alles lag auf dem Küchentisch, da musste der Kerl nicht einmal lange suchen!«

»Kommen wir zu unserem eigentlichen Anliegen«, wechselte die Kommissarin das Thema. Die Angaben zum mutmaßlichen Tathergang waren für ihren Fall ohnehin eher weniger von Belang. »Wir

müssen die Identität der Mordwaffe eindeutig zuord-
nen können, leider hat jemand die Seriennummer
mit einer Feile entfernt. Einige der noch teilweise les-
baren Ziffern haben uns zwar jetzt zu Ihnen geführt,
wir benötigen jedoch einen Beweis! Hat Ihre Waffe
eine Besonderheit, an der man sie erkennen kann?«

Anstelle einer Antwort stand Pohl wortlos auf und
kramte eine Weile in einer Schublade herum. »Hier
habe ich noch ein Reservemagazin«, sagte er endlich
und reichte ihr das Teil. »Wie Sie sehen, hat es einen
senkrechten Kratzer auf der linken Seite, der bei allen
meinen Magazinen vorhanden ist und exakt gleich
aussieht! Er wird von einem scharfen Grat im Magazinschacht verursacht, den ich längst entfernt haben
wollte, aber nie die Zeit dafür hatte. Hilft Ihnen das
weiter?«

»Ja, das tut es«, nickte Jasmin Brandt, nachdem
auch sie das Beweisstück eingehend begutachtet und
mit einem Foto der Magazine auf ihrem Diensthandy
verglichen hatte. Ihr Blick fiel auf ein Regal an der
Wand, worauf einige Trophäen aufgereiht waren. Sie
sah zwei Pokale, eine hochkant stehende Schale und
drei goldene Medaillen, alle in Form einer stilisierten
Zielscheibe mit einer Pistole in der Mitte. »Sind das
Auszeichnungen, die Sie in Wettbewerben gewonnen
haben?«, erkundigte sie sich. »Sie sind Sportschütze,
nicht wahr?«

Pohl war ihrem Blick gefolgt. »Ja, das stimmt. Ich
bin in einem Sportschützenverein in Lohmar. Aber
das sind nur einige der Preise, die ich in all den Jahren
erhalten habe«, winkte er ab. »Man kann nicht alles
in Regale stellen!«

»Besitzen Sie noch andere Schusswaffen außer der, die Ihnen gestohlen wurde?«, hakte sie der Vollständigkeit halber nach.

»Ja, eine Luger P08 und eine Diana R-22 Repetierbüchse, und für die gestohlene Pistole habe ich mir Ersatz besorgt. Sie sind selbstverständlich ordnungsgemäß weggeschlossen und ich habe für jede der drei Waffen eine Erlaubnis. Wollen Sie sie sehen?«

»Ich denke, das wird nicht nötig sein«, schüttelte Vanessa den Kopf. »Die Luger ist aber keine Kleinkaliberwaffe«, fügte sie hinzu. »Wofür haben Sie diese?«

»Das ist ein Sammlerstück aus dem Ersten Weltkrieg. Ich habe sie sozusagen von meinem Großvater geerbt. Schießen tue ich allerdings nicht damit, dazu ist sie zu wertvoll.«

Jasmin warf ihrer Partnerin einen Seitenblick zu. *Bleib bei der Sache*, sollte das heißen. Dann wählte sie ein weiteres Bild auf ihrem Handy aus und zeigte es ihm: »Kennen Sie diesen Mann, Herr Pohl?«, kam sie zum Thema zurück.

»Ist das der Mörder? Bedaure, den habe ich noch nie in meinem Leben gesehen!«, schüttelte er den Kopf, nachdem er sich das Foto des gesuchten Roland Klammer einige Sekunden lang angeschaut hatte. Es handelte sich um dessen Personalausweisbild, das die Ermittler schon vor Tagen der Einwohnerdatenbank entnommen hatten.

»Eines würde mich interessieren«, ließ Vanessa diese Frage unbeantwortet. »Wenn das auf dem Foto der Einbrecher war, kam er aus einer anderen Stadt. Haben Sie eine schlüssige Erklärung für uns parat, warum er ausgerechnet bei Ihnen einbrach? Für mich sieht das nämlich so aus, als habe er die Verhältnisse genauestens gekannt, bis hin zur Kenntnis über Ihre Abwesenheit!«

»Dazu genügte es vollauf, die Gegend eine Weile zu observieren«, wiegelte Pohl ab. »Ich habe einen sehr regelmäßigen Tagesablauf, Frau Kommissarin. Dass ich zu bestimmten Uhrzeiten mit Wotan unterwegs bin und das Haus dann genügend lange leer steht, ist wirklich nicht besonders schwierig, herauszufinden und solches Gesindel hat doch sicher jede Menge Zeit zur Verfügung!«

Er kniff nachdenklich ein Auge zusammen, bevor er weitersprach: »Jetzt fällt es mir wieder ein ... Da rief einige Tage vor dem Einbruch einer an! Ab und zu setze ich nämlich nicht mehr benötigte Sachen für ein paar Euro in die Zeitung, die für den Müll zu schade sind. Ich könnte das Zeug bei meiner finanziellen Situation natürlich auch einfach verschenken, doch damit würde ich nur gewerbsmäßige Altwarensammler anlocken. Jedenfalls hatte ich zu dieser Zeit wieder was annonciert, aber der Kerl, der anrief und dem ich meine Adresse für die Abholung durchgab, ist dann nicht erschienen. Das könnte der Einbrecher gewesen sein, es würde auch erklären, woher er von mir wusste!«

»Nannte er seinen Namen?«, fragten die Kommissarinnen gleichzeitig und absolut lippensynchron, was Lars Pohl ein amüsiertes Lächeln entlockte. »Am Telefon, meine ich«, fügte Vanessa mit einem Seitenblick zu ihrer Partnerin alleine hinzu.

»Daran erinnere ich mich jetzt gar nicht«, antwortete er nach einer Weile zögernd. »Nein, ich glaube, den nannte er nicht.«

»Wo waren Sie vergangene Woche Montag in der Zeit zwischen 20:00 und 22:00 Uhr?«, stellte sie zum Abschluss die obligatorische Frage nach einem Alibi. Die Tatsache, dass die Tatwaffe auf ihn zugelassen war, machte dies notwendig.

»Ich fürchte, da saß ich ganz alleine vor dem Fernseher, Frau Kommissarin«, zeigte er sein vermutlich einstudiertes Zahnpastalächeln. Wie es schien, hatte er diese Frage erwartet, denn er gab sich kein bisschen überrascht. »Später am Abend bin ich wahrscheinlich wie immer mit Wotan vor die Tür, aber das kann Ihnen allenfalls der Hund bestätigen!«

* * *

Die Arztwitwe zeigte sich vom erneuten Besuch der Kommissare nicht gerade hocherfreut, kam aber, wenn auch erkennbar widerwillig, ihren Gastgeberpflichten nach und führte sie ins Wohnzimmer. Der Hund hatte bei ihrer Ankunft brav in seinem Hundebett in der Diele gelegen und machte auch keinerlei Anstalten, das zu ändern. Jonas Faber blieb diesmal dennoch vorsichtshalber stehen, als Kerstin Brunner ihnen einen Sitzplatz anbot. »Was kann ich denn heute für die Herrschaften von der Polizei tun?«, wandte sie sich mit finsterer Miene an ihn, da sein Partner es sich bereits auf der Couch gemütlich gemacht hatte. Dieser hatte ihn selbstverständlich auf dem Weg hierher über den Grund der Fahrt in Kenntnis gesetzt.

Martin Weber zog ein mehrfach gefaltetes DIN-A4-Blatt aus der Gesäßtasche seiner Jeans und faltete es umständlich auseinander. Es handelte sich um eine Kopie des bei dem Toten gefundenen Dokumentes, wobei dieser die erste Seite mit dem Anschreiben des Instituts und der Empfängeranschrift gar nicht bei sich gehabt hatte, sonst hätten sie sich diesen Besuch sparen können. Aus der anderen Tasche zog er einen winzigen, zerfledderten Notizblock, in dem er wild zu blättern begann.

»Sie sagten uns beim letzten Mal, dass ihrem Mann nach dem Tod seiner Mutter Zweifel kamen, was eine genetische Verwandtschaft betraf, Sie jedoch keine Kenntnis über entsprechende Schritte hätten, die er unternommen haben könnte, diesen Sachverhalt zu klären«, konfrontierte er sie mit ihrer Aussage vor einer Woche, nachdem er die besagte Stelle offenbar gefunden hatte. Nur sein Partner wusste, dass er nie Notizen anfertigte. »Berichtigen Sie mich bitte, wenn ich das jetzt falsch wiedergebe!«

Frau Brunner fixierte argwöhnisch das Dokument, das er mittlerweile, ganz bewusst mit der Schriftseite nach unten, vor sich auf den Couchtisch gelegt hatte. »Das sagte ich, ja!«, äußerte sie sich zurückhaltend. »Haben Sie etwa andere Informationen?«

»Die haben wir tatsächlich!«, lächelte er hintergründig, während er die Seite umdrehte. »Das hier ist eine Kopie des Bescheides über einen durchgeführten Genvergleich, der bei Ihrem Mann gefunden wurde. Wie Sie sehen, belegt er ohne jeden Zweifel, dass es sich bei den untersuchten DNA-Proben um die von Mutter und Kind gehandelt hat. Was sagen Sie nun?«

»Nun, das widerlegt meine Aussage, nichts davon gewusst zu haben, ja erstmal nicht!« Sie beugte sich über das Dokument, um es näher in Augenschein zu nehmen. »Außerdem stehen da keine Namen drauf. Guido war schließlich Arzt, er könnte diesen Test für einen seiner Patienten in Auftrag gegeben haben!«

»In diesem Fall«, meldete sich Jonas Faber zu Wort, »müssten wir Ihnen allerdings die berechtigte Frage stellen, wie *Ihre* Fingerabdrücke darauf gelangt sein könnten!« Kerstin Brunner fuhr erschrocken zu ihm herum und starrte ihn mit weit aufgerissenen Augen entgeistert an.

* * *

»Chef?« Tobias hob überrascht den Kopf, als Erik ihn unvermittelt ansprach. Er war dermaßen in seine Arbeit versunken gewesen, dass er gar nicht mitbekommen hatte, dass die Tür zu seinem Büro geöffnet worden war. Seit seine offiziellen Ermittler sämtlich das Kommissariat verlassen hatten, um irgendwas zu recherchieren, hatte ihn die trügerische Ruhe zu der irrigen Annahme verleitet, völlig allein zu sein. Jetzt stand der verbliebene Kommissaranwärter in der Tür und schaute ihn erwartungsvoll an.

»Ja, Erik?«, ermunterte er den jungen Mann. »Was kann ich für dich tun?«

»Ähem ... Ich hatte mir gedacht, es wäre vielleicht eine gute Idee, den Auftraggeber des Mutterschaftstests zu ermitteln, der bei Doktor Brunner gefunden wurde. Er muss einen triftigen Grund gehabt haben, ihn zu seinem Hausbesuch mitzunehmen! Außerdem sollten wir zusätzlich überprüfen, ob die dafür beigebrachten Genproben zu den Opfern passen, oder zu gänzlich anderen Personen gehören. Der Bescheid gibt darüber keine Auskunft, da die gelisteten Gensequenzen anonymisiert sind.«

»Dieser Gedanke ist gar nicht mal schlecht, darauf hätte ich auch selbst kommen können! Also, meinen Segen hast du!«, brummte Tobias seine Zustimmung und wollte sich wieder seiner administrativen Arbeit zuwenden. Dieser leidige Kram war zwar nicht ganz nach seinem Geschmack, doch das war eben der Preis für die Rolle als SOKO-Chef. »Oder gibt es irgendein Problem damit?«, erkundigte er sich dann aber noch, weil Erik keine Anstalten machte, die Tür hinter sich zu schließen.

»Die vom humangenetischen Institut wollen die Daten nur herausrücken, wenn ich einen richterlichen Beschluss beibringe«, rückte dieser jetzt mit der Sprache heraus und ließ damit gleichzeitig erkennen, dass er erfolglos versucht hatte, an die gewünschten Informationen zu gelangen. Tobias hatte von ihm im Grunde auch nichts anderes erwartet, außerdem war es genau dieses Maß Eigeninitiative, das er an seinen Leuten schätzte.

»Okay, ich kann zwar nichts versprechen, werde aber versuchen, einen solchen Beschluss zu erwirken. Kann ich sonst noch was für dich tun?«, fragte er und wandte sich erneut seinem Computerbildschirm zu, wodurch die Frage zu einer rein Rhetorischen degradiert wurde. Erik schloss leise die Tür. Doch seine Ruhe sollte er vorerst nicht haben, denn kaum, dass sich der Kommissaranwärter getrollt hatte, klingelte das Telefon und auf dem Display materialisierte eine ihm nur zu gut bekannte Nummer, die Kriminal-hauptkommissarin Anna Stahl gehörte, Leiterin des K11 der Kölner Kripo und vor undenklichen Zeiten Denise Malowskis Ermittlungspartnerin. Mit einem ergebenen Seufzen nahm er das Gespräch entgegen.

»Hallo Anna, lange nichts mehr von dir gehört!«, heuchelte er Begeisterung. Dabei war zumindest akustisch nichts an dieser Frau einen Freudentanz wert. Ihre Stimme hatte einen stark metallischen Klang und sie sprach mit einem näselnden Tonfall, was ihr einen hochmütigen Touch verlieh. Mensch-lich war sie allerdings das genaue Gegenteil davon. Denise und er hatten in der Vergangenheit öfter mit ihrem Kommissariat zu tun gehabt, was aufgrund der Nähe zu ihrem Zuständigkeitsgebiet nicht unge-wöhnlich war.

»Ja, danke!«, nahm er artig ihre verspäteten Glück-wünsche entgegen. Offenbar war seine Ernennung zum Leiter eines Sonderkommissariats schon bis in die Rheinmetropole gedrungen. Oder aber, Denise hatte gepetzt, die beiden waren ja gut befreundet. Im nächsten Augenblick sprang er wie elektrisiert auf, sodass sein Stuhl zurückrollte und polternd an die Wand stieß. »Ihr habt waaaaas? Das muss ich jetzt erst einmal sacken lassen … … Nein, damit kann ich momentan leider nicht dienen, meine Leute sind alle außer Haus. Ginge es auch morgen früh? … … Das wäre natürlich noch besser. Dann also bis morgen!« Als er sich wieder setzen wollte, hätte er um ein Haar den Stuhl verfehlt, der sich nicht mehr dort befand, wo er ihn vermutet hatte.

***

»Also gut«, brach Martin Weber schließlich energisch das Schweigen. Es war entstanden, weil sein Partner mit fragend hochgezogenen Brauen auf eine Erklärung wartete und Kerstin Brunner krampfhaft eine solche zu suchen schien, ihrem verbissenen Gesichtsausdruck nach zu urteilen. »Wie kamen Ihre Fingerabdrücke auf ein Ihnen angeblich ganz und gar unbekanntes Schreiben, Frau Brunner? Ich denke, wir kennen alle die Antwort!«

»Ist ja gut, Sie haben mich erwischt!«, zischte sie aufgebracht, indem sie sich ihm zuwandte. »Ich hatte zufällig mitbekommen, wie mein Mann sich vor ein paar Wochen im Badezimmer einige Haare ausriss, kurz untersuchte und in ein Glasröhrchen steckte. Da bin ich natürlich etwas neugierig geworden. Als dann später dieser Brief von der Humangenetik ins Haus flatterte, habe ich ihn über Wasserdampf geöffnet und mal hineingeschaut. Die Post kommt ja morgens, da war Guido immer in seiner Praxis. Bin ich jetzt verhaftet?«

»Aber natürlich nicht!« Weber erhob sich schwerfällig und steckte dabei das Schreiben wieder ein, nachdem er es zuvor sorgfältig zusammengefaltet hatte. »Diese offensichtliche Diskrepanz in Ihrer Aussage war uns halt nur aufgefallen, und mein Chef ist einer von der korrekten Sorte. Der will immer alles ganz genau wissen, aber das ist natürlich eine absolut logische Erklärung. Haben Sie vielen Dank für Ihre wertvolle Zeit, Sie haben uns wirklich sehr geholfen!«

In der Tür drehte er sich noch einmal zu ihr um und fasste sich an den Kopf, als sei ihm soeben etwas

Wichtiges eingefallen. »Ach, da fällt mir gerade ein: Haben Sie auch eine Erklärung dafür, dass nur *Ihre* Fingerabdrücke darauf waren, die von Ihrem Mann aber nicht?« Er nickte ihr zu und folgte dann seinem Partner nach draußen. Zurück ließ er eine sehr nachdenkliche Frau.

Kapitel 8

Fast wie Weihnachten

Die doppelflügelige Tür aus Milchglas flog auf und eine hochgewachsene blonde Frau stolzierte förmlich erhobenen Hauptes herein, dicht gefolgt von zwei uniformierten Polizeibeamten, die eine schmutzige, schäbig gekleidete Zivilperson zwischen sich führten. Die Dame war den Anwesenden vollkommen unbekannt, doch ihr Auftreten ließ nicht den geringsten Zweifel darüber aufkommen, dass sie ebenfalls Polizistin war, da bedurfte es der Dienstwaffe an ihrem Gürtel und ihres ›Geleitschutzes‹ nicht. Es stand ihr irgendwie ins Gesicht geschrieben.

Bekannt war aber zumindest Martin Weber und Jasmin Brandt die festgenommene Zivilperson, auch wenn sie den Kerl zuletzt nur in Unterhosen gesehen hatten. Die Klamotten, die er jetzt trug, waren wohl identisch mit denen, die er bei seiner Flucht ›gerettet‹ hatte. Dem Aussehen nach hatte er sie seither nicht gewechselt und mehrere Nächte darin geschlafen. »Hallo, Klammer!«, raunte Weber dem eingeschüchterten Mann zu, als er an ihm vorbeikam. »Du bist mir noch was schuldig, deinetwegen muss ich jetzt zweimal die Woche nachsitzen! Das ist fast wie Weihnachten, findet ihr nicht?«, wandte er sich anschließend an seine Kollegen, die sich um ihn versammelt hatten.

»Deshalb habe ich bei Dienstbeginn nichts davon gesagt, dass er gestern in Köln festgenommen wurde. Ich wollte euch die Überraschung nicht verderben!« Tobias Heller trat soeben aus seinem Glaskasten und begrüßte die blonde Frau mit Handschlag. »Kriminalhauptkommissarin Anna Stahl von der Kölner K11 war so freundlich, uns das vorgezogene Weihnachtsgeschenk persönlich vorbeizubringen. Jasmin und Martin: Ihr dürft unserem Gast sein Zimmer zeigen, das habt ihr euch irgendwie verdient. Anschließend findet zuerst eine Dienstbesprechung statt, zu der ich auch dich herzlich einladen möchte, Anna!«

* * *

»Das nenne ich doch mal einen zweckmäßig eingerichteten Besprechungsraum«, zeigte sich Anna Stahl zutiefst beeindruckt, als der Bildschirm vor ihr aus der Tischplatte fuhr. Sie nahm allein teil, die beiden Streifenpolizisten waren bereits zu ihrer Dienststelle zurückgekehrt. »Das ist eine deiner Ideen, habe ich recht?«, wandte sie sich an Heller. »Das würde ich bei uns in Köln auch gerne einführen. Du musst mir unbedingt die Konstruktionsunterlagen zur Verfügung stellen, oder hast du etwa ein Patent darauf?«

»Schön wär's, doch du weißt selbst, dass wir sowas als Beamte bei Erfindungen oder Verbesserungen, die wir im Dienst machen, nicht dürfen! Ich denke aber, dass wir uns diesbezüglich austauschen können, wir gehören ja schließlich derselben Landesbehörde an. Wende dich dazu am besten an unsere IT-Abteilung, die haben das Meiste an Gehirnschmalz investiert, von mir war nur der Grundgedanke. Kommen wir aber nun zu dem Fisch, der euch gestern unverhofft ins Netz gegangen ist! Wir suchen seit Tagen händeringend nach diesem Kerl, wie ist *euch* das jetzt so schnell gelungen?«

»Oh, diese Ehre gebührt nicht uns!«, lachte die Hauptkommissarin kehlig. »Er wurde erwischt, als er gestern Nachmittag am Kölner Hauptbahnhof einem Mann auf dem Bahnsteig in die Gesäßtasche griff, um seine Geldbörse zu klauen. Pech für ihn war, dass sein auserkorenes Opfer im selben Augenblick das Gleiche vorhatte, nämlich das Portemonnaie aus der Hose zu ziehen, weil er am Kiosk einen Kaffee kaufen wollte. Stattdessen griff er unversehens an das Handgelenk des dreisten Taschendiebes und hielt es geistesgegenwärtig umklammert. Weiteres Pech für den unglücklichen Dieb war, dass dieser Mann einer von uns war, der auf dem Bahnsteig verdeckt ermittelte und ihn sofort festnahm. Irgendwie dumm gelaufen, oder?«

»Habt ihr ihn vernommen?«

»Klar, das haben die von der Wache gemacht, aber der Kerl hat nicht mal einen Pieps von sich gegeben. Papiere hatte er auch keine bei sich, doch zum Glück hatten wir kurz vorher die neuesten Fahndungsaufrufe an das schwarze Brett der Wachstube gehängt. Dummerweise stand er bei der Befragung direkt davor, sodass der vernehmende Beamte ihn erkannte. Scheint nicht gerade ein von Glück verfolgter Mensch zu sein, euer Verdächtiger!«

»Ich hätt's nicht treffender sagen können«, grinste Tobias Heller und gab die Geschichte zum Besten, wie Roland Klammer sich mit einem gestohlenen Auto von einer Überwachungskamera ablichten ließ, als er an einer Tankstelle Benzin klauen wollte. »Dadurch sind wir erst auf ihn aufmerksam geworden«, schloss er die Anekdote ab. »Er scheint tatsächlich ein ausgesprochener Pechvogel zu sein.«

»Dann habt mal euren Spaß mit dem Kerlchen!«, nickte Anna Stahl, während sie sich von ihrem Platz erhob. »Für mich wird es jetzt langsam Zeit, die Zelte hier abzubrechen. Ich rufe aber die Tage noch wegen der Konstruktionsunterlagen für den Besprechungsraum an!« Mit diesen Worten rauschte sie hinaus.

»Wir werden diese Besprechung heute so kurz wie möglich halten und uns stattdessen ausgiebig mit Klammer befassen!«, informierte Heller seine Leute, als sie wieder unter sich waren. »Vorher werden wir uns noch schnell den neuesten Bericht der Forensik anhören. Ich nehme zumindest an, dass deine Teilnahme aus diesem Grund erfolgt?«, nickte er Jürgen Vogel zu, der ihn schon eine ganze Weile erwartungsvoll angesehen hatte. Die unvermeidliche Lesebrille hatte er bereits aufgesetzt.

»Wie kommst du bloß darauf?«, brummte er missgelaunt. »Mir war nur langweilig! Aber wo ich schon mal hier bin, habe ich tatsächlich etwas für euch.« Er steckte einen USB-Stick ein und wartete ungeduldig, bis die Dateien hochgeladen waren. Es handelte sich um einige Fotos und eine Textdatei, die zeitgleich an allen Plätzen eingesehen werden konnten.

»Wir sind jetzt mit der Auswertung der Spurenlage in dem Kellerversteck so weit fertig«, begann er mit seiner Erläuterung. »Wie ich bereits sagte, gab es Hinweise auf eine etliche Stunden dauernde Anwesenheit eines Menschen in diesem Raum. Und zwar muss derjenige sich vor wenigen Tagen dort aufgehalten haben. Bevor mich jetzt wieder die Genderspe-zialisten unter euch berichtigen: Ich sagte bewusst ›*der*jenige‹, denn wir fanden genügend menschliche DNA für eine Analyse auf einer der Liegen, die jedoch niemandem zugeordnet werden konnte. Und die ist männlich! Fingerabdrücke waren keine vorhanden, die Oberflächen sind allerdings nicht geeignet, solche nachzuweisen, da sie entweder aus Stein sind oder aus rohem Holz. Aber wir fanden Hinweise auf ein weiteres Lebewesen«, lächelte er und zoomte ein Foto heran, das einen Spurensicherungsbeutel mit finger-langen, braunen Haaren zeigte. »Das, meine Herr-schaften«, verkündete er, »sind Tierhaare, und zwar von einem höchstwahrscheinlich etwas größeren Exemplar der Gattung ›*Canis lupus familiaris*‹. Oder, für die Nicht-Lateiner unter uns: Von einem Hund!«

»Kennen wir nicht jemanden mit einem großen, braunen Hund?«, warf Martin Weber ein. »Mit einem *sehr* großen Hund?«

»Darf ich den Herrn höflich daran erinnern, dass Jürgen vorhin von einer *männlichen* DNA gesprochen hat?«, folgte der unvermeidliche Kommentar seines Partners. »Lucky kann es daher kaum gewesen sein!«

»Und selbst wenn!«, widersprach Jasmin Brandt. »Der Hund sitzt hier nicht auf der Anklagebank, wir brauchen den Namen des Besitzers!«

»Ich nehme an, du kannst das Tier benennen, falls es uns gelingen sollte, Vergleichshaare zu besorgen?«, wandte sich Heller an den Forensiker, worauf dieser nur bestätigend nickte. Allein die Frage empfand der Wissenschaftler schon als Zumutung.

»Damit befassen wir uns später«, beschloss Heller. »Wir wissen nur von *einem* Hund mit braunem Fell. Der kann es aber nicht gewesen sein, da er sich zur Tatzeit nachweislich auf einem Hundeplatz etliche Kilometer vom Tatort entfernt aufhielt. Und danach war er zu Hause, das belegen die Daten seines Transponders. Wir werden uns also zunächst dem Neuzugang in der Arrestzelle zuwenden, denn Klammer ist entweder ein Mörder oder ein wichtiger Zeuge! Seine Vernehmung werde ich in etwa einer Stunde mit dir gemeinsam durchführen, Vanessa. Bereite dich bitte bis dahin darauf vor, indem du alle relevanten Fakten zu seiner Person und natürlich zu den Vorfällen am Tattag zusammenstellst!«

»Und was ist mit mir?«, fragte Martin Weber ihn mit enttäuschter Miene. Als dienstältestem und nach Heller ranghöchstem Ermittler wäre er eigentlich die logische Wahl für das Verhör gewesen.

Darauf hatte Tobias nur gewartet. »Gut, dass du es ansprichst. Für dich und Jonas habe ich eine andere Aufgabe, aber darüber später mehr. Zuerst möchte ich eure gestrigen Recherchen zur Sprache bringen. Da wäre zunächst der nicht mit mir abgesprochene Besuch bei Frau Brunner wegen des Gentests, den wir bei ihrem Mann fanden«, begann er mit seiner vorbereiteten Gardinenpredigt. Sein Blick zu Martin und Jonas ließ keinen Raum für Spekulationen darüber, was genau er damit meinte.

»Nicht nur, dass ihr Erik allein im Kommissariat zurückgelassen habt, er befasste sich zudem mit dem gleichen Thema! Es wäre wünschenswert, wenn ihr euch demnächst untereinander absprechen würdet!

Es kann nicht angehen, dass ihr unabhängig vonein-ander an derselben Sache arbeitet, dafür sind unsere Ressourcen zu begrenzt! Aus diesem Grund wird ab sofort *niemand* mehr das Kommissariat verlassen, ohne sich ordnungsgemäß bei mir abzumelden!«

»Was ist denn nun mit dem Gentest?«, wagte es Erik trotz dieser harschen Kritik durch den Chef, das Thema erneut zur Sprache zu bringen. Aber die hatte sich im Grunde nicht gegen ihn persönlich gerichtet. »Bekommen wir den Beschluss?«

»Nein. Dein Denkansatz war durchaus logisch und zielgerichtet, dennoch habe ich mich nach reiflicher Überlegung entschlossen, ihn *nicht* zu verfolgen. Der Grund dafür ist, dass uns die daraus gewonnene Erkenntnis keinen unmittelbaren Vorteil bringt. Frau Brunner räumte Jonas und Martin gegenüber ihre Kenntnis bezüglich des Gentests ja schon ein und mehr werden wir vom humangenetischen Institut darüber auch nicht erfahren. Denn einerseits werden solche Proben von Privatleuten in der Regel anonymi-siert eingereicht, was für einen einfachen Vergleich ja genügt, und andererseits werden sie anschließend zurückgeschickt oder gar vernichtet. Eine Aufbewah-rung im Institut findet nicht statt! Wir könnten also im Nachhinein damit keinen Abgleich mit der DNA von Guido Brunner und Marlene Beyer durchführen, selbst wenn wir das wollten. Und außerdem wissen wir ja bereits, dass die zwei nicht verwandt sind!«

»Und wie gehen wir jetzt weiter vor?«, insistierte Weber. »Mit dieser Arztgattin, meine ich. Irgendwas stimmt mit der Frau nicht, sage ich euch. Und meine Spürnase hat sich bisher höchst selten getäuscht!«

»Groß genug ist der Zinken ja«, murmelte Faber leise vor sich hin, was ihm einen verweisenden Blick seines Vorgesetzten einbrachte.

»Ich gebe dir recht, Martin, diese Frau benimmt sich tatsächlich merkwürdig«, wandte Heller sich an den Hauptkommissar. »Aber wir haben nichts gegen sie in der Hand, denn das Fehlen der Fingerabdrücke ihres Mannes auf dem Dokument ist kein schlüssiger Beweis dafür, dass er es nie angefasst hat! Nur, wenn welche irgendwo wären, wo sie nicht sein sollten, hätten wir einen Grund, nachzubohren. Ihre eigenen Abdrücke hat sie euch ja einigermaßen glaubwürdig erklärt. Die private Post eines anderen aufzumachen, stellt zwar eine strafbare Handlung dar, aber das ist ein Antragsdelikt und der Ehemann als möglicher Kläger ist tot. Trotzdem sollten wir uns mit der Dame vielleicht doch etwas näher befassen. Da wir aus den genannten Gründen jedoch keinen Gerichtsbeschluss bekommen, müssen wir unsere Ermittlungen auf das beschränken, was wir auf legalem Weg herausfinden können. Du und Jonas nehmt euch der Sache an, wo ihr euch schon so da hineingehängt habt!«

»Schließen diese ›legalen Ermittlungen‹«, malte Weber mit den Fingern Gänsefüßchen in die Luft, »eine Observierung mit ein? Ich wäre auch mit einer Nachtschicht einverstanden!«, bekundete er seine diesbezügliche Bereitschaft mit einem Seitenblick zu Faber, der jetzt ein säuerliches Gesicht aufsetzte. Die Aussicht, seine freie Zeit mit einem Fast Food mampfenden und Cola schlürfenden Kollegen auf engstem Raum im Auto zu verbringen, schien er nicht gerade prickelnd zu finden.

»Natürlich nicht! Auch eine Überwachung durch die Polizei stellt einen Eingriff in die Grundrechte dar und muss daher angeordnet werden. Nicht umsonst werden Stalker hart bestraft! Außerdem *kann* Frau Brunner die Morde nicht begangen haben, und wenn sie auf eine andere Weise darin verstrickt sein sollte, müssen wir dafür erst gerichtsfeste Beweise finden, bevor wir solche Maßnahmen ergreifen dürfen. Lasst euch also etwas einfallen!« Heller sah auf die Uhr und streckte eine Hand zum Kontrollpult für die Monitore aus. »Wenn keiner mehr was hat, war es das für jetzt. Abschließend möchte ich aber nicht versäumen, euch an das für heute angesetzte Fitnesstraining zu erinnern!«, fügte er noch hinzu, bevor er die Bildschirme einfahren ließ.

* * *

Die SOKO verfügte aus Platzgründen nicht über einen eigenen Vernehmungsraum, deshalb fand das Verhör in einer durch Raumteiler abgetrennten Ecke nahe dem Eingang statt, wo man einerseits sichtgeschützt war und andererseits die Ermittler an ihren Arbeitsplätzen nicht über Gebühr beeinträchtige. Das einzige Mobiliar bestand aus einem großen, quadratischen Tisch mit vier Stühlen.

Auf einem dieser bewusst unbequemen Stühle saß jetzt Roland Klammer, nachdem ein Wachmann ihn in Handschellen hereingeführt und dort ›abgeladen‹ hatte. Anschließend nahm der uniformierte Kollege wortlos hinter ihm Aufstellung, falls er eine Dummheit vorhaben sollte. Mit seiner wuchtigen Gestalt und den breiten Schultern erschien Torsten Schröder schon durch seine Anwesenheit extrem einschüch-

ternd, doch an eine Flucht schien der Verdächtige gar
nicht zu denken, sondern wirkte im Gegenteil wie ein
Häufchen Elend, als Tobias Heller und Vanessa Fuchs
ihm gegenüber ihre Plätze einnahmen. In Ermange-
lung einer Aufnahmevorrichtung, wie sie bei solchen
Gelegenheiten normalerweise üblich sind, legte der
SOKO-Chef sein Handy auf den Tisch und aktivierte
die Aufnahmefunktion.

»Sie wissen, weshalb Sie heute hier sind?«, begann
Heller beiläufig, während er vorgab, angestrengt in
seinen Unterlagen zu blättern. Diese hatten größtenteils keinen Bezug zum aktuellen Fall, sondern durch
ihren Umfang die einzige Aufgabe, sein Gegenüber
im Vorfeld zu verunsichern. Diese Taktik wandte er
seit vielen Jahren erfolgreich an, denn nichts wirkt
bei einem Verhör einschüchternder als eine daumen-
dicke Akte. Die für die Vernehmung relevanten Daten
hatte er hingegen im Kopf.

»Die in Köln behaupten, ich hätte am Bahnhof was
klauen wollen«, gab der Verdächtige unsicher zurück.
Gleichzeitig reckte er den Hals, um einen Blick in die
Akte zu erhaschen, was Tobias wirksam verhinderte,
indem er den Hefter auf seiner Seite ein wenig anhob.
»Aber das stimmt nicht!«, fuhr er daher mit hörbar
übertriebener Entrüstung fort. »Außerdem sind Sie
dafür gar nicht zuständig, oder? Wenn ich das auf der
Fahrt richtig mitgekriegt habe, ist das hier die Kreis-
polizei in Siegburg!«

»Sie sind ein ganz ausgeschlafener Bursche!«,
spottete Vanessa Fuchs, auf dieses Stichwort hatte sie
nur gewartet. Sie fischte ein Schwarz-Weiß-Foto aus
ihrer eigenen, wesentlich dünneren Akte und schob

es zu ihm hinüber. »Das wurde vergangene Woche Montag an einer Tankstelle in Neunkirchen-Seelscheid aufgenommen, und das liegt durchaus in unserem Zuständigkeitsgebiet. Sie wollen doch bestimmt nicht allen Ernstes behaupten, dass das Ihr Auto ist! Das Benzin haben Sie im Übrigen nicht bezahlt, da läuft sowieso eine separate Strafanzeige gegen Sie. Aber das dürfte im Augenblick Ihr geringstes Problem sein!«

»Die Karre hatte ich mir ausgeliehen«, behauptete Klammer dreist. »Hatte es halt was eilig! Und an der Tanke hab ich dann gemerkt, dass ich keine Knete bei mir hatte. Was sollte ich denn machen, der Sprit war doch schon im Tank!«

»So, ausgeliehen!«, knurrte Heller angriffslustig. »Auf welche Weise gab Ihnen der rechtmäßige Eigentümer denn sein Einverständnis? Guido Brunner, so hieß der Mann, lag nämlich zur selben Zeit mit einem Loch in der Brust im Haus Ihrer Großtante. Marlene Beyer teilte übrigens sein Schicksal und war ebenfalls mausetot! Und da Sie sein Auto ›ausgeliehen‹ hatten, wie sie ja gerade selbst zugegeben haben, müssen Sie am Tatort gewesen sein. So sieht's aus!«

»Damit habe ich nichts zu tun!« Roland Klammer war bei Hellers unterschwelligen Anschuldigungen leichenblass geworden. »Okay, ich gebe es ja zu, die Karre hab ich geklaut!«, stieß er heiser hervor, »aber da waren die schon tot, ich schwöre!«

Jetzt hatte Heller ihn genau dort, wo er ihn haben wollte. Er beugte sich interessiert vor und sah ihm in die Augen: »Sie haben alles mitangesehen, habe ich recht? Das wäre *die* Gelegenheit, Ihren Kopf aus der

Schlinge zu ziehen! Sagen Sie uns, wie es war, und Sie können gehen! Einen Toten zu beklauen, ist praktisch nur ein Bagatelldelikt, dafür wandern Sie allenfalls ein paar Monate in den Bau!«

»Gar nichts habe ich gesehen!« Klammer schien in Panik geraten zu sein, denn seine Stimme überschlug sich förmlich. Aus ihm würden sie heute nichts mehr herausbringen, wusste Heller. Ihm war jedoch nicht die Angst entgangen, die aus seinen Augen leuchtete.

»Was wollten Sie überhaupt dort, so weit weg von zu Hause?«, fragte die Kommissarin den wie erstarrt vor ihnen sitzenden Mann. »Hatten Sie vor, Ihre Verwandte zu besuchen? So ganz ohne Grund fährt man doch nicht mit einem alten, klapprigen Drahtesel, der nicht einmal eine Gangschaltung hat, zehn Kilometer! Wir haben das Fahrrad hinter dem Haus im Wald gefunden«, fügte sie erklärend hinzu.

»Nun gut«, übernahm Tobias Heller, weil Roland Klammer verbissen schwieg und auch nach einer gefühlten Minute keinerlei Anstalten machte, diese im Grunde ziemlich einfache Frage zu beantworten. »Unsere Spezialisten haben im Keller des Hauses Ihrer Großtante DNA sichergestellt. Sie wissen von dem Geheimraum, nehme ich an? Ich sage Ihnen, was wir jetzt machen: Sie geben uns zunächst eine Speichelprobe, die wir damit vergleichen werden. Bis zum Eintreffen des Ergebnisses bleiben Sie unser Gast! Ich werde nämlich einen Haftbefehl gegen Sie beantragen, da solche Analysen mehrere Tage dauern können. Und bevor Sie fragen: Für die DNA-Probe benötigen wir keine richterliche Anordnung!«

Er nickte seiner Mitarbeiterin auffordernd zu, die das steril verpackte Wattestäbchen bereits zur Hand genommen hatte und damit um den Tisch herum zu Klammer ging. »Den Mund ganz weit aufmachen!«, forderte sie ihn lächelnd auf.

* * *

Derweil dachte Jasmin mit Schaudern an das für den heutigen Nachmittag angesetzte zweite Fitnesstraining. Ihr Muskelkater vom ersten Mal war zwar weitgehend abgeklungen, was vor allem daran lag, dass sie den Rat ihrer Trainerin beherzigt hatte und in Bewegung geblieben war. Im Klartext hieß dies, dass sie jetzt jeden Abend nach Dienstschluss eine Runde joggen ging. Auch die heißgeliebte Schokolade hatte sie seit Freitag nicht mehr angefasst, was ihr extrem schwergefallen war.

Andererseits war Malowski ein ›harter Brocken‹, dafür war sie bereits während ihrer Dienstzeit allgemein bekannt gewesen. Und sie scheuchte alle ganz schön herum! Allerdings mit Erfolg, wie sie neidlos zugeben musste. Aber der Chef hatte recht: Als Polizisten hatten sie in erster Linie gut zu funktionieren, alles andere hatte dem hintenanzustehen! Sie fühlte sich schon viel beweglicher und die Steilwand würde sie heute schaffen, dessen war sie sich sicher. Wenn eine vierzig Jahre alte Frau das ›beiläufig‹ hinbekam, musste ihr das auch gelingen!

Tobias sagte, wir sollen alles zur Person der Brunner herausfinden, was auf legalem Weg ohne richterlichen Beschluss möglich ist, rief sie sich zur Ordnung. *Das schließt eine Handyortung schonmal aus. Aber haben wir nicht etwas Vergleichbares? Der GPS-Transponder ihres Hundes ist praktisch wie ein Mobiltelefon. Eigentlich sogar noch besser, denn die Standortbestimmung ist auf den Meter genau und wir benötigen keine Mithilfe eines Providers. Und die Einwilligung, die GPS-Daten abzufragen, hat sie uns einschließlich der Zugangsdaten für die App sogar freiwillig gegeben!*

Wie sich herausstellte, ließen sich die Transponderdaten auch über ein Webinterface abrufen und als Excel-Tabelle herunterladen. Bald darauf saß sie seufzend vor einer wahren Flut an Informationen, die auf Anhieb keinen anderen Sinn zu haben schienen, als sie zu verwirren. *So wird das nichts*, gab sie sich geschlagen. *Ich muss diese Angaben in eine aussagekräftige Form bringen! Fragt sich nur, in welche?*

Schließlich entschied sie sich, eine Art Raum-Zeit-Diagramm zu erstellen, mit kumulierten Werten für jeden Tag und jede Position. Als sie das Ergebnis nach einer Stunde konzentrierter Arbeit schwarz auf weiß vor sich sah, fiel es ihr wie Schuppen von den Augen. *Ich muss das sofort den anderen zeigen*, beschloss sie, griff sich den Ausdruck ihres Diagramms und eilte zu den Kollegen in der Parzelle nebenan.

* * *

Obwohl die Stellwände alle mit einer speziellen Beschichtung versehen waren, welche die Geräusche dämpften, waren die Stimmen aus der ›Verhörnische‹ an ihrem Arbeitsplatz noch vernehmbar, wenn auch der Wortlaut weitgehend unverständlich blieb. Nur bei lauter gesprochenen Worten waren einzelne Satzfetzen zu verstehen, die aber nichts über einen Erfolg oder Misserfolg der Vernehmung aussagten. Bei den unfreiwilligen Zuhörern entstand im Laufe der Zeit jedoch der Eindruck, dass Tobias und Vanessa Monologe führten, da vornehmlich nur ihre Stimmen zu hören waren. Von Roland Klammer vernahm man bis auf ein einziges Mal, wo er etwas laut wurde und fast schrie, so gut wie keinen Ton.

»Aus dem bekommen die heute nichts heraus!«, unkte Jonas, als wieder längere Ansagen von Tobias und Vanessa zu hören gewesen waren, auf die erneut Stille folgte. »Das Vögelchen will wohl nicht singen!«

»Das macht der immer so«, brummte Martin, ohne seinen Blick vom Computerbildschirm zu nehmen. Er führte offenbar irgendwelche Recherchen durch, ließ seine Tastatur jedoch in Ruhe. »Ich war immerhin bei allen seinen bisherigen Vernehmungen mit dabei. Er glaubt wahrscheinlich, das auch dieses Mal aussitzen zu können, aber jetzt haben wir ihn hoffentlich an den Eiern!«

»Da gibt es nur ein klitzekleines Problem! Wenn der DNA-Vergleich, den der Chef höchstwahrscheinlich durchführen lässt, negativ ausfällt, müssen wir ihn wieder auf freien Fuß setzen, da wir sonst praktisch nichts gegen ihn in der Hand haben! Sag mal, was machst du da eigentlich die ganze Zeit?«, fragte Jonas den Kollegen genervt, weil dieser sich nach wie vor auf den Bildschirm konzentrierte und ihm überhaupt nicht zuzuhören schien.

»Na, was wohl? Mangels Alternativen untersuche ich mögliche Verbindungen zwischen den bekannten ›Teilnehmern‹ dieses Theaterstücks, aber da ist gar nichts! Jeder von denen wohnt in einer anderen Stadt und zusammen zur Schule gegangen ist auch keiner mit einem der Übrigen. Soziale Kontakte sind allein durch die räumliche Distanz nahezu ausgeschlossen. Die einzige Gemeinsamkeit besteht, wenn man so will, zwischen Klammer und Pohl, da der eine den anderen beklaut hat!«

»Vergiss nicht die Hunde!«, grinste Jonas boshaft. »Zwei von unseren Kandidaten haben einen!«

»Wie jeder zweite Haushalt in Deutschland! Diese Information nutzt uns sowieso nichts, wir verfügen ja nicht einmal über Vergleichsproben für die Hundehaare aus diesem Geheimraum, und ohne Beschluss werden wir die vorerst nicht bekommen! Wenn wir wenigstens noch die Hinterlassenschaften von Hund Lucky auf deinem Anzug hätten, aber den musste der Herr ja unbedingt in die Reinigung bringen!«

Faber sah ihn mit großen Augen an. »Mensch, Martin, das ist es!«, stieß er hervor. »Meine Frau hatte erst versucht, die Haare mit einer dieser Fusselrollen zu entfernen, was sich aber als unpraktikabel erwies. Dafür waren es zu viele. Wenn wir Glück haben, ist die Klebefolie noch auf der Rolle.« Er sprang wie von der Tarantel gestochen auf und rannte davon. »Ich bin in einer Stunde wieder zurück!«, rief er über die Schulter und wäre beinahe mit Jasmin zusammengeprallt, die um die Ecke kam und gerade noch zur Seite ausweichen konnte.

»Vergiss nicht, dich beim Chef abzumelden!«, rief Martin ihm lachend hinterher. »Und was hast du Schönes für mich?«, wandte er sich dann an die junge Kommissarin, die ihm wortlos ein Blatt Papier in die Hand drückte. Immerhin war er ja Tobias' Vize, der jedoch mit den verwirrenden Linien des Diagramms auf Anhieb nichts anzufangen wusste. »Sagst du mir auch, was daran so besonders ist, dass du beinahe Jonas umgerannt hättest?«, fragte er ratlos und gab ihr das Blatt zurück.

»Da wird ja wohl anders herum ein Schuh draus! Wieso hatte er es überhaupt so eilig? Aber schau her: Siehst du diesen Peak hier?«, wies sie ihn auf eine der Besonderheiten hin. »Und diese Flatline dort? Achte mal auf die jeweiligen Datumsangaben!«

Doch der ältere Kollege, ohnehin im ganzen Haus als ›Dinosaurier‹ verschrien, was die im Grunde gar nicht mehr neuen Techniken anging, schaute sie nur mit großen Augen an. »Ich verstehe ehrlich gesagt nur Bahnhof!«, bekundete er mit einem treuherzigen Hundeblick, der sie sofort argwöhnen ließ, dass er sie verschaukeln wollte. Nicht umsonst lief seit Wochen zwischen ihr und Vanessa eine heimliche Wette, dass Martin seine Behäbigkeit vortäuschte, um Jonas zu ärgern. Überhaupt benahmen die beiden sich fast wie diese zänkischen Kerle aus einer bekannten Fernsehserie. Männerwirtschaft, oder so.

»Also gut«, seufzte sie und zog sich einen Stuhl heran. Das könnte mal wieder länger dauern, und ein Snickers hatte sie nicht. Dabei könnte sie gerade jetzt eines vertragen, aber sie hatte ja ohnehin Abstinenz gelobt. Zumindest vorläufig. »Fangen wir ganz von vorne an. Diese Linien bilden die Standorte von Lucky in den letzten vier Wochen ab. Die Peaks, also die Spitzenwerte, stellen hier die häufigsten Besuche innerhalb dieses Zeitraums an einem Ort dar, und die flachen Kurven die weniger oder selten aufgesuchten Lokalitäten. Die Flatline, also die Null-Linie, ist genau das, was der Name sagt, da war ab einem bestimmten

Datum niemand mehr. Erkennst du den Zusammenhang denn nicht?«

»Ich schon!«, ertönte in diesem Augenblick eine
Stimme hinter ihr. Tobias war auf dem Rückweg in
sein Büro auf den Disput aufmerksam geworden und
unbemerkt hinzugetreten. Jetzt nahm er ihr das Blatt
mit der Grafik aus der Hand, um es aus der Nähe zu
betrachten. »Ich sehe, was du meinst«, nickte er
beeindruckt. »Das war sehr gute Arbeit, Jasmin! Aber
leider nützt uns diese Erkenntnis gar nichts, solange
keine belastenden Beweise vorliegen!«

Kapitel 9

Verwirrende Zusammenhänge

Tobias Heller blickte heute Morgen in lauter fröhliche Gesichter, die ihn mit mühsam unterdrückter Neugierde anschauten. Die Ereignisse des gestrigen Tages hatten sich zwar allgemein herumgesprochen, sofern man nicht ohnehin beteiligt gewesen war, und waren teilweise schon auf dem ›Denkbrett‹ verewigt, aber es ging eben nichts über detaillierte Informationen aus erster Hand! Der einzige Teilnehmer mit der üblichen griesgrämigen Miene war Jürgen Vogel, doch dessen ›Pferdegesicht‹ war in Verbindung mit einem wehmütig wirkenden Dackelblick ohnehin zu keiner anderen Regung fähig. Selbst, wenn er einmal vergnügt grinste, erreichte das selten die Augen.

»Wie ich sehe, habt ihr das gestrige Training ganz gut weggesteckt«, äußerte sich Heller zufrieden. »Ich soll euch von unserer Trainerin sagen, dass sie von eurer Leistungssteigerung sehr angetan ist. Für das zweite Mal sei das recht ordentlich gewesen, meinte sie. Besonders begeistert war sie von deiner Leitung, Jasmin! Man konnte sehen, dass du die Sache ernst nimmst und zwischendurch viel an dir getan hast. Weiter so!«

Tatsächlich hatte sie zumindest Martin und Jonas konditionsmäßig mehr oder weniger abgehängt, den Hürdenlauf fast ohne Schwierigkeiten bewältigt, und im ersten Anlauf flink wie ein Äffchen die Steilwand bezwungen. Dies jetzt explizit zu erwähnen, obwohl es ja alle selbst erlebt hatten, war ein psychologischer Schachzug des SOKO-Chefs. Den ›Schlusslichtern‹ die Leistung der Kollegin vorzuhalten und diese sogar zu loben, konnte sowohl Resignation als auch Ansporn zur Folge haben. Tobias hoffte auf Letzteres.

»Jasmin war es auch, die einen höchst merkwürdigen Zusammenhang anhand einer Statistik aufgedeckt hat«, nahm er dies zur Überleitung, um in die Tagesordnung einzusteigen. »Nun wissen wir natürlich, dass man aus kumulierten Daten alles Mögliche herauslesen kann, wenn man es darauf anlegt, doch diese Entdeckung ist es durchaus wert, sich einmal etwas näher damit zu befassen. Davon später mehr, denn zunächst möchte ich von der gestrigen Vernehmung berichten. Es wird sich bereits herumgesprochen haben, dass Klammer sich dabei äußerst ›zugeknöpft‹ gab und weder Angaben zur Sache machte, noch unsere Fragen beantwortete. Zumindest tat er das nicht verbal«, fügte er bedeutungsvoll hinzu.

»Nonverbal sieht es da schon anders aus«, fuhr er fort. »Da dies lediglich eine Einschätzung meinerseits ist, werdet ihr kein Wort davon in einem Bericht oder auf dem ›Denkbrett‹ finden. Sein Erschrecken, das in Entsetzen, wenn nicht sogar in Panik umschlug, als ich ihn auf die Geschehnisse ansprach, spricht jedoch Bände: Dieser Mann hatte geradezu Todesangst, was auch der eigentliche Grund für seine Flucht gewesen sein könnte! Und damit ist er nun endgültig eher als Zeuge zu betrachten, denn als Täter. Er hat definitiv etwas Schreckliches mitangesehen, wir müssen ihn jetzt nur noch zum Reden bringen. Leider wird der Vergleich der Speichelprobe mit den DNA-Spuren im Kellerraum negativ ausfallen, sofern diese Theorie stimmt, denn er kann ja nicht an zwei Orten gleichzeitig gewesen sein. Wir werden ihn also auf freien Fuß setzen müssen, sobald das Ergebnis der Analyse vorliegt. Bis dahin haben wir aber ein paar Tage Zeit, in denen wir weiter versuchen werden, ihn weichzukochen.«

»Drei bis vier Tage wird das mindestens dauern!«, warf der Forensiker ein. »Die von der Humangenetik sind momentan extrem überlastet, wie man mir am Telefon sagte. Dann ist erst einmal Wochenende, ihr habt also sechs Tage! Ich könnte den Test natürlich innerhalb weniger Stunden selbst durchführen, das kann man ja heutzutage fast schon von zu Hause aus machen, aber das Ergebnis wäre nicht gerichtsfest.«

»Lass mal, Jürgen«, lächelte Tobias hintergründig. »Sechs Tage sind in diesem Fall okay! Außerdem ist Klammer während dieser Zeit in Sicherheit, falls er tatsächlich um sein Leben fürchten sollte. Kommen wir aber jetzt endlich du deiner Beobachtung, bevor du das Sitzpolster komplett durchgescheuert hast!«, nickte er Jasmin zu, die schon seit Beginn der Beratung nervös auf ihrem Stuhl herumgerutscht war.

»Ich habe vorhin eine Grafik auf das ›Denkbrett‹ hochgeladen«, begann die Kommissarin dann auch sofort mit ihrem Vortrag, worauf sich alle Köpfe fast synchron den jeweiligen Monitoren zuwandten. »Ich nenne sie der Einfachheit halber einmal ›Raum-Zeit-Diagramm‹, weil sie besuchte Orte zu verschiedenen Zeiten kumuliert. Und zwar von Hund Lucky!«

»Beziehungsweise von seinem Halsband mit dem GPS-Transponder«, warf Jonas Faber ein. Er konnte seine extrem nervige Besserwisserei, die in dieser Situation sowieso niemandem etwas nutzte, einfach nicht lassen.

»Na ja, wir müssen wohl davon ausgehen, dass er es um den Hals hatte, wie sich das für einen Hund gehört«, hob Jasmin gleichgültig die Schultern. Der Kerl ging ihr mit seiner penetranten Art mächtig auf den Zeiger. »Bei dieser Zusammenstellung kommt es jedoch weniger darauf an, wann das Tier – und damit höchstwahrscheinlich auch seine Besitzerin – sich an welchem Ort aufgehalten haben könnte, sondern wo es ab einem bestimmten Zeitpunkt laut GPS-Transponder *nicht* war!«

»Ah, jetzt erkenne ich, was du meinst!«, entfuhr es Faber, und es schwang ehrliches Interesse in seiner Stimme mit. »Der Hundeplatz im zwei Kilometer entfernten Höngesberg, wo die Frau Brunner sich zur Tatzeit aufhielt, wurde danach nicht wieder besucht, obwohl sie laut deiner Grafik zuvor fast täglich dort gewesen ist!«

»Richtig! Stattdessen führte sie ihren Hund, oder zumindest sein Halsband«, grinste sie Jonas frech an, »ab Dienstag in der näheren Umgebung ihres Wohnhauses spazieren. Und zwar ebenfalls täglich, wie ihr dem anderen, rot markierten Peak leicht entnehmen könnt. Warum tat sie das? Niemand ändert ohne triftigen Grund einfach so«, schnippte sie zur Bekräftigung mit den Fingern, »seine Gewohnheiten! Leider haben wir nur die Daten der letzten dreißig Tage zur Verfügung, da ältere Einträge automatisch gelöscht werden, doch während *dieser* Zeit konnte man sozusagen die Uhr danach stellen.«

»Nun, das mag zwar alles reichlich ungewöhnlich sein«, wandte Vanessa ein, »aber ...«

»...doch einen Strick können wir ihr nicht daraus drehen!«, führte Tobias ihren begonnenen Satz zu Ende. »Schließlich kann ja jeder mit seinem Hund herumlaufen, wo es ihm oder ihr beliebt. Ich kann es immer nur wiederholen: Für die Tatzeit hat Kerstin Brunner ein absolut wasserdichtes Alibi und kann deshalb ihrem Mann auch diesen Mutterschaftstest nicht untergeschoben haben. Das muss nämlich am Tatort passiert sein, sofern dem Dokument überhaupt eine Bedeutung zukommt. Hätte man es ihm in die Tasche gesteckt, bevor er morgens in die Praxis fuhr, würde er es frühzeitig gefunden haben.«

»Aber wir wissen doch gar nicht, ob das nicht der Fall war!«, wandte Erik ein. »Irgendjemand muss es ihm schließlich zugesteckt haben! Entweder war er es selbst – wenn ich mir auch nicht vorstellen kann, wie er das bewerkstelligt haben könnte, ohne Fingerabdrücke darauf zu hinterlassen – oder es war der Täter, der dann aber irgendeinen Bezug zur Familie Brunner haben müsste. Wie wäre er sonst in den Besitz des Briefes gelangt?«

»Das ist in der Tat ein Rätsel, das es noch zu lösen gilt«, nickte Tobias. »Dennoch sind uns diesbezüglich derzeit leider die Hände gebunden, denn sämtliche Indizien, so verwirrend die scheinbaren Zusammenhänge auch sein mögen, reichen bei weitem nicht aus, einen Durchsuchungsbeschluss für ihr Haus zu erwirken. Wir benötigen daher dringend Beweise für

eine Beteiligung, und zwar müssten die absolut hieb-
und stichfest sein!«

»Wäre die Zuordnung der Hundehaare aus dem
Kellerraum ein solcher Beweis?«, wollte Jürgen Vogel
wissen, während er sein Handy einsteckte, auf dem
er eine Nachricht gelesen hatte. »Ich erhalte nämlich
soeben von meinem Fachmann für Molekularbiologie
die erfreuliche Mitteilung, dass der von ihm durchgeführte Vergleich positiv verlaufen ist!«

»Sollte ich davon nicht wissen?«, runzelte Tobias
Heller die Stirn und schaute in die Runde. Offenbar
hatte ihm irgendjemand erneut wichtige Informationen vorenthalten. Als sein Blick auf Jonas Faber fiel,
tat dieser unheimlich beschäftigt. »Darüber sprechen
wir noch!«, kündigte er in Unheil verkündendem Ton
an und wandte sich wieder dem Forensiker zu: »Dann
schieß mal los, Jürgen!«

»Gestern Nachmittag bekam ich den wahrscheinlich merkwürdigsten Gegenstand zur forensischen
Untersuchung ausgehändigt, der mir in meiner Laufbahn jemals untergekommen ist. Und das soll bei mir
schon etwas heißen!«, holte Vogel weiter aus, als es
notwendig gewesen wäre. Aber das war man von ihm
seit vielen Jahren gewohnt. »Es handelte sich dabei
um eine Fusselrolle. Ihr wisst schon: Das sind diese
klebrigen Dinger, mit denen man angeblich Fusseln
und andere Partikel von Textilien entfernen können
soll, die aber im Grunde nur eklig sind. An *dieser* Rolle
klebten jedoch einige Tierhaare, und um die geht es
hier. Nachdem mein Mitarbeiter sie vorsichtig von
der Folie extrahiert und von Rückständen des Klebers
befreit hatte, ergab die anschließende mikrobiologi-

sche Untersuchung eine Übereinstimmung mit den in dem Kellerraum sichergestellten Fellhaaren. Ihr wisst ja alle, dass es bei mikrobiologischen Vergleichen, ebenso wie bei DNA-Analysen, keine absolute Sicherheit geben kann, jedoch liegen wir nahe dran, bei 99,9999 Prozent, um genau zu sein. Mit anderen Worten: Wem immer der Hund gehört, er muss sich in diesem Raum aufgehalten haben!«

»Vielen Dank für die wirklich umfassende Erläuterung eurer Arbeitsweise, Jürgen!«, konnte Tobias sich dieses Mal einen kleinen Seitenhieb nicht verkneifen. »Jonas? Hast du uns etwas zu sagen?«, wandte er sich dann direkt an den Oberkommissar. »Hattest du dich nicht letzte Woche über Hundehaare an der Kleidung beschwert? Ich erinnere mich noch an die Diskussion darüber, sie war ja nicht zu überhören! Das ist dann sicher deine Fusselrolle, habe ich recht?«

»Ja, ich hätte dir sofort davon berichten müssen«, gab Faber zerknirscht zurück. »Es ging aber gestern alles so verdammt schnell. Du warst mitten in einer Vernehmung, und später habe ich es wohl vergessen. Ich weiß ja nicht mal, ob wir diese Information überhaupt verwenden dürfen!«

»Das lass mal meine Sorge sein. Hast du dich denn danach noch in andere Hundehaare gesetzt? Siehst du, dann können es ja nur die von Lucky sein. Allein das genügt für einen Durchsuchungsbeschluss, auch wenn die Anwesenheit der Fellhaare im Keller unlogisch erscheint. Das müssen wir dem Richter ja nicht auf die Nase binden, oder? Rechtlich gesehen dürfen biometrische Beweise, die aus dem privaten Umfeld eines Verdächtigen ohne dessen Wissen entnommen wurden, zwar nicht vor Gericht verwendet werden, das stimmt. Aber so weit sind wir ja noch nicht und das hier sind *Tierhaare*. Frau Brunner hat außerdem durch ihr Verhalten sozusagen stillschweigend ihre Zustimmung dazu gegeben, andernfalls hätte sie die Couch reinigen müssen, bevor die Polizei auftaucht. Immerhin sind wir zufällig und völlig unbeabsichtigt an die Haare gelangt.«

»Das ist aber eine sehr gewagte Argumentation!«, grinste Vanessa. Für solche Alleingänge unter großzügigster Auslegung der Dienstvorschriften war der Hauptkommissar allgemein bekannt, wobei ihm der Erfolg im Nachhinein meist Recht gegeben hatte.

»Sobald wir den Durchsuchungsbeschluss haben, besorgen wir uns auf legale Weise ein paar neue Fellhaare«, zuckte Heller lapidar mit den Schultern. »Wer will uns dann noch an den Karren fahren? Kannst du kurzfristig genügend Leute loseisen, um die Bude auf den Kopf zu stellen?«, wandte er sich an den Leiter der Forensik, der dazu nur stumm nickte. Tobias war jetzt in seinem ureigensten Element und eine Denise, die ihn früher rechtzeitig eingebremst hätte, gab es nicht mehr.

»Gut«, nickte er zufrieden. »Ich benötige das volle Programm, das heißt: Experten für Fingerabdrücke, Körperflüssigkeiten, DNA und so, du weißt schon. Frau Brunner ist meines Wissens nicht berufstätig, sie wird dann wohl zu Hause sein. Jonas und Martin: Ihr beide begleitet die Truppe! Wir werden das Haus heute noch förmlich auf links drehen. Es wäre doch gelacht, wenn dabei nichts zu finden sein sollte! Vanessa und Jasmin: Ihr schaut euch mal auf dem

Hundeplatz in Höngesberg um, ob es dort vielleicht etwas Ungewöhnliches zu sehen gibt. Ich gehe nicht davon aus, dass es gefährlich wird, nehmt also ruhig auch Erik mit. Ich hingegen werde mich auf der Stelle um den Beschluss kümmern.«

* * *

»Sie schon wieder!«, stieß Kerstin Brunner erbost zwischen den Zähnen hervor, als sie den Kommissaren die Haustür öffnete. Ihr Hund Lucky, der ohne es zu ahnen der eigentliche Grund für diesen Überfall war, drängte neugierig seine Schnauze an Frauchen vorbei, um die Ankömmlinge zu beschnuppern. »Und dann auch gleich mit einer ganzen Armee!«, fügte sie aufgebracht hinzu, als sie der beiden uniformierten Polizisten gewahr wurde.

Außerdem kamen nun vier Männer der Forensik in ihren durch Film und Fernsehen bestens bekannten weißen Schutzanzügen mit Kisten und Kästen in den Händen hinzu und bauten sich hinter den Beamten auf. Wer bis jetzt noch nicht wusste, was die Stunde geschlagen hatte, war selber Schuld. Martin Weber hielt den Durchsuchungsbeschluss hoch, den Richter Biber tatsächlich widerspruchslos ausgestellt hatte.

»Unsere Spezialisten werden in den kommenden Stunden sämtliche Räume Ihres Hauses einer forensischen Untersuchung unterziehen«, informierte er die wie versteinert vor ihnen stehende Frau in einem Tonfall, als wolle er ihr nur ein Zeitungsabonnement verkaufen. »Ebenso Ihren Hund und alle Kleidungsstücke. Machen Sie uns bitte keine Schwierigkeiten!«

»Das wird ein Nachspiel für Sie haben!«, zischte Kerstin Brunner wütend, weil mittlerweile die halbe Nachbarschaft auf die Szene aufmerksam geworden war. Die auffälligen Dienstwagen der Polizei waren ja nicht zu übersehen, und so standen die Leute überall in Türen und Fenstern, um sich das zu erwartende Spektakel auf keinen Fall entgehen zu lassen. Einige besonders unverfrorene Schaulustige hatten sich vor dem Grundstück versammelt und es wurden bereits Handys gezückt, um das Ereignis aufzuzeichnen.

Sie riss Weber das amtliche Dokument wütend aus der Hand, nahm ihren Hund beim Halsband und trat mit ihm in den Hausflur zurück, um widerwillig den Weg für die Staatsgewalt freizumachen. Jede weitere Diskussion mit diesen Leuten würde den Menschenauflauf nur unnötig vergrößern und nicht wiedergutzumachenden Schaden an ihrem Ansehen anrichten. Die Polizisten hingegen traten zunächst beiseite, um den Männern der Forensik das Feld zu überlassen, die in stummer Prozession das Haus betraten.

* * *

Höngesberg war, von Siegburg kommend, über die Bundesstraßen B56 und B484 innerhalb einer Viertelstunde bequem zu erreichen gewesen. Anfang des letzten Jahrhunderts hatte der Weiler gerade mal aus sieben Häusern mit siebenundzwanzig Einwohnern bestanden, Hunde und Katzen nicht mitgerechnet, und daran hatte sich in den vergangenen hundertzwanzig Jahren nicht viel geändert. Hinzugekommen waren lediglich eine Ferienwohnung und ein mit vier Hektar recht großer Campingplatz am Ufer der Agger.

Der Hundeplatz südlich des Ortskerns, so man bei einer Handvoll Wohnhäusern davon reden konnte, hatte nicht annähernd diese Fläche, war jedoch mit der Größe eines Fußballfeldes durchaus imposant zu nennen. Besitzerin dieser Anlage war dem Schild am Eingang gemäß, der lediglich aus einer Schranke zum Fernhalten von Kraftfahrzeugen bestand, ein Hundeclub aus der benachbarten Ortschaft Scheiderhöhe. Derzeit schien der Platz nicht in Benutzung zu sein, was auch für das unverschlossene, recht geräumige Vereinshaus galt, das demzufolge allen Mitgliedern offenstand, wenn nicht sogar der Allgemeinheit.

»Hier kann jeder hinein, wann er will«, brachte es Vanessa auf den Punkt, während Erik sorgfältig die Vereinsadresse auf dem Aushang an der Außenwand des Häuschens notierte. »Nach irgendwelchen DNA-Spuren oder Fingerabdrücken brauchen wir hier gar nicht erst zu suchen, fürchte ich!«

»Dazu bräuchten wir sowieso zunächst mal einen Durchsuchungsbeschluss«, wies Jasmin ihre Kollegin auf die Rechtslage hin. »Auch, wenn hier alles offen ist, dürfen wir nicht ohne Genehmigung nach Lust und Laune herumfuhrwerken. Die dabei gefundenen Beweise, sofern denn welche vorhanden sind, wären vor Gericht nicht zugelassen!«

»Schade! Ohne nachweisbaren Bezug zu unserem Mordfall werden wir einen solchen Beschluss sicher nicht bekommen, doch damit kann sich Tobias später auseinandersetzen. Wir drei laufen jetzt mal auf dem Gelände herum und wenn uns in der kommenden Stunde niemand begegnet, der eventuell was gesehen haben könnte, fahren wir eben wieder!«

»Du bleibst jetzt sofort stehen, Wotan!«, ertönte in diesem Augenblick eine hysterisch klingende Stimme hinter ihnen. In Erwartung, einen riesigen Neufundländer auf sich zustürmen zu sehen, drehten sich die Kommissarinnen auf dem Absatz um und atmeten erleichtert auf. Denn was da mit fliegenden Schlappohren hechelnd angerannt kam, war allenfalls eine verkleinerte Ausgabe des ihnen bekannten Hundes, und er war nicht schwarz, sondern dunkelbraun.

Etwa zwanzig Meter dahinter stolperte keuchend, und ohne eine Chance, das ungehorsame Tier jemals einzuholen, eine ältere Dame. Als der niedliche Welpe an ihnen vorbeihuschen wollte, griff Vanessa beherzt zu und bekam gerade noch das Ende seiner Hundeleine zu fassen. »So, mein kleiner Freund«, sagte sie, während sie seinen Kopf streichelte. »Deine Flucht ist hiermit beendet!«

»Das ist wirklich sehr lieb von Ihnen, junge Frau!«, bedankte sich die alte Dame schwer atmend, als sie die Gruppe endlich erreicht hatte. Klein Wotan saß derweil brav zu Vanessas Füßen und schien sie mit hochgezogenen Lefzen anzugrinsen, als sie seiner Besitzerin die Hundeleine in die Hand drückte. »Das ist eigentlich gar nicht mein Hund«, sagte die Frau jetzt. »Ich passe nur auf ihn auf, wenn meine Tochter und ihr Mann auf der Arbeit sind. Auf mich hört das Tier aber einfach nicht und büxt mir dauernd aus. Und ich bin ja leider nicht mehr die Schnellste!«

»Sind Sie oft hier?«, mischte sich Jasmin spontan ein. Sie zeigte ihren Dienstausweis vor. »Wir sind von der Kriminalpolizei und suchen nach einer Frau, die hier immer mit einem braunen Irish Setter sein soll«, improvisierte sie aus dem Stegreif eine Begründung für ihre Anwesenheit. »Warten Sie, ich habe ein Bild dabei!« Sie zog das Diensthandy aus der Tasche und zeigte ihr ein Foto von Kerstin Brunner. »Haben Sie diese Frau hier schon mal gesehen?«

»Sie meinen sicher Lucky!«, nickte die alte Dame. »Ja, das ist Kerstin. Sie ist mit dem Hund tatsächlich fast jeden Tag hier, und immer in den Abendstunden. Manchmal ist auch ein Mann mit dabei.«

»Ein Mann, sagen Sie? Könnte das vielleicht dieser gewesen sein?«, wurde Vanessa aufmerksam und zeigte ihr ebenfalls ein Foto, nämlich das von Guido Brunner. Erik machte sich derweil fleißig Notizen.

»Nein, nein! Der war jünger, glaube ich. Jedenfalls hatte er keine grauen Haare wie der da. Ich habe ihn mit ihr zusammen immer nur von weitem gesehen. Die zwei schienen einander sehr zugetan, wenn Sie wissen, was ich meine. Da wollte ich nicht stören und habe mich lieber ferngehalten.«

»Demnach können Sie uns den Begleiter der Dame nicht näher beschreiben?«, vermutete Jasmin. »Hatte er ebenfalls einen Hund dabei?«

»Leider nicht, Frau Kommissarin. Wie ich vorhin schon sagte, war ich viel zu weit entfernt, um ihn deutlich sehen zu können. Und einen Hund hatte er auch nicht. Hat er denn was angestellt?«

»Darüber dürfen wir nicht reden«, sagte Vanessa schnell. »Sagen Sie uns bitte noch Ihren Namen und Ihre Adresse? Wir müssen Ihre Aussage zu den Akten nehmen. Und haben Sie vielen herzlichen Dank, Sie haben uns sehr geholfen!«

**

Kerstin Brunner versperrte dem Forensiker, der soeben mit einem voluminösen Plastiksack über der Schulter aus dem Schlafzimmer kam und mit seiner Beute eilig das Haus verlassen wollte, energisch den Weg. »Wo wollen Sie denn mit meiner Bettwäsche hin?«, raunzte sie ihn empört an. »Das geht jetzt aber wirklich entschieden zu weit! Ich werde mich über Sie beschweren!«

»Bitte beruhigen Sie sich! Es hat alles seine Richtigkeit, dieser Mann tut nur seine Arbeit«, versuchte Martin Weber die aufgebrachte Frau zu beschwichtigen. Dies war ihm offenbar nicht ganz gelungen, denn ihre Lippen waren vor Wut zu einem schmalen Strich zusammengepresst, als sie sich ihm zuwandte. Sein Partner hatte sich einige Meter abseits aufgebaut und folgte dem Disput mit Argusaugen, bereit, jederzeit helfend einzugreifen, sollte diese Situation eskalieren.

»Das ist alles nur Ihre Schuld!«, blaffte sie Weber an und stach dabei zur Bekräftigung mehrmals mit dem ausgestreckten Zeigefinger auf seine Brust ein, was er stoisch über sich ergehen ließ. »Sie kommen hierher, stellen lauter merkwürdige Fragen, und jetzt beschuldigen Sie mich auch noch, etwas mit dem Tod meines Mannes zu tun zu haben! Und heute veranstalten Sie darüber hinaus einen Menschenauflauf vor dem Haus! Ist Ihnen eigentlich bewusst, was Sie damit angerichtet haben?« Der gescholtene Forensiker nutzte derweil die günstige Gelegenheit, schob sich an der Gruppe vorbei und eilte mit seiner Beute schleunigst aus der Gefahrenzone.

»Ich frage mich ohnehin seit Tagen, was Sie hier überhaupt dauernd herumzuschnüffeln haben. Ich denke, mein Mann hat sich das Leben genommen? Habt ihr nichts Besseres zu tun, als unbescholtenen Bürgern hinterherzuspionieren?«, fügte sie deutlich weniger heftig hinzu. Offenbar hatte sie sich verausgabt, denn ihr Atem ging schwer und ihre Brust hob und senkte sich in einem schnellen Rhythmus. Die Augen waren zu Schlitzen verengt.

»Die Selbstmordtheorie ist vom Tisch, wir gehen mittlerweile von Fremdeinwirkung aus«, informierte Martin Weber sie pflichtgemäß, denn als Angehörige und erst recht als Tatverdächtige musste sie spätestens jetzt darüber in Kenntnis gesetzt werden, wollte man vor Gericht keinen Verfahrensfehler riskieren. Kerstin Brunner starrte ihn mit vor Entsetzen weit aufgerissenen Augen sprachlos an.

»Das Haus, in dem Ihr Mann gefunden wurde, ist aus diesem Grund ab sofort als Tatort zu betrachten«, fuhr er dessen ungeachtet fort, auf ihre Befindlichkeiten konnte er jetzt keine Rücksicht mehr nehmen. Nicht bei einer Mordermittlung! »Und an diesem *Tatort* fanden unsere Spezialisten Hundehaare, die allem Anschein nach von *Ihrem* Lucky stammen! Da stellt sich uns natürlich die berechtigte Frage, wie die dorthin gelangt sein können, wo Sie diese Patientin doch ausschließlich vom Telefon kannten, wie sie bei unserem ersten Besuch selbst ausgesagt haben!«

Ihre Gesichtszüge hatten sich während der Erklärung des Hauptkommissars deutlich entspannt und sie wirkte zutiefst erleichtert, als sie ihm antwortete: »Das muss dann wohl ein schrecklicher Irrtum sein, denn wie Sie wissen, war ich in der fraglichen Zeit mit meinem Hund am anderen Ende von Lohmar, also etliche Kilometer von Ihrem *Tatort* entfernt. Sie haben es selbst anhand der GPS-Daten des Hundehalsbandes überprüft!«

»Das besagt gar nichts, außerdem gibt es mehr als eine Möglichkeit, wie die Haare an den Tatort gelangt sein können! Sehen Sie meinen Kollegen dort? Er beschwerte sich nach dem ersten Besuch bei Ihnen über Hundehaare auf dem Sitzpolster seines Schreibtischstuhls. Bei ihm zu Hause waren sie auch überall zu finden, obwohl weder im Kommissariat noch in seiner Wohnung jemals ein Haustier war! Wie sich später herausstellte, hatte er sich hier bei Ihnen damit eingesaut, als er sich auf die Couch setzte, wo vorher der Hund lag. Wer sagt uns denn, dass es hier nicht genauso war? Sie können die Tat nicht selbst begangen haben, das ist völlig richtig. Doch wenn der Mann, der es getan hat, sich jemals in Ihrem Haus aufgehalten hat, werden unsere Spezialisten das sehr schnell herausfinden!«

»Bin ich verhaftet?«, wollte sie mit rauer Stimme von ihm wissen. Ihre Stirn hatte sich bei der langen Rede Webers wieder umwölkt, doch diesmal glaubte der Ermittler, echte Sorge darin zu erkennen.

»Verhaftet? Nein, dafür bräuchten wir einen richterlichen Haftbefehl. Ich kann Sie heute nicht einmal vorläufig festnehmen, denn dazu benötigen wir erst die Laborergebnisse. Richten Sie sich daher schon mal darauf ein, dass wir bald wieder vor Ihrer Tür stehen, Frau Brunner. Wir sind hier zunächst so weit durch und werden Sie verlassen. Und noch etwas: Es wäre für alle Beteiligten am besten, wenn Sie sich in den kommenden Tagen zu unserer Verfügung halten würden. Sie wollen doch nicht, dass landesweit nach Ihnen gefahndet wird, oder? Sie sollten also etwaige Reisepläne in unser aller Interesse auf unbestimmte Zeit verschieben!« Er nickte ihr zum Abschied zu und wandte sich zum Gehen. Ihr Einsatz war tatsächlich beendet, denn der Mann mit der Bettwäsche war der letzte Forensiker gewesen, der das Haus verlassen hatte.

Statt ihm zu folgen, ergriff Faber jetzt erstmals das Wort: »Ich muss Sie aber noch darum bitten, mir Ihr Mobiltelefon auszuhändigen«, wandte er sich direkt an Frau Brunner und streckte fordernd die Hand aus. »Sie erhalten es selbstverständlich zurück, nachdem wir es untersucht haben.« Sein Partner hatte die Situation bisher gut im Griff gehabt, weshalb er es nicht für notwendig gehalten hatte, sich da einzumischen. Doch jetzt hatte er etwas übersehen, denn das Handy konnte ihnen unter Umständen einiges erzählen und man durfte niemandem Gelegenheit geben, Beweise zu vernichten! Zufrieden steckte er das Telefon ein, das sie ihm widerwillig überreichte.

* * *

»Du hast mir vorhin mit deiner überkorrekten Art mal wieder voll die Tour vermasselt!«, rügte Weber ihn später auf dem Weg zum Auto für seinen Alleingang. Er war verdammt sauer auf seinen Partner, das war nicht zu übersehen. »Dass du auch immer alles besser wissen musst! Das Handy hatte ich ihr aus einem ganz einfachen Grund nicht abgenommen: Ich wollte nämlich sehen, ob und wen sie nach unserem

Abgang eventuell angerufen hätte. Später wären wir unter einem Vorwand umgekehrt und hätten das Teil einkassiert. Aber *das* können wir uns jetzt natürlich abschminken!«

»Sorry, wenn ich meine Arbeit mache! Du hättest ja mal was sagen können! Aber nein, dafür ist sich der Herr Hauptkommissar ja zu fein! Stattdessen musstest du ihr sofort brühwarm die Geschichte mit den Hundehaaren erzählen!« Jonas Faber trat mit seinen blitzeblank geputzten italienischen Designerschuhen voller Zorn gegen den Vorderreifen, biss sich dann vor Schmerz auf die Unterlippe, weil er sich dabei den großen Zeh gestaucht hatte, und setzte sich wortlos hinter das Steuer. Während der gesamten Rückfahrt herrschte Funkstille zwischen ihnen.

Kapitel 10

Wer ist der Mörder?

»Haben Sie gut geschlafen?« Tobias Heller stellte mit einem freundlichen Lächeln einen großen Becher mit frisch aufgebrühtem, verführerisch duftendem Kaffee vor Roland Klammer auf den Vernehmungstisch. Vanessa Fuchs, die ihrem Vorgesetzten auch beim heutigen Verhör assistierte, schob ihm noch Milch und Zucker zu, bevor sie neben ihrem Chef Platz nahm. Nach der erfolglosen Böser-Bulle-Vorstellung am Dienstag wollten sie dieses Mal in der Hoffnung, ihn durch die zwei Nächte in der unbequemen Arrestzelle weichgekocht zu haben, eine entgegengesetzte Strategie versuchen. Zuckerbrot statt Peitsche sozusagen.

»Es geht«, antwortete Klammer nach einer Weile. Seinem lauernden, misstrauischen Gesichtsausdruck nach zu urteilen, wusste er die Situation nicht recht einzuordnen. »Zu Hause habe ich nachts immer zwei Zudecken, damit kann ich besser schlafen.«

»Ich werde umgehend veranlassen, dass man Ihre Zelle entsprechend ausstatten wird, falls ihre Inhaftierung länger dauert«, nickte Heller und ließ damit gleichzeitig durchblicken, dass Klammer dies durch sein Verhalten selbst in der Hand hatte. »Haben Sie in der Zwischenzeit einmal darüber nachgedacht, ob Sie uns nicht vielleicht doch etwas zu sagen haben?«

»Fangen wir damit an, dass Sie uns erklären, was sie am Montagabend *wirklich* am Haus Ihrer Großtante wollten«, baute Vanessa ihm eine goldene Brücke. »Die Antwort auf diese Frage sind sie uns beim letzten Mal ja schuldig geblieben.«

Roland Klammer starrte eine Weile blicklos vor sich hin und schob unentschlossen den unberührten Kaffeebecher hin und her. »Das werden Sie mir doch sowieso nicht glauben!«, murmelte er nach endlosen Sekunden des Schweigens und hob den Kopf.

»Warum versuchen Sie es nicht einfach?«, ermunterte Tobias ihn mit einem Kopfnicken. »Wir werden uns anhören, was Sie zu sagen haben, dann sehen wir weiter. Was haben Sie denn schon zu verlieren?«

»Also, da war ein Zettel in meinem Briefkasten«, fing Klammer zögernd an zu erzählen. »Ein paar Tage vorher. Freitag oder Samstag. Darauf stand, dass ich an diesem Montag am Abend zu einem Fachwerkhaus in Kröhlenbroich kommen soll. Ich wüsste schon, wo das wäre, und wir könnten dann gemeinsam suchen. Ist das nicht krass?«

»Sie sind auch in den Wochen davor an mehreren Tagen dort gesehen worden«, konfrontierte Vanessa ihn mit der Aussage der Zeugin Kehlenbach. »Und immer um diese Uhrzeit! Was genau wollte der unbekannte Briefeschreiber überhaupt mit Ihnen suchen, wissen Sie das?«

»Es war der angebliche Goldschatz, der einer alten Familienlegende nach dort irgendwo vergraben sein soll, habe ich Recht?«, half Tobias Heller aus, als keine Antwort erfolgte. »Kommen Sie, darüber wissen wir sowieso Bescheid! Und *Sie* ebenfalls, denn wir haben sowohl die alten Briefe in Ihrer Wohnung gefunden, die Sie Ihrer Mutter gestohlen haben, als auch einen Lageplan, der den geheimen Kellerraum bezeichnet. Glauben Sie, dass der Schatz da verborgen ist?«

»Wo sollte der denn sonst sein, wenn nicht dort?«, fuhr Klammer auf. »Wer, um alles in der Welt, baut mit viel Aufwand einen Geheimraum und versteckt nicht was Wertvolles darin, frage ich Sie? Aber da war nicht dranzukommen, die Alte verließ ja niemals das Haus!«

Heller tat so, als müsse er nachdenken, und beugte sich dann vor, um ihm direkt in die Augen schauen zu können. »Ihre Aussage enthält gleich drei logische Fehler! Woher kannte der angebliche Briefeschreiber Ihre Adresse? Woher wusste er, was Sie suchten? Wie kam er an die Pistole, mit der er die beiden Morde ihrer Geschichte gemäß begangen haben soll? Sie war in Ihrem Besitz, das ist an einem Magazin erkennbar, das wir in Ihrer Wohnung fanden und das definitiv zu dieser Waffe gehört!«

»Ich habe nie eine Knarre besessen!«, widersprach Klammer heftig. »Ich bin doch nicht blöd, für bewaffneten Raub gibt es zehn Jahre, für einen Bruch aber nur zwei! Den Rest müssen Sie selbst herausfinden.«

»Und wie kam dann das Magazin in Ihren Besitz?«, wollte Vanessa wissen. »Es hat sehr charakteristische Merkmale, die es einmalig machen!«

»Was weiß denn ich! Es muss wohl bei dem Kram gewesen sein, den ich vor Monaten bei einem reichen Kerl in Seelscheid abgegriffen habe. Diese Aktion hat mir sowieso nichts als Ärger eingebracht. Das Zeug lässt sich nicht verticken und ich habe zu allem Überfluss auch noch mein Portemonnaie irgendwo unterwegs verloren! Ich bin die Strecke danach mehrmals abgefahren, aber es war weg!«

»Okay, kommen wir zum Tattag zurück«, überging Heller diesen Teil zunächst. »Sie schlichen also um das Haus Ihrer Großtante herum. Was dann? Trafen Sie sich mit jemandem? Immerhin waren Sie dort Ihren eigenen Worten gemäß verabredet!«

Erneut flackerte, wie schon bei der ersten Vernehmung, Angst in seinen Augen auf. »Der war überhaupt nicht da! Ich bin dann wieder abgehauen, und weil ich keinen Bock darauf hatte, den ganzen Weg mit dem Fahrrad zu fahren, habe ich eben die Karre geklaut, die vor der Tür stand!«

»Ich glaube Ihnen nicht ein einziges Wort! Ich sage Ihnen, wie es sich zugetragen hat: Sie schlichen um das Haus herum und schauten durch das Wohnzimmerfenster. Ihre Schuhabdrücke wurden direkt davor gefunden und zweifelsfrei identifiziert! Sie haben alles mitangesehen, habe ich Recht? Und *dann* sind Sie mit dem Auto geflüchtet!«

»Ich sage nichts mehr, Herr Kommissar. Jedenfalls nicht, solange dieser Mörder frei herumläuft! Sperren Sie mich meinetwegen für den Rest meines Lebens ein, das ist immer noch besser als tot!«

»Dann geben Sie uns wenigstens diesen Zettel, den der Unbekannte geschrieben hat«, zuckte Heller mit den Schultern. Sie hatten zwar einiges erfahren, aber mehr war heute nicht drin. Vielleicht morgen.

»Als der Kerl nicht wie verabredet erschienen war, habe ich ihn weggeworfen. Ich konnte ja nicht ahnen, die Polizei so scharf darauf sein würde, ihn zu sehen! Womöglich finden Sie ihn ja noch irgendwo im Wald hinter dem Haus!«

* * *

»Der Kerl hat eine Heidenangst, es muss schrecklich für ihn gewesen sein, die Taten mitanzusehen«, berichtete Tobias seinen Leuten auf der Besprechung. »Und dass dies der Fall war, davon bin ich felsenfest überzeugt! Er geht aber lieber in den Knast, als uns zu verraten, wer die Morde begangen hat!«

»Das bedeutet in meinen Augen, dass nicht nur er den Täter kennt, sondern dieser ihn umgekehrt ebenfalls«, versuchte Jonas eine Erklärung. »Außerdem lässt der Zettel, mit dem Klammer zum Tatort gelockt wurde, praktisch keine andere Möglichkeit zu, oder?«

»Wenn es den überhaupt gibt«, unkte Martin. »Der kann uns ja viel erzählen!«

»Wir sollten dennoch danach suchen«, bestimmte Tobias. »Jürgen? Hast du für heute noch einen deiner Männer dafür frei?«, wandte er sich an den Leiter der Forensik.

»Sicher habe ich das«, brummte Vogel. »Mach dir aber keine allzu großen Hoffnungen. Wenn der Zettel zehn Tage bei Wind und Wetter draußen gelegen hat, wird nicht mehr viel davon übrig sein. Wo wir aber schon einmal beim Thema sind, kann ich euch auch gleich die ersten Erkenntnisse aus der gestrigen Hausdurchsuchung vortragen. Ihr Kriminalen habt es ja immer ganz besonders eilig!«

»Ist wohl eine Berufskrankheit!«, grinste Heller. »Wie es aussieht, war eure Hexenküche diesmal aber ebenfalls verdammt schnell! Mit welchen bahnbrechenden Erkenntnissen kannst du denn heute schon aufwarten?«

»Zunächst möchte ich vorausschicken, dass alles, was ich jetzt sage, einen vorläufigen Charakter hat und *nicht* gerichtsfest ist! Die endgültigen Ergebnisse dürft ihr nicht vor Anfang nächster Woche erwarten, ich habe mir aber erlaubt, einige Tests vorab selbst zu machen. Dies gilt vor allem für die fremde DNA, die wir vornehmlich im Schlafzimmer, beziehungsweise auf der Bettwäsche fanden. Es treffen drei Merkmale darauf zu: Sie ist männlich, nicht älter als einen oder zwei Tage, und sie stimmt hinreichend genau mit der im Geheimraum sichergestellten DNA überein! Aber wie gesagt, müssen wir erst noch die Auswertung der Humangenetik abwarten, um ganz sicher zu sein.«

»Also, mir reicht das jetzt schon«, ließ sich Jonas wieder vernehmen. »Die DNA beweist eindeutig, dass unsere ›trauernde Witwe‹ den Täter nicht nur kennt, sondern darüber hinaus sogar ein Verhältnis mit ihm hat! Dies wird zusätzlich durch die Zeugin Reuter bestätigt, die Kerstin Brunner fast täglich mit einem fremden Mann auf dem Hundeplatz in Höngesberg gesehen hat. Auch das plötzliche Fernbleiben nach dem Tod ihres Ehemannes ergibt nun einen Sinn: Sie wollte uns dadurch von der richtigen Spur ablenken, und außerdem hatte sie ja jetzt sturmfreie Bude! Jede Wette, dass man ihr Haus durch einen Hintereingang betreten kann, ohne von den Nachbarn gesehen zu werden!«

»Die Sache hat nur einen klitzekleinen Schönheitsfehler«, merkte Vanessa sarkastisch an. »Wir wissen nämlich nicht im Geringsten, wer dieser Unbekannte ist! Frau Reuter gab vor, nicht nah genug gewesen zu sein, um eine Beschreibung abgeben zu können. Ich denke aber eher, dass sie einfach ihre Brille vergessen hatte, denn als wir gestern mit ihr sprachen, trug sie auch keine!«

»Wir suchen also einen Mann, der Kerstin Brunner und Roland Klammer kennt, dem außerdem dessen Adresse bekannt ist, und der irgendwie in den Besitz der Waffe gelangte, die unser Kandidat angeblich nie besessen hat«, fasste Tobias in wenigen Worten die dringend noch zu klärenden Punkte zusammen. »Ach ja, von dem Goldschatz und der Großtante weiß er auch! Mal davon abgesehen, dass dies alles irgendwie keinen Sinn ergibt: Hat einer von euch eine Idee, wie das zu bewerkstelligen wäre?« Er schaute fragend in die Runde und sah nur betretene Gesichter. Jetzt war man dem Täter unverhofft so nahegekommen und dennoch Lichtjahre von einem Erfolg entfernt. Eine DNA war eben wenig hilfreich, wenn sie nirgendwo gespeichert war.

Nur Erik war bei Hellers Rede sehr nachdenklich geworden und schien sich jetzt, dem konzentrierten Gesichtsausdruck nach zu urteilen, gedanklich mit einem äußerst komplizierten Sachverhalt zu beschäftigen. Plötzlich sprang er mit einem solchen Elan auf, dass sein Stuhl polternd umkippte. Mit einem »Bin gleich wieder zurück, Chef!«, rannte er hinaus. Sechs Augenpaare sahen ihm verständnislos hinterher.

»Wir haben noch ein Problem«, nahm Martin den Faden wieder auf. »Kerstin Brunner wird ihren Liebhaber sofort gewarnt haben, nachdem wir gestern abgezogen sind. Diese Frau ist nicht dumm, sie wird gewusst haben, was die Stunde geschlagen hatte, als wir ihre Bude auf den Kopf gestellt haben! Und dank meines übereifrigen Partners haben wir jetzt keine Ahnung, wo sie angerufen hat!«

»Wenn der Herr nichts so ein Chaot wäre, hätte er mir gesagt, was er mit dem Handy vorhatte!«, fuhr Jonas ihn an und wendete sich beleidigt ab.

»Ihr zwei benehmt euch wie fast ein altes, zänkisches Ehepaar!«, wies Tobias sie zurecht. »Wenn ihr euch vor dem Einsatz informiert hättet, wüsstet ihr von der öffentlichen Telefonsäule, die keine hundert Meter vom Haus der Brunners entfernt steht! Eine kleine Observierung hätte in diesem Fall gereicht, um die Frau auf frischer Tat zu ertappen. Jede Wette, dass sie das Telefonat von dort geführt hat. Wenn überhaupt!«

»Von ihrem Festnetzanschluss tat sie es jedenfalls nicht«, nickte Vanessa. »Ich habe mir heute Morgen sofort einen tagesaktuellen Einzelverbindungsnachweis bei ihrem Provider besorgt. Natürlich kann sie auch ein zweites Handy besitzen, von dem wir nichts wissen. Übrigens gibt das konfiszierte Mobiltelefon diesbezüglich ebenfalls nichts her. Es kann aber sein, dass die zwei über *WhatsApp* telefoniert haben, und da sie den Verlauf immer gleich geleert hat, bleibt das auch ihr Geheimnis. Sie hat nämlich eine spezielle Software installiert, die gelöschte Dateien unwiederbringlich schreddert.«

»Wir gehen am besten vorsorglich davon aus, dass der Täter nun gewarnt ist, wir stehen demnach unter enormem Zeitdruck!« Heller schaute nervös auf die Uhr. »Apropos, wo bleibt eigentlich unser ›Auszubildender‹?«

»Da bin ich, Chef!«, tönte es in diesem Augenblick von der Tür her. »Sorry, ich habe bei meinem Onkel schnell das Flipchart aus deinem alten Büro ausgeliehen. Am Aufzug war dann aber Stau und ich wollte das sperrige Teil nicht über die Treppe schleppen.« Er baute es der Einfachheit halber gleich neben der Tür auf und nahm einen Stift zur Hand. »Vielleicht solltest du dein Denkbrett um die Möglichkeit erweitern, darauf zu malen. Dann hätte ich mir den Weg sparen können!«

»Ich werde darüber nachdenken. Ich will aber für dich hoffen, dass es eine extrem wichtige Sache ist, die du uns zeigen wirst!«, knurrte Heller und tippte mit dem Zeigefinger auf sein Uhrglas. »Uns läuft die Zeit davon! Warte einen Moment!«, änderte er sofort seine Meinung, zog sein Handy aus der Tasche und wählte die Nummer der Polizeiwache.

»Hauptkommissar Heller, KK 6«, meldete er sich mit der korrekten Bezeichnung für sein Kommissariat. »Schickt bitte einen Streifenwagen an folgende Adresse.« Er nannte dem Kollegen die Anschrift von Kerstin Brunner. »Die Beamten sollen dort vor der Tür auf uns warten. Bis wir eintreffen, darf niemand das Haus verlassen oder betreten! So, das wäre erledigt«, informierte er seine Leute sichtlich erleichtert, nachdem er aufgelegt hatte. »Dieser Vogel fliegt uns nicht mehr davon! Und jetzt leg los, Erik!«

»Ich werde mich möglichst kurzfassen«, versprach der Kommissaranwärter und stellte sich in Positur. Anschließend schrieb er alle Namen, die in diesem Kriminalfall auf die eine oder andere Weise eine Rolle gespielt hatten, auf das Flipchart und verband diese durch Pfeile.

»Ich habe mir ein paar Gedanken zu Verbindungen und Beziehungen gemacht«, begann er. »Es ist eine bekannte Tatsache, dass bei den meisten Gewaltverbrechen die Täter im sozialen Umfeld der Opfer zu suchen sind. All diese Personen haben irgendwas mit mindestens einer anderen gemeinsam. Bei einigen ist die Verbindung lediglich einseitig, wie bei Einbrecher und Bestohlenem, bei anderen wiederum gibt es eine Wechselbeziehung, so bei den Eheleuten, Mutter und Sohn Klammer, und Arzt und Patientin. Aber es existiert zusätzlich ein nicht sofort erkennbarer Bezug!« Er malte ganz oben einen Kreis, in den er das Wort ›Hunde‹ schrieb und dicke Pfeile zu Kerstin Brunner und Lars Pohl zog. Zuletzt kam eine gestrichelte Linie zwischen diesen beiden hinzu.

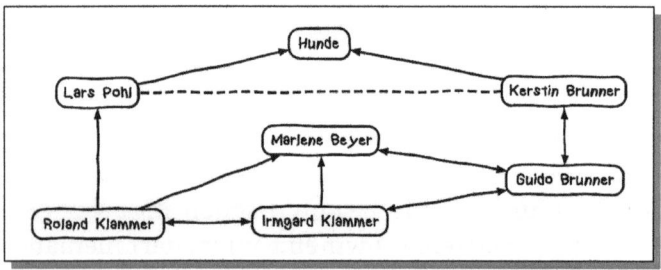

»Jetzt werdet ihr sagen, dass das kein Beweis für irgendetwas ist, denn einen Hund haben bekanntlich viele Menschen«, fuhr er fort. »Doch in diesem speziellen Fall liegt das meines Erachtens anders. Erstens: Kerstin Brunner ging fremd. Sie wurde oft mit einem Mann auf dem Hundeplatz gesehen. Was liegt näher, als die Vermutung, dass sie ihn dort kennenlernte? Also hat dieser Mensch wahrscheinlich auch einen Hund. Zweitens: Roland Klammer bestreitet ja nicht den Einbruch bei Pohl, aber die Waffe will er nicht gestohlen haben. Allerdings verlor er unterwegs sein Portemonnaie. Könnte er es nicht ebenso gut in Pohls Wohnung liegen gelassen haben? Wir wissen, dass Klammer nicht die hellste Kerze auf der Torte ist, zuzutrauen wäre ihm so eine Torheit auf jeden Fall! Was, wenn er nicht nur seinen Personalausweis darin aufbewahrte, sondern ebenfalls Kopien der Briefe aus dem Nachlass seines Großvaters und den Plan für das Haus? Das wäre nämlich eine perfekte Erklärung für gleich drei bisher ungelöste Rätsel: Woher wusste der Mörder, wo er wohnte, woher kannte er den Raum im Keller und die Sage von dem Goldschatz, und woher hatte er die Pistole!«

»Weil die Waffe gar nicht auf dem Tisch lag, als Pohl an diesem Abend das Haus verließ, sondern das hat er der Polizei gegenüber nur behauptet!«, spann Jasmin den Faden weiter. »Das würde aber bedeuten, dass er die Tat schon vor einem halben Jahr geplant haben muss! Er feilte die Seriennummer heraus und hatte eine perfekte Mordwaffe! Die Tatsache, dass der Einbrecher versehentlich eins seiner charakteristischen Magazine mitgehen ließ, spielte ihm zusätzlich in die Karten. Er wusste ja durch den Ausweis, wo der Dieb wohnte, und lockte ihn am Tattag mit dieser Nachricht zu dem Haus, um so einen idealen Sündenbock zu haben. Deshalb macht Klammer auch den Mund nicht auf, denn er kennt den Täter und dieser ihn ebenso!«

»Ich muss sagen, ich bin beeindruckt von eurer absolut stimmigen Kausalkette«, äußerte sich Tobias dazu. »Allerdings bewegen wir uns nach wie vor auf dem weiten Feld der Spekulation. Nichts weist wirklich auf eine Täterschaft Pohls hin! Ich war aber so frei, bei diesem Hundeclub eine Mitgliederliste anzufordern. Leider verlangt man dort einen richterlichen Beschluss, den wir aber nach Lage der Dinge nicht bekommen werden, denn der Verein ist nicht Gegenstand der Ermittlungen. Stünde Lars Pohl auf dieser Liste, wäre das ein weiteres Indiz. *Gegen* ihn als Täter spräche jedoch, dass im Keller nur Haare von Lucky waren. Natürlich kann er die nach einem vorherigen Besuch bei Kerstin Brunner an seiner Kleidung eingeschleppt haben, aber warum gab es dann keine von Wotan?«

»Weil der Neufundländer extrem gut erzogen ist«, warf Vanessa ein. »Wir haben es selbst erlebt, dieser Hund setzt sich niemals auf die Polstermöbel!«

»Hm«, machte Heller. »Das ist ein Argument. Ich sage euch, wie wir vorgehen. Jasmin und Vanessa: Ihr fahrt jetzt zu Kerstin Brunner und nehmt sie fest. *Ihre* Tatbeteiligung ist durch die DNA auf der Bettwäsche hinreichend gesichert. Ein Streifenwagen für den Abtransport steht ja schon vor ihrer Tür. Martin und Jonas: Ihr zwei stattet Lars Pohl einen unverbindlichen Besuch ab und bittet ihn um eine Speichelprobe. Sollte er die verweigern, bringt ihr ihn hierher. Lasst euch irgendeine Begründung einfallen! Wir werden ihn dann auf dem Weg in mein Büro ganz harmlos an Klammer vorbeiführen, der ›zufällig‹ gerade in einer Vernehmung ist. Es hat schon so manchem die Zunge gelockert, wenn er bei der Polizei völlig unvorbereitet einem Tatzeugen begegnet!«

* * *

»Willst du jetzt für den Rest unserer Partnerschaft schmollen?«, fragte Martin Weber seinen Kollegen, der stumm hinter dem Steuer saß. Jonas Faber hatte ihn von Beginn der Fahrt nicht eines einzigen Blickes gewürdigt und sich geradezu verbissen auf den spärlichen Verkehr konzentriert. Und das ging bereits seit einer geschlagenen Viertelstunde so, gleich würden sie am Ziel angekommen sein. »In diesem Fall muss ich dich nämlich vorsorglich darauf hinweisen, dass meine Pensionierung erst in vierundzwanzig Jahren zu erwarten ist!«

Jonas ließ jetzt eine Art Brummen hören, als er den Blinker setzte, um in die Talstraße einzubiegen, wo Pohl wohnte. Er blieb jedoch weiterhin stumm. »Hey, ich kann schließlich nichts dafür, dass deine italienischen Treter kaputt sind«, fuhr Martin unbeirrt fort. »Was musstest du damit auch auf einen Autoreifen eintreten? Ich hätte dir gleich sagen können, dass die Schickimicki-Schuhe für sowas ungeeignet sind! Und jetzt setz ein freundliches Gesicht auf, wenn wir dem Kerl gegenübertreten, immerhin wollen wir ja etwas von ihm!«

Mittlerweile waren sie vor dem letzten Haus in der Straße angekommen, einem frei stehenden Flachbau auf einem großen Grundstück. Keine Frage, dass hier jemand mit viel Geld wohnte! Faber stellte den Audi vor der Garage ab und wollte nach dem Aussteigen gleich losstürmen, doch Weber bekam ihn noch am Zipfel seines Jacketts zu fassen und hielt ihn fest. »Wir legen erst Schutzwesten an!«, bestimmte er als der Dienstranghöhere und diesmal ließ seine Stimme keinen Widerspruch zu.

Jonas folgte ihm widerstrebend zum Kofferraum. Während sie sich mit den Westen versorgten, die auf Brust und Rücken in großen Lettern den Schriftzug ›POLIZEI‹ trugen, merkten sie nicht, wie hinter ihnen leise die Haustür geöffnet wurde. Erst, als sie sich umwandten, bemerkten sie Lars Pohl, der die Straße hinunterrannte. Er hatte sie wohl durch das Fenster mit den Schutzwesten hantieren gesehen und sofort erkannt, was die Stunde geschlagen hatte. Und da der Dienstwagen die Garage blockierte, blieb ihm nur die Flucht zu Fuß.

»Der haut ab!«, brüllte Jonas Faber überflüssigerweise. Er kämpfte zwar immer noch mit den Klettverschlüssen, setzte dem Flüchtenden jedoch unverzüglich nach. Dicht gefolgt von Martin Weber, der erst den korrekten Sitz der Weste kontrolliert hatte, wie es vor einem Einsatz Vorschrift war.

»Bleiben Sie stehen! Das hat doch keinen Sinn, Sie machen es nur schlimmer!«, rief Jonas dem Flüchtenden hinterher, als dieser zwanzig Meter voraus in eine schmale Gasse einbog, und zog seine Waffe aus dem Holster. Sein Partner tat es ihm gleich und setzte unverzüglich zum Spurt an. Er fühlte sich durch das Fitnesstraining sehr viel besser als noch vor einer Woche, und dieses Mal sollte es ihm nicht so ergehen wie bei der letzten Verfolgung! Doch Jonas hatte die längeren Beine und zog erneut an ihm vorbei. Martin nahm jetzt einen Gang zurück, denn einige Dutzend Meter voraus wurde die Gasse durch eine mannshohe Steinmauer versperrt. Entkommen konnte der Kerl ihnen also nicht!

Plötzlich geschahen mehrere Dinge nahezu gleichzeitig: Lars Pohl blieb vor der Mauer stehen, drehte sich um, zog eine bisher verborgene Pistole aus dem Hosenbund und legte auf den auf ihn zustürmenden Faber an. Dieser bremste seinen schnellen Lauf, um ebenfalls einen sicheren Stand zu haben, doch dabei löste sich der augenscheinlich nicht ordnungsgemäß gesicherte Klettverschluss der Schutzweste, wodurch diese nutzlos zu Boden fiel. Pohl richtete die Waffe auf den nun ungeschützten Polizisten und drückte eiskalt ab.

In niemals zuvor gekannter Hellsichtigkeit ahnte Martin Weber einige Sekundenbruchteile vorher, was passieren würde, und legte all seine Kraft in einen einzigen, gezielten Sprung. Seine Schulter wie einen Rammbock einsetzend, katapultierte er Faber wie ein geübter Rugbyspieler heftig zur Seite, wo er mit dem Knie auf einen spitzen Stein aufschlug und aufbrüllend liegenblieb. Die Kugel zischte haarscharf an ihm vorbei und streifte hinter ihm einen Laternenmast, worauf sie sirrend als Querschläger davonflog. Weber schoss nur eine halbe Sekunde später und traf. Lars Pohl ließ die Waffe fallen und kippte lautlos zur Seite. Die Jagd war vorbei.

* * *

Abends im »Bajazzo«

Tobias' Stammkneipe war heute sehr gut besucht, doch der italienische Wirt hatte ihm auf telefonische Anfrage noch kurzfristig eine Reservierung für sechs Personen eingetragen, wofür er aber zwei der quadratischen Tische zusammenschieben musste. Dadurch war jetzt Platz für bis zu acht Gäste, weshalb Melanie Heller ebenfalls mitgekommen war. Sie hatte sich die einmalige Gelegenheit nicht entgehen lassen wollen, das neue Team ihres Ehemannes persönlich kennenzulernen. Denise wollte ursprünglich auch kommen, musste jedoch aus familiären Gründen absagen. Ihr Mann war auf einer mehrtägigen Fortbildungsveranstaltung in Frankfurt und sie hatte kurzfristig keinen Babysitter bekommen können.

Giuseppe stellte die von Tobias georderte Runde ab und wischte anschließend dienstbeflissen mehrmals mit einem feuchten Lappen über die Tische, obwohl diese gerade erst besetzt worden waren und demzufolge sauber sein sollten. Extrem neugierig, wie er war, hoffte er wohl auf interessante Interna aus dem Polizeialltag. Schließlich trollte er sich enttäuscht, weil keiner etwas sagte und er nicht noch ein drittes Mal wischen konnte, ohne aufzufallen.

»Obwohl die Festnahme des mutmaßlichen Täters nicht ganz unblutig vonstattenging, möchte ich diese besondere Gelegenheit zum Anlass nehmen, unseren allerersten gemeinsam gelösten Mordfall zu feiern!«, hob Tobias sein Glas zu einer kleinen Ansprache, als sie unter sich waren. »Unser sauberes Pärchen sitzt hinter Gittern und kann wahrscheinlich trotz der ›Schussverletzung‹«, malte er mit den Fingern grinsend Anführungszeichen in die Luft, »morgen schon vernommen werden. Ihr habt ohne Ausnahme Großartiges geleistet, das wollte ich an dieser Stelle unbedingt noch loswerden. Auf unser neues Team. Prost!«

Die folgenden Sekunden waren erfüllt von Gläserklirren, wobei Jonas und Martin ihre Biere eher halbherzig in die Mitte hielten. Sie hatten aber auch als einzige unter ihnen einen hochdramatischen Einsatz hinter sich, der erst wenige Stunden zurücklag. Vor allem dem Oberkommissar steckte das Ereignis noch in den Knochen und dies war einer der Hauptgründe, weshalb sein Chef die ›Feier‹ auf denselben Tag gelegt hatte. Er sollte wenigstens heute Abend auf andere Gedanken kommen, denn der Katzenjammer würde sich noch früh genug einstellen, das wusste Tobias aus eigener Erfahrung.

Die nächsten Stunden verbrachten sie damit, die vielen Einzelerfolge, aber auch die begangenen Fehler ausführlich zu diskutieren, woran sich Melanie ebenfalls rege beteiligte. Irgendwann kam dann unweigerlich die heutige Festnahme zur Sprache.

»Das war übrigens ein wahrer Meisterschuss von dir, Martin!«, grinste Jasmin den älteren Kollegen an, nachdem sie einen kräftigen Schluck aus ihrem Glas genommen hatte. »Du hast dem Kerl aus zehn Metern Entfernung doch glatt das linke Ohrläppchen weggeschossen! Worauf hattest du gezielt? Auf die Füße?«

Wie sich erst später herausgestellt hatte, war Lars Pohl wohl durch den Schock, den der Schuss auf sein Ohr ausgelöst hatte, ohnmächtig zusammengesackt, und nicht etwa aufgrund der Verletzung. Allerdings hatte er geblutet wie ein Schwein, als die Rettungssanitäter kurz darauf auf der Bildfläche erschienen. Um die Blutung zu stillen, hatte Martin den gesamten Vorrat an Papiertaschentüchern verbraucht, den sein Partner dabeihatte. Er selbst besaß nämlich keine.

»Ha, ha!«, grunzte Martin, nachdem er zuvor mit recht mäßigem Erfolg einen Rülpser zu unterdrücken versucht hatte. Er war bereits beim achten Glas Bier angelangt. »Das ist ja wirklich extrem witzig! Glaubst du denn, dass ich da großartig Zeit zum Zielen hatte? Der Schweinehund hatte gerade auf meinen Partner geschossen und legte jetzt auf mich an! Er hatte den Finger schon am Abzug. Was hättest du gemacht? Ein SEK gerufen?«

»Lass Marty in Ruhe!«, nuschelte Jonas undeutlich. Er hatte Martin in puncto Biere um einiges überholt und starrte die jüngere Kollegin mit glasigen Augen an. Da der gesundheitsbewusste Mann so gut wie nie Alkohol trank, hatte er jetzt ohne jeden Zweifel einen gewaltigen Schwips. »Weissu, wer das is'?«, lallte er, und ehe es sich der Genannte versah, hatte Jonas ihm schon den Arm um den Hals gelegt und zog ihn an sich. »Das is' mein allerbester Freund, jawoll! Der hat mir heute nämlich den Arsch gerettet, so siehts aus!« Der ›Lebensretter‹ zappelte derweil hilflos in seinem festen Griff und lief bereits blau an, weil er keine Luft mehr bekam.

»Nun lass ihn auch mal wieder los!«, lachte Tobias. »Oder willst du deinen neuen ›besten Freund‹ gleich umbringen? Ich glaube, dass ihr zwei langsam genug habt. Wir sollten sowieso an den Heimweg denken«, entschied er nach einem Blick zur Uhr.

Allein die Wortwahl zeigte ihm, dass der Kollege nicht mehr ganz Herr seiner Sinne war und sogar mächtig ›einen sitzen‹ hatte, denn ›Arsch‹ hätte ein *nüchterner* Jonas Faber garantiert in hundert Jahren nicht gesagt! Allerdings ließ er sein Opfer gehorsam los und drückte ihm ein volles Bierglas in die Hand. »Hier! Damit du nicht verdurstest, mein Freund!«

»Habe ich da irgendetwas nicht mitbekommen?«, meldete sich jetzt ausgerechnet der stets zurückhaltende Erik breit grinsend zu Wort. Immerhin waren alle dienstgradmäßig weit über ihm, doch die Erfolge der letzten Tage hatten sein Selbstwertgefühl enorm gesteigert, und an der Festnahme des Täters war er sogar auf eine gewisse Weise beteiligt gewesen. »War Martin nicht Schuld daran, dass du deinen schönen Anzug in die Tonne stopfen kannst und dein Knie auf Melonengröße angeschwollen ist?«

»Ach, irgendwas is' doch immer!«, tat Jonas diesen Einwand heftig abwinkend ab. Dabei hätte er beinahe sein halbvolles Glas umgeworfen.

»Und er hat immerhin zwei davon. Knie meine ich. Anzüge hat er bestimmt hundert!«, kicherte Martin albern, hob derweil das Bierglas und prostete seinem neuen ›besten Freund‹ zu.

»Sind die beiden nicht ein goldiges Paar?«, flachste Vanessa. »Ob wir wohl alle zur Hochzeit eingeladen werden?« Jasmin hielt ihr lachend die flache Hand zum ›high five‹ hin, die sie begeistert abklatschte.

Tobias hingegen lehnte sich entspannt zurück, nahm seine Frau in den Arm, und ließ diese harmonische Szene auf sich wirken. Seine bunt zusammengewürfelte Truppe war auf dem besten Wege, zu einer funktionierenden Einheit zusammenzuwachsen! Er wandte sich an Erik, der als einziger noch nüchtern war, denn er hatte den ganzen Abend Cola getrunken: »Na, was sagst du dazu?«

»Was ich dazu sage? Dass die beiden morgen einen anständigen Kater haben werden!«, grinste der junge Mann und hob sein Glas. »Vielleicht solltest du dann das Training besser ausfallen lassen!«

Kapitel 11

Alles passt zusammen

Es herrschte eine entspannte Atmosphäre in dem bis auf zwei Plätze voll besetzten Besprechungsraum. Eine derart gelöste Stimmung hatte man nicht mehr erlebt, seit Tobias Heller vor heute auf den Tag genau zwei Wochen seinem früheren Chef gegenüber den folgenschweren Satz sagte: »*Die SOKO Rhein-Sieg stellt sich dieser Herausforderung und übernimmt den Fall!*«

Wer hätte damals ahnen können, dass sich aus der einfachen Untersuchung eines mutmaßlichen erweiterten Suizids ein kniffliger und verzwickter Kriminalfall entwickeln würde? Doch jetzt, vierzehn Tage später, hatten sie es mit vereinten Kräften tatsächlich geschafft, das schwierige Puzzle zusammenzusetzen und den ersten, und damit wichtigsten Erfolg für das junge Kommissariat zu verbuchen.

Tobias blickte voller Zufriedenheit über den jetzt bereits fünf Tage zurückliegenden Überraschungserfolg in die zur obligatorischen ›Nachlese‹ angetretene Runde, die heute erneut durch seinen früheren Chef Peter Donner und Christina Ohlsen vom Kriminalkommissariat 1 ergänzt wurde. Der Letzte im Bunde war Jürgen Vogel als Vertreter der Forensik. Donners Blick ruhte mit sichtbarem Stolz auf seinem Neffen, der einen erheblichen Teil zur Lösung des Falls beigetragen hatte, wie ihm zugetragen worden war.

»Vor vierzehn Tagen saßen wir in derselben Runde schon einmal hier beisammen, um gemeinsam einen vermeintlichen erweiterten Suizid zu besprechen«, begann Tobias mit seiner Rede. »Obwohl vieles gegen die Beteiligung eines Dritten sprach, wart ihr beide«, wandte er sich an die Gäste vom KK 1, »davon nicht restlos überzeugt. Und ihr solltet recht behalten!«

Während seiner Einleitung hatte er beiläufig die Monitore an sämtlichen besetzten Plätzen ausfahren lassen, damit jeder für sich den aktuellen Stand der Ermittlungen in einer von ihm zusammengestellten Powerpoint-Präsentation verfolgen konnte. Er selbst benötigte diese Informationen nicht, hatte aber die Aufgabe übernommen, an den richtigen Stellen auf die nächste ›Folie‹ umzuschalten. Hierfür benutzte er einen Druckknopf von der Art, wie sie in ähnlicher Ausführung früher für Diashows verwendet wurden. Auf diese Weise fasste er zwei volle Wochen unermüdlicher Ermittlungsarbeit zu einer knapp halbstündigen Präsentation zusammen, die von seinen Gästen mit großem Interesse aufgenommen wurde, wohingegen die eigenen Mitarbeiter eher gelangweilt schienen. Aber da mussten sie jetzt durch!

»Kommen wir nun zu den Ereignissen *nach* der Festnahme der beiden Tatverdächtigen«, schloss der SOKO-Chef seine Vorführung ab, nachdem die letzte Folie durchgelaufen war. »Seither sind knapp fünf Tage vergangen, und seit gestern liegen uns umfassende Geständnisse sowohl von Kerstin Brunner als auch von Lars Pohl vor. Dies war vor allem dem unermüdlichen Einsatz der Forensik zu verdanken, die in mühsamer Kleinarbeit sämtliche Beweise erbrachte, die sowohl die Taten selbst als auch die Beteiligung der genannten Personen ans Licht brachten«, fügte er mit einem Nicken zu Jürgen Vogel hinzu, der diese Lobhudelei ungerührt über sich ergehen ließ.

»Danach stellt sich uns der Sachverhalt, wenn wir die Verabredung zu einem heimtückisch, gemeinsam geplanten Doppelmord mal so nennen wollen«, fuhr Heller fort, »folgendermaßen dar: Kerstin Brunner, eine attraktive Frau in den Fünfzigern, war in ihrer Beziehung seit langem unzufrieden. Eine Scheidung kam nicht in Betracht, da sie aufgrund eines Ehevertrages leer ausgegangen wäre, und sie auf den Luxus nicht verzichten wollte. Vor etwa einem Jahr traf sie auf dem Dressurplatz eines Lohmarer Hundeclubs, in dem sie Mitglied war, den ebenso vermögenden wie attraktiven Lars Pohl und ging eine Liebesbeziehung mit ihm ein. Und zwar fand diese abends, wenn ihr Mann seine Hausbesuche machte, im Vereinshaus in Höngesberg statt. Weil das zwei Kilometer von ihrer Wohnung entfernt liegt und fünf von Seelscheid, wo Pohl wohnt, glaubte man sich unbeobachtet.«

Er griff in einen Hefter und zog ein mehrseitiges Dokument hervor, welches er kurz hochhielt. »Seit heute sind wir außerdem im Besitz einer kompletten Mitgliederliste dieses Hundesportvereins«, erläuterte er seinen Zuhörern. »Nachdem wir einen Zusammenhang mit den Morden hinreichend belegen konnten, stellte der zuständige Richter widerspruchslos den notwendigen Beschluss aus, den er uns zuvor verweigert hatte. Es dürfte euch sicherlich nicht sehr überraschen, dass der Name Lars Pohl ebenfalls darauf zu finden ist!«

»Das alles wisst ihr aber erst jetzt«, warf Christina Ohlsen ein. Sie kannte die Arbeitsweise des ehemaligen Kollegen aus der gemeinsamen Zeit zur Genüge. »Im Grunde hattet ihr gegen Lars Pohl bei seiner Festnahme nichts in der Hand!«

»Das stimmt, aber er hatte beim Anblick meiner Ermittler sofort die Flucht ergriffen und sogar auf sie geschossen, daher hatten wir eine rechtliche Handhabe, eine DNA-Probe zu nehmen. Diese belegte seine Anwesenheit im Schlafzimmer der Geliebten und in dem Kellerraum des Mordhauses, wo er sich nach der Tat versteckte, bis er unerkannt das Haus verlassen konnte. Bei dieser Gelegenheit hinterließ er unbeabsichtigt einige Fellhaare ihres Hundes, die er sich bei einem Besuch am Nachmittag eingefangen hatte, als sie sich ein letztes Mal absprachen. Übrigens hatte sie ihn tatsächlich von einer nahen öffentlichen Telefonsäule aus gewarnt, nachdem wir ihr Haus durchsucht hatten, was seine panische Reaktion bei der Festnahme erklärt. So weit ist das im Nachhinein alles plausibel, nur der Gentest in der Tasche des Mordopfers Guido Brunner gab uns einige Zeit Rätsel auf, weil er eine Mutter-Kind-Beziehung zu Marlene Beyer suggerierte, die niemals bestanden hatte!«

»Bei der Hausdurchsuchung fiel uns eine Kiste mit Hinterlassenschaften der erst kürzlich verstorbenen Schwiegermutter in die Hände«, warf Jürgen Vogel ein. »Darunter waren auch Gegenstände, die DNA enthielten, wie zum Beispiel eine Haarbürste. Es wird für sie ein Leichtes gewesen sein, sich einige Haare ihres Mannes zu beschaffen und diese zur Analyse zum humangenetischen Institut zu schicken.«

»Uns gegenüber tischte sie eine zunächst plausibel klingende Erklärung für den Gentest auf, die wir ihr auch nur zu bereitwillig glaubten«, gab Tobias Heller zu. »Mittlerweile wissen wir aber, dass sie ihn selbst beauftragt hatte. Ihr Mitverschwörer Lars Pohl schob ihn nach der Tat in die Jackentasche ihres Mannes. Einziges Ziel der Scharade war, uns zu verwirren und auf eine falsche Spur zu locken. Und dazu gehörte auch der unglückliche Einbrecher Roland Klammer, dem eine tragende Rolle in diesem Schmierentheater zukommen sollte!«

»Jetzt kommt der Teil mit der angeblich bei einem Einbruch gestohlenen Pistole!«, vermutete Donner, der den Ausführungen seines ehemaligen Ermittlers bisher stumm gefolgt war.

»Genau genommen war dieser ›Diebstahl‹ nur das Sahnehäubchen«, lächelte Tobias Heller. »Klammers Rolle war nämlich hierbei viel mehr als nur die eines Statisten. Der dümmste aller Einbrecher verlor in Lars Pohls Haus seine Geldbörse mit Personalausweis und Kopien einiger Dokumente, darunter ein Lageplan für den Geheimraum im Keller und ein Brief aus dem Nachlass seines Großvaters. Darin stand, wie man hineinkam, und er enthielt weiterhin Spekulationen über einen Goldschatz, der angeblich irgendwo dort versteckt sein sollte.«

»Das Portemonnaie wurde mit dem vollständigen Inhalt im Zuge der am Freitag durchgeführten Hausdurchsuchung von meinen Leuten gefunden«, nickte der Forensiker. »Die Fingerabdrücke darauf und auch auf den Dokumenten sind ausnahmslos von Pohl und Klammer.«

»Der ›Bestohlene‹ beschloss spontan, seine Pistole, die bei dem Einbruch entgegen seiner Einlassung ordnungsgemäß weggeschlossen war, ebenfalls als gestohlen zu melden und in den Plan zur Beseitigung des Nebenbuhlers zu integrieren. Die Idee kam ihm, als er feststellte, dass der nächtliche Dieb zwar nicht die Waffe, jedoch ein dazu passendes Magazin mitgenommen hatte. Zunächst ließ er aber ein paar Monate verstreichen, um keinen unmittelbaren Zusammenhang erkennbar werden zu lassen. Er spionierte das Haus der Frau Beyer aus, deren Adresse er ebenfalls in dem Portemonnaie fand, und wusste dadurch von den häufigen Besuchen ihres Arztes, was ihm auch seine Geliebte bestätigte, und er sah ›seinen‹ Einbrecher, den er anhand des Personalausweises erkannte, an mehreren Tagen dort herumstromern. Er lockte ihn mit einer Nachricht, die er in seinen Briefkasten warf, am Tatabend dorthin. Klammer sollte von den Betreibern des Gestüts gesehen und zusammen mit der zurückgelassenen Tatwaffe mit den Morden in Verbindung gebracht werden, sofern die Polizei nicht auf den vorgetäuschten Suizid hereinfallen würde. Leider haben wir diesen Zettel nicht finden können. Letztlich wurden ihm Haare vom Hund der Geliebten zum Verhängnis. Und dabei heißt es immer, dass diese Tiere die besten Freunde des Menschen sind!«, schloss Heller lächelnd seine Ausführungen ab.

»Das sind sie doch auch!«, grinste Jasmin Brandt. »In diesem Fall eben unsere!«

»Er verbrachte tatsächlich die ganze Nacht in dem Geheimraum im Keller. Am nächsten Morgen wollte er mit demselben nicht registrierten Handy, mit dem er am Abend nach dem Mord an Marlene Beyer auch schon Guido Brunner dorthin gelockt hatte, anonym die Polizei anrufen, aber die kam ihm dann ja zuvor. Im Getümmel der Tatortuntersuchung spazierte er seelenruhig hinaus«, fügte Tobias noch hinzu.

»Entgegen unserer ersten Annahme kannten sich Täter und Opfer aber nicht«, ergänzte Vanessa, die an den meisten Vernehmungen beteiligt gewesen war. »Lars Pohl klingelte bei Frau Beyer und gab an, eine Autopanne zu haben. Sie ließ ihn arglos ein, damit er einen Pannendienst anrufen konnte. Das wurde ihr zum Verhängnis!«

»Insofern verlief alles nach Plan«, nickte ihr Chef. »Nicht geplant war hingegen, dass Klammer die Tat durch ein Fenster beobachtete und in Panik mit dem Wagen des Arztes davonfuhr, der den Schlüssel hatte stecken lassen, wie es auf dem Land allgemein üblich ist. Pech für den Mörder war auch, dass sich der Autodieb noch am selben Abend an einer Tankstelle leichtsinnigerweise von einer Überwachungskamera ablichten ließ, wodurch wir ihn sehr schnell ausfindig machen konnten. Er hat übrigens sein Schweigen letztendlich aufgegeben und den Täter bei einer Gegenüberstellung einwandfrei identifiziert. Der Fall ist demnach endgültig abgeschlossen!«

»Bleibt noch hinzuzufügen, dass es mir gelungen ist, den Verlauf der *WhatsApp*-Nachrichten auf Pohls Handy umfassend zu rekonstruieren«, fügte Vanessa Fuchs abschließend hinzu. »Er hatte den Chat zwar ebenfalls gewissenhaft gelöscht, aber im Gegensatz zu seiner Mitverschwörerin keine Software auf dem

Telefon installiert, die eine Wiederherstellung dieser Mitteilungen wirksam verhindert. Wir haben also einen lückenlosen Nachweis über seine Umtriebe und die seiner Geliebten!«

»Ich hatte nie auch nur den Hauch eines Zweifels, dass du den Fall lösen wirst!«, stellte Donner beeindruckt fest, als er sich von seinem Platz erhob. Galant reichte er Ohlsen die Hand, um ihr behilflich zu sein. Ihr Babybauch war in den vergangenen zwei Wochen deutlich gewachsen. »Wer hätte das sonst geschafft, wenn nicht du?«

»Ach, da wüsste ich schon jemanden«, gab Heller wehmütig lächelnd zurück. »Außerdem habe nicht ich alleine das schwierige Puzzle zusammengesetzt, sondern wir alle haben es gemeinsam getan!«, stellte er mit einer den Raum umfassenden Armbewegung klar. »Als Team!«

»Wie ich hörte, zeigt Denise deinen Leuten jetzt, wie man sich richtig bewegt?«, bemerkte Christina Ohlsen im Hinausgehen. »Ihr hättet keine bessere Trainerin finden können, von mir selbst natürlich abgesehen. Aber wie du siehst, bin ich momentan etwas eingeschränkt«, fügte sie lächelnd hinzu und strich zärtlich über ihren Bauch. Chrissie und Denise waren seit Jahren eng miteinander befreundet. Klar, dass darüber geredet worden war.

»Ach übrigens«, wandte Donner sich noch einmal um. »Wir haben gerade einen sehr kniffligen Fall auf den Tisch bekommen. Zwei meiner Leute haben sich heute krankgemeldet, es kann also gut sein, dass ich bald wieder was für euch zu tun habe! Bringst du uns bitte bei Gelegenheit das Flipchart zurück, Junge?«, rief er noch über die Schulter seinem Neffen zu, als er an dem neben der Tür aufgebauten Teil vorbeikam. Dann war er draußen.

* * *

»Ich frage mich, warum der Kerl sich selbst in eine derart ausweglose Situation manövrierte«, wunderte sich Jonas, als sie wieder unter sich waren. Der Leiter der Forensik hatte den Raum mittlerweile ebenfalls verlassen. »Ich meine: Lars Pohl wohnt seit vielen Jahren dort und kennt die Gegend sicher wie seine Westentasche. Er musste doch wissen, dass es am Ende der Gasse nicht weitergeht! Und weshalb er nicht über die Terrasse flüchtete, ist mir ein Rätsel!«

»Ich denke, das hat er bewusst getan«, vermutete Vanessa. »Er wirkte ziemlich sportlich auf mich, als wir ihn das erste Mal besucht haben. Wahrscheinlich hätte er die Mauer innerhalb weniger Sekunden überwunden und euch eine lange Nase gedreht. Weil ihr aber seine Flucht so früh bemerkt hattet, glaubte er sich in Zeitnot und griff lieber zur Pistole. Er konnte ja nicht ahnen, dass ihr lahmen Enten das Hindernis in hundert Jahren nicht bezwungen hättet«, fügte sie grinsend hinzu. »Die Terrasse kam nicht in Betracht, weil sein Grundstück allseits von einer hohen Hecke umgeben ist, da kann man nicht so leicht hinüberklettern.«

»Ihr dürft aber auch nicht außer Acht lassen, dass die Leistung der Kollegen bei diesem Einsatz unterm Strich gar nicht mal schlecht war!«, nahm Tobias die beiden pflichtgemäß in Schutz. »Ohne das intensive Training wäre das alles wahrscheinlich ganz anders ausgegangen. Vor einer Woche hätten sie ihm nur noch freundlich hinterherwinken können, Pohl wäre ihnen über die Mauer entkommen und auf Nimmerwiedersehen verschwunden!«

»Und Jonas hätte noch zwei gesunde Knie!«, fügte Jasmin unter dem brüllenden Gelächter der Kollegen trocken hinzu. Dem war nichts mehr hinzuzufügen.

Die SOKO Rhein-Sieg kommt wieder!

In diesem ersten Band meiner neuen Serie »SOKO Rhein-Sieg« gibt es unbestritten etwas mehr »drumherum«, als man es von mir gewohnt ist und ich bitte Sie an dieser Stelle – und hier sind vornehmlich die 1-Sterne-Bewerter angesprochen, die jedes Buch, das ihnen nicht gefällt, auf diese Weise abstrafen – dies nicht bedenkenlos als Kritikpunkt zu werten.

Es handelt sich hierbei um den ersten Band einer neuen Serie, also sozusagen um einen Piloten. Bis auf den SOKO-Chef und ein paar Randfiguren, die man als Stammleser vielleicht von früher kennt, sind alle Protagonisten noch unbekannt und sollten gleich zu Beginn richtig in Szene gesetzt werden.

Später wird das nicht mehr nötig sein, außerdem gibt es auch diesmal den schon bekannten Anhang mit den Beschreibungen. Es erschien mir bei diesem ersten Band jedoch wichtig, die jeweiligen Charaktereigenschaften der neuen Ermittler und deren Eigenarten hier detailliert zu schildern, denn diese werden hoffentlich für lange Zeit Ihre Wegbegleiter sein!

Hin und wieder lese ich, dass meine Protagonisten in der wörtlichen Rede ›aufgesetzt‹ wirken, und dass man so im wirklichen Leben nicht spräche. Nun, das stimmt sogar. Es geht hier aber nicht um das wahre Leben, sondern um einen Kriminalroman, und in der Belletristik gelten eben eigene Regeln, auch wenn nicht alle Autoren diese heutzutage beherzigen. Ich meine die Umgangssprache, die hier nichts verloren hat, denn sie verändert sich ständig und wird innerhalb weniger Jahrzehnte oft nicht mehr verstanden.

Die Hauptaufgabe von uns Autoren ist es nämlich nicht nur, Sie zu unterhalten, sondern ebenso, die Schriftsprache zu konservieren. Nicht, dass ich mich persönlich mit diesen herausragenden Schriftstellern vergleichen möchte, doch Herman Melville schrieb seinen ›Moby Dick‹ vor hundertsiebzig Jahren, Daniel Defoe den ›Robinson Crusoe‹ vor über dreihundert. Und man kann sie heute noch lesen und verstehen!

Apropos: Neulich las ich eine 1-Sterne-Bewertung, wo der Verfasser bei einem dieser Werke bemängelte, dass es nicht in der ›neuen‹ Rechtschreibung verfasst sei. Ich enthalte mich eines Kommentars. Siehe oben! Stattdessen möchte ich an dieser Stelle meinen Großvater zitieren: »Unser Herrgott hat viele Kostgänger«, pflegte der weise Mann zu sagen, und ich überlasse es Ihrer Fantasie, was er damit gemeint haben mag.

Einmal schrieb ein Leser in einer Rezension, ihm sei die Identität des Täters bereits nach drei Seiten bekannt gewesen. Mal davon abgesehen, dass meine Krimis in der Regel mit einer detaillierten Tatortbeschreibung beginnen, befindet sich dort das Inhaltsverzeichnis. Ganz toll, wenn jemand daraus das Ende erraten kann! Weil ich so etwas immer wieder lesen muss, möchte ich an dieser Stelle etwas klarstellen.

Bei meinen Büchern geht es nicht darum, den Täter möglichst lange zu verschleiern, sondern den Weg der Ermittler aufzuzeigen, ihn zu finden und zu überführen! Wer das nicht mag, liest halt was anderes.

Und noch etwas: Krimis leben von einer gewissen Anzahl von Darstellern, sonst wäre die Frage nach dem Mörder viel zu schnell geklärt. Nehmen wir als Beispiel die Bibel. Im ersten Mordfall der Menschheitsgeschichte war es wohl keine große Kunst, Kain als Mörder zu entlarven, denn sonst war niemand da! Wer also mit der Anzahl der Personen in diesem Buch überfordert gewesen sein sollte, dem empfehle ich herzlich den besagten ›Robinson Crusoe‹. Der Roman spielt auf einer winzigen Insel mit zwei Leuten und ist somit sowohl geografisch als auch personell überschaubar.

Verlassen wir nun das weite Feld der Nörgler und Besserwisser und wenden uns den Genießern zu! Bei Ihnen möchte ich mich herzlich für die Aufmerksamkeit bedanken, die Sie hoffentlich dieser Geschichte gewidmet haben, und ich würde mich freuen, wenn ich Ihnen einige vergnügliche und natürlich spannende Stunden mit der Lektüre verschaffen konnte, denn dazu wurde das Buch geschrieben!

Wenn dies der Fall ist, habe ich eine persönliche Bitte an Sie: Ich würde mich freuen, wenn Sie den Krimi auf der Produktseite von Amazon bewerten und dort ein kurzes Feedback hinterlassen. Sie müssen sich gar nicht in epischer Breite über den Inhalt auslassen, einige Sätze reichen vollkommen aus. Applaus ist das

Brot des Künstlers, heißt es, und er motiviert zumindest zum Weiterschreiben!

Falls Sie auf *Lovelybooks*, *Goodreads* usw. aktiv sind, einen Buchblog betreiben oder Ihre Leidenschaft für Bücher auf *Facebook*, *Instagram* oder *Twitter* teilen, würde ich mich auch dort sehr über eine Rezension freuen. Das soll aber jetzt nicht heißen, dass ich hier um positive Bewertungen bettele. Selbstverständlich dürfen Sie Ihrem Unmut bei Nichtgefallen ebenfalls freien Lauf lassen, sofern Sie Ihre Meinung sachlich und vor allem ehrlich vertreten!

Zum Abschluss liegt mir noch etwas am Herzen: Meine Manuskripte werden einem Korrektorat unterzogen, es bleibt aber nicht aus, dass Fehler übersehen werden. Sollten Sie jedoch der Meinung sein, dass der Text ›übersät‹ davon ist, denken Sie bitte daran, dass es einmal eine Rechtschreibreform gab! Ein fünfzig Jahre alter Duden ist also nicht das geeignete Werkzeug, dies zu bewerten!

Im Anschluss an diese Seite finden Sie Kurzbeschreibungen der Protagonisten dieses Buches, soweit sie aus Gründen der Vermeidung von Wiederholungen für Stammleser im Text nicht erwähnt wurden.

Ihr René Falk

Das Ermittlerteam

Tobias Heller, Jg. 1979, studierte nach dem Abitur Kriminalpsychologie an der Universität Bonn, brach dann aber nach drei Semestern das Studium ab und bewarb sich bei der Kriminalpolizei. Er ist 1,85 Meter groß und hat eine sportliche Figur. Das dunkelblonde lockige Haar trägt er schulterlang. Seine bevorzugte Kleidung besteht aus Jeans, Turnschuhen und Lederjacke. Seit 2021 leitet er die eigens für ihn eingerichtete SOKO Rhein-Sieg.

Martin Weber, Jg. 1978, fing mit dreiundzwanzig Jahren beim Kriminalkommissariat 2 der Siegburger Kriminalpolizei an, das von Melanie Heller geleitet wird. 2021 folgte er dem Ruf ihres Ehemannes Tobias und wechselte in dessen SOKO. Weber steht mit der modernen Technik auf Kriegsfuß, verfügt aber über eine brillante Kombinationsgabe. Er misst 1,75 Meter und seine Haare sind bereits von grauen Strähnen durchsetzt. Seine Frisur wirkt meist, als sei er gerade aus dem Bett gestiegen und er zeichnet sich durch eine extrem legere Kleidung aus, die normalerweise aus ausgelatschten Turnschuhen und verwaschenen Jeans besteht.

Jonas Faber, Jg. 1989, ist mit seinem unfehlbaren Gedächtnis und seinem umfangreichen Fachwissen eine wandelnde Datenbank, womit er sich hervorragend mit seinem Ermittlungspartner Martin Weber ergänzt. Optisch stellt er jedoch einen krassen Gegensatz zu diesem dar, denn seine bevorzugte Kleidung besteht aus Maßanzügen mit Designerhemd und Krawatte. Faber misst 1,89 Meter und ist schlank. Seine dunkelblonden Haare trägt er kurz und er wirkt ständig, als sei er gerade erst beim Friseur gewesen.

Vanessa Fuchs, Jg. 1992, fing ihre Karriere beim Kriminalkommissariat 4 an. Nach nur zwei Dienstjahren dort wurde sie von Tobias Heller für die neue SOKO angeworben, dem ihre hervorragenden Kenntnisse über forensische Analysen und ihre Affinität zu elektronischen Geräten jeglicher Art aufgefallen war. Sie ist mit 1,76 Meter und einer sportlichen Figur recht groß für eine Frau. Das schulterlange naturbraune Haar trägt sie in der Regel zu einem Pferdeschwanz gebunden.

Jasmin Brandt, Jg. 1994, begann ihre Laufbahn ebenfalls im Kriminalkommissariat 4, wo sie mit Vanessa Fuchs ein Ermittlungsteam bildete. Sie gilt als wahre Meisterin der Recherche, weshalb sie eine ideale Ergänzung des SOKO-Teams darstellt. Sie ist 1,64 Meter groß und ein wenig rundlich. Die blonden Haare trägt sie meist modisch kurz.

Erik Hagel, Jg. 2000, ist ein Neffe von Hellers früherem Chef Donner. In seinem Abiturjahr 2019 absolvierte er ein Praktikum im Kommissariat seines Onkels und trat später als Kommissaranwärter in den Dienst der Siegburger Kriminalpolizei. Er ist bei einer Größe von 1,82 Metern erschreckend hager. Das schwarze Haar trägt er halblang und ungekämmt. Er ist in forensischen Untersuchungen sehr talentiert und der Assistent von Vanessa Fuchs.

Jürgen Vogel, Jg. 1971, leitet die forensische Abteilung der Kripo Siegburg. Der kauzig wirkende Wissenschaftler liebt seinen Beruf und schwarze Zigarillos über alles. Mit einer Größe von 1,92 Metern und einer extrem hageren Gestalt wirkt er in seinen Bewegungen unbeholfen, ist jedoch in seinem Fachgebiet der forensischen Spurenanalyse eine anerkannte Koryphäe und bei seinen Mitarbeitern und den polizeilichen Ermittlern sehr beliebt.

Amara Jones, Jg. 1990, ist gebürtige Münchnerin und die einzige Tochter nigerianischer Einwanderer. Sie studierte Mathematik und Informatik, bevor sie in der Forensik der Kripo Siegburg die Stelle der IT-Spezialistin übernahm. Sie hat in beiden Studienfächern einen Master und ein untrügliches Gespür für alles Technische. Ihr unüberhörbarer bayrischer Akzent steht in einem lustigen Kontrast zu ihrer tiefschwarzen Hautfarbe. Sie ist nur 1,57 Meter groß und in den Hüften eine Winzigkeit zu breit. Das schwarze, krause Haar trägt sie kurz, da es ansonsten kaum zu bändigen wäre.